NEW YORK TIMES BESTSELLERAUTORIN

JANA ASTON

JUST ONE KISS

Böse Mädchen haben mehr Spaß ...

Contemporary Romance

Aus dem Amerikanischen von
Friederike Bruhn

ROMANCE EDITION

JUST ONE KISS:

Böse Mädchen haben mehr Spaß …

Jana Aston

8712 Niklasdorf, Austria

1. Auflage
Covergestaltung: © Sturmmöwen
Titelabbildung: © deagreez1
Korrektorat: Melanie Reichert

Printed in Germany

ISBN-Taschenbuch: 978-3-903278-01-1
ISBN-EPUB: 978-3-903278-02-8

www.romance-edition.com

1. Kapitel

Lydia

»Wir verlassen diese Bar erst, wenn du jemanden geküsst hast«, sagt Payton, als wäre das die ganze Zeit schon unser Gesprächsthema gewesen. Dem ist allerdings nicht so. Dennoch nicke ich, da wir beste Freundinnen sind und ich solche Ausbrüche von ihr gewohnt bin.

»Du möchtest also, dass ich jemanden küsse, und dann können wir nach Hause gehen?« Ich stelle mein Glas auf dem Tresen ab und drehe mich etwas auf meinem Stuhl zur Seite, als würde ich den Raum nach möglichen Kusspartnern abscannen. Das mache ich natürlich nicht, zumindest nicht wirklich, ich spiele ihr Spielchen aber gern mit.

»Ja, wenn du einen Typen zumindest geküsst hast, können wir nach Hause gehen.«

»Zumindest?« Amüsiert wende ich mich ihr wieder zu. »Wie weit soll ich gehen? In einer Bar? Mit einem Fremden?« Ich lache, denn diese Idee ist absurd – und trotzdem ... etwas daran finde ich auch verlockend. Die Vorstellung, dass ich jeden Mann in dieser Bar auswählen und ihn um einen Kuss bitten könnte ... Vielleicht würde er sogar in einer Ecke mit mir rummachen. Vielleicht die Führung übernehmen und mich gegen die Wand drücken. Sein Knie zwischen meine Oberschenkel schieben, während er eine Spur von Küssen meinen Kiefer entlangzieht, ehe er meinen Mund mit seinem bedeckt.

Das war eine seltsam konkrete Vorstellung.

Ich streiche mir eine Haarsträhne hinters Ohr und lasse meinen Blick an Payton vorbei zu den beiden Männern wandern, die auf der anderen Seite sitzen. Insgeheim habe ich die beiden schon den ganzen Abend über beobachtet. Einer von ihnen hat einen britischen Akzent. Er ist betrunken und redet ununterbrochen über eine Frau, von der er sich vor Kurzem getrennt hat. Oder sie sich von ihm – ich bin mir nicht sicher und es kümmert mich auch nicht wirklich. Das Objekt meiner Begierde ist der zweite Typ.

Typ Nummer zwei ist perfekt.

Er ist so perfekt, dass ich ihn nicht mal direkt ansehen kann. Deshalb werfe ich ihm auch nur verstohlene Blicke zu. Er spielt definitiv eine ganze Liga über mir. Er hat dunkles verwuscheltes Haar, das sich ein klein wenig wellt. Es ist perfekt geschnitten. Instinktiv weiß ich, dass es sich unter meinen Fingern weich anfühlen würde und nicht voll mit ekligem Haargel. Auf seinen Wangen zeichnen sich Bartstoppeln ab, die so kurz rasiert sind, als könne er sich nicht zwischen einem Bartschatten und einem richtigen Bart entscheiden. Die Augen des Fremden sind dunkelbraun; jeder Blick draus lässt meinen Magen Purzelbäume schlagen. Seine Unterarme sind gebräunt, sehnig und muskulös. Sie werden für mindestens einen Monat den Mittelpunkt meiner sexuellen Fantasien bilden.

Er reibt Daumen und Zeigefinger aneinander, während sein Freund redet. Er tut das nicht auf eine nervöse Art und Weise, sondern langsam, als würde er das oft machen, wenn er nachdenkt. Vielleicht ist es aber auch eine Angewohnheit von ihm, die sich bemerkbar macht, wenn er jemandem zuhört. Er hat kurz geschnittene Fingernägel, die ansprechend geformt sind. Seine Hände lassen mich vermuten, dass er einen Bürojob hat, während das, was ich von seinem Körper sehen kann, den Schluss zulässt, dass er regelmäßig ins Fitnessstudio geht.

Wieder vollführt er mit seinem Zeigefinger eine langsame Drehung um seinen Daumen und, oh Heiliger, meine Gedanken driften in eine völlig andere Richtung ab.

Ich brauche dringend mal wieder Sex.

»Du musst dringend mal wieder flachgelegt werden«, stellt Payton fest, genau in dem Moment, in dem der Mann seinen Blick hebt und mir direkt in die Augen sieht. Ich sterbe gefühlt zehntausend Tode. Payton scheint nicht bewusst zu sein, dass ich soeben gestorben bin, denn sie brabbelt weiter darüber, dass wir jemanden zum Küssen für mich finden müssen, ehe wir gehen können.

Der Blick von Mr Perfect ist noch immer auf mich gerichtet.

»Ich mache es«, sagt er.

Oh mein Gott. Redet er mit mir? Passiert das gerade wirklich? Mit Sicherheit habe ich mich verhört. Es missverstanden. Er redet mit jemandem hinter mir oder dem Barkeeper oder dem betrunkenen Briten neben sich. Ich werfe einen raschen Blick über meine Schulter, um zu sehen, wer hinter mir steht. Doch da ist niemand.

»Ich mache es«, wiederholt er und für einen Moment setzt mein Hirn aus.

Definitiv ja, denke ich. Wo werden wir es machen? Ich will ihn keinesfalls hier küssen, das wäre seltsam. Auch bin ich der Ansicht, dass wir nicht zu ihm nach Hause fahren sollten, immerhin ist er ein völlig Fremder für mich. Er könnte mit zu mir kommen. Genau. Payton könnte zu *Target* gehen und uns etwas Privatsphäre überlassen.

Ob es ihn stört, dass ich nur ein Einzelbett habe? Mir ist klar, dass ich längst ein größeres hätte kaufen sollen, aber das wäre teurer geworden und mein Zimmer ist winzig. Außerdem habe ich Platz für meine Nähmaschine gebraucht.

Heilige Scheiße, das hier passiert wirklich.

Dieser Mann, der zu heiß ist, um ihn direkt anzusehen, möchte Sex mit mir haben. Ich blinzle, dann redet er weiter, ein kleines Schmunzeln im Gesicht. »Ich werde dich küssen.«

Oh.

Richtig. Er ist natürlich nicht derart von mir angetan – einem beliebigen Mädchen in einer Bar –, dass er allein deswegen, weil meine Freundin gesagt hat, dass ich mal wieder flachgelegt werden müsse, mit mir ins Bett will. Wie dumm von mir. Ich bin wirklich eine Idiotin. Als ob er das wollen würde.

»Sie akzeptiert dein Angebot«, sagt Payton und schubst mich von meinem Stuhl. Ernsthaft, sie gibt mir tatsächlich einen kleinen Schubs. In etwa so, wie meiner Vorstellung nach Mütter ihre Kinder an ihrem ersten Schultag aus der Haustür schieben.

Jetzt, wo ich stehe, dreht sich der Fremde auf seinem Stuhl um und betrachtet mich ausgiebig von Kopf bis Fuß. Sein Blick wandert langsam meine nackten Beine hinauf, während ich Payton am liebsten dafür killen würde, dass sie mich in diese Bar gezerrt hat.

Wir haben das Wochenende damit verbracht, in unser neues Apartment einzuziehen, und ich dachte, dass wir bloß einen Burger essen gehen würden. Deshalb trage ich auch nur abgeschnittene Jeans und ein Tanktop. Ich hätte es besser wissen müssen. Sobald wir die Wohnung verlassen hatten, hat Payton darauf bestanden, dass wir die hiesige Kneipenszene erkunden; und jetzt stehe ich hier in Jeansshorts mit meinen knubbligen Knien und werde von einem Mann in Augenschein genommen, der aussieht, als würde er die Welt regieren.

Unsicher tippe ich mit meinen Zehen auf dem Boden herum, während ich mich frage, ob er es sich noch anders überlegt, doch dann steht er auf. Ich nehme an, dass er die Distanz zwischen uns überbrücken und mich direkt hier an Ort und Stelle küssen wird, aber das macht er nicht. Stattdessen bleibt er vor mir stehen. Ich muss den Kopf in den Nacken legen, um ihm in die Augen schauen zu können. Er ist locker dreißig Zentimeter größer als ich. Mein Kopf erreicht höchstens seine Schultern.

Er trägt Jeans und Slipper, dazu ein Hemd, dessen Ärmel er bis zu den Ellenbogen hochgekrempelt hat. Seine Schuhe kosten wahrscheinlich mehr als alles, was ich besitze. Das Gleiche scheint ehrlich gesagt auch für seine Hose und sein Hemd zu gelten. Ich kämpfe gegen den Drang an, meine Hände in den hinteren Hosentaschen meiner Jeansshorts zu vergraben und mich unter seinem Blick zu winden, als er wieder das Wort ergreift. »Wie heißt du?«

»Lydia.«

»Lydia«, wiederholt er, mich immer noch unverwandt ansehend. Meinen Namen aus seinem Mund zu hören, muss für mich wie eine Art Vorspiel sein, denn mein Herz springt mir dabei fast aus der Brust. Seine Stimme ist tief und geschmeidig, gebieterisch und *sexy as hell.* »Nicht hier«, sagt er und nimmt meine Hand.

Dieser einfache Körperkontakt jagt mir eine Gänsehaut über

meinen ganzen Körper. Dann setzt er sich in Bewegung, meine Hand in seiner haltend, und führt mich an der Bar vorbei. »Brady, ich benutze mal kurz dein Büro«, ruft er jemandem hinter dem Tresen zu. Ohne auch nur einen Moment auf eine Antwort zu warten, geht er weiter und kurz darauf sind wir allein.

Das Erste, was ich erkenne, ist, dass das Büro schöner ist, als ich es von einer Bar erwartet hätte. Vor mir steht ein großer Schreibtisch, auf dem ein zugeklappter Laptop thront; daneben liegt ein einzelner Stift. An einer Wand steht ein Ledersofa, das einen teuren, aber auch gern genutzten Eindruck macht.

Das Zweite, was mir auffällt, ist die Stille. Ich hatte nicht das Gefühl, dass es sonderlich laut in der Bar war, aber hinter geschlossenen Türen realisiere ich, wie leise es ohne das Klirren von Eiswürfeln und Flaschen ist, wenn nur unser Atmen und mein Herzschlag an mein Ohr dringen.

Mehr kann ich nicht erfassen, da sich der Fremde in dem Moment zu mir umdreht und mein Kinn anhebt. Okay, eine Beobachtung kann ich doch noch machen. Er riecht wahnsinnig gut. Er riecht wie jemand, auf dem ich liegen möchte, den Kopf auf seiner Brust gebettet, während er mir mit den Fingern durchs Haar fährt. Mir ist klar, dass man diesen Eindruck nicht wirklich als Geruch bezeichnen kann, aber vertraut mir, was das angeht. Er riecht nicht nur nach frischer Wäsche, sondern auch würzig und männlich. Ich möchte mich am liebsten auf ihn stürzen.

Mit leicht gesenkten Lidern lässt er seinen Blick langsam und voller Selbstbewusstsein von meinen Augen zu meinen Lippen und zurück gleiten. Dass ich den Atem anhalte, merke ich erst, als er mich daran erinnert, wieder Luft zu holen. Sein Gesichtsausdruck wirkt erregt, aber auch amüsiert. Ich kann mich gerade noch davon abhalten, auf meinen Zehen vor und zurück zu wippen. Der Anflug eines Lächelns umspielt seine Lippen, als er mit einer Hand mein Kinn umfasst und die andere an meine Taille legt. Seine Hand ist so warm, dass es sich durch den dünnen Stoff meines Tanktops anfühlt, als würde er meine nackte

Haut berühren. Dann neigt er den Kopf und küsst mich.

Sanft.

Seine Hand liegt unverwandt auf meiner Taille. Der Druck seiner Finger ist fest und gibt mir Sicherheit. Ein nicht benötigter, aber gern gesehener Anker, denn ich gehe nirgendwohin. Ich lege ihm meine Hände auf die Brust und erfreue mich an dem Gefühl des Stoffs unter meinen Fingern. An seinem festen Körper, seinen Muskeln und der Hitze, die er ausstrahlt.

Er löst seine Lippen von meinen, gerade weit genug, um den Kopf noch etwas mehr zu neigen, ehe er sie wieder auf meinen Mund presst. Mit dem Daumen streichelt er mir über die Wange und ich beantworte diese Zärtlichkeit mit einem Stöhnen. Ich werde mit einem weiteren sanften Kuss belohnt, bevor er meine Lippen dazu anstiftet, sich für ihn zu öffnen. Die Stoppeln auf seinem Gesicht reiben an meiner Haut, was mich nur noch mehr erregt. Das leichte Kratzen lenkt meine Aufmerksamkeit auf seine Lippen, seine Stärke und die Macht des Effekts, den er auf mich hat. Er beißt mir in die Unterlippe, dann küsst er mich erneut, dieses Mal heftiger. Unsere Zungen treffen aufeinander, meine Knie werden weich und mein Herz rast.

Als er sich von mir löst, muss er mich stützen, da ich mich so weit vorgebeugt habe, dass ich gegen ihn gestolpert wäre, wenn er mich nicht festgehalten hätte. Ich fühle mich atemlos, als wäre ich gerade eine Runde ums Gebäude gerannt. Er streicht mir einmal mit dem Daumen über die Unterlippe, wirkt aber ansonsten unbeeindruckt. Dann tritt er einen Schritt zurück und mustert mich noch mal von Kopf bis Fuß. Ich frage mich, was er in mir sieht. Eine Frau, zu der er sich hingezogen fühlt? Oder ein Mädchen, das er aus einem Gefallen heraus geküsst hat? Er wirkt hundertfach gefestigter als ich.

»Du hattest deinen Kuss. Sei ein gutes Mädchen und geht nach Hause.«

2. Kapitel

Lydia

Das Wochenende vergeht wie im Flug. Die meiste Zeit verbringen wir damit, die Kartons von unserem Umzug zu zerkleinern und zum Pappcontainer neben unserem Apartmentkomplex zu schaffen, um sie zu entsorgen. Außerdem fahren wir noch einige Male zu *Target*, um diverse Besorgungen zu machen, und kaufen bei *WinCo* Lebensmittel ein. Zudem sind wir das erste Mal bei *Del Taco*, wo wir uns praktisch durch die ganze Speisekarte probieren. Und das alles, während ich den Kuss wieder und wieder und wieder vor meinem inneren Auge abspiele.

Morgen beginne ich mit meinem ersten Job. Nun, natürlich nicht mein allererster. Ich hatte schon Jobs, viele. Jobs während der Sommersaison, Jobs nach der Schule und Teilzeitjobs.

Aber morgen startet mein erster Job nach meinem Abschluss. Mein erster richtiger Vollzeitjob. Das ist schon irgendwie eine große Sache, oder? Eine Art Initiationsritus, der den ersten Tag meines Erwachsenenlebens markiert.

Ich bin genauso überrascht wie alle in meinem Umfeld, dass ich einen Job in Las Vegas gefunden habe.

In einem Casino.

Aber wie sich herausgestellt hat, gibt es in Casinos jede Menge Jobs. Insbesondere in brandneuen Luxuscasinos, die noch nicht mal eröffnet haben. Im *Windsor* werden fünftausend Menschen angestellt sein, wenn es zum Ende des Monats hin seine Pforten öffnet, und ich werde einer von ihnen sein.

Ich habe meinen Abschluss in Personalwesen gemacht, da ich eine hilfsbereite Person bin. Ich liebe es, anderen Menschen zu helfen. Das Gleiche gilt auch für Payton, aber sie hat ihren Abschluss in Management gemacht, da es an der *LSU* keinen Abschluss in Partyplanung gibt. Das waren ihre Worte, nicht meine. Sie mag es, Menschen dabei zu unterstützen, Spaß und eine tolle Zeit zu haben, während ich es lieber mag, ihnen beispielsweise dabei unter die Arme zu greifen, dass sie ihre Steuern rechtzeitig bezahlen. Als ich aufgewachsen bin, war ich die Art von Kind, die jedes Kästchen auf der Bestellliste der Pfadfinder-Cookies penibel ausgefüllt und das Kreuzchen genau in der Mitte gesetzt hat, sodass es unter keinen Umständen zu einem Missverständnis zwischen einer Bestellung für Tagalong-Cookies und Thin-Mint-Cookies kommen konnte. Wie ihr seht, konnte man mit mir so richtig Spaß haben ...

Payton habe ich erst auf dem College kennengelernt, aber sie hat mir mal erzählt, dass sie bei den Pfadfinderinnen rausgeflogen ist. Wegen irgendeiner Sache mit den Pfadfinderabzeichen. Ich habe nie die ganze Geschichte gehört, denn als mir versehentlich rausrutschte, dass ich bis zum Ende der Highschool bei den Pfadfinderinnen war, machte sie sich vor Lachen fast in die Hose.

Ich versuche, diesen informativen Leckerbissen möglichst für mich zu behalten. Schließlich habe ich das nicht wirklich freiwillig erzählt, es ist mir irgendwie rausgerutscht, als sie mal etwas in Bezug auf die Pfadfinderinnen erwähnte. Außerdem füllten die Pfadfinderinnen eine innere Leere in mir, die dadurch zustande gekommen war, dass ich ohne mütterliche Bezugsperson aufgewachsen bin. Wie dem auch sei, ich war eine 1A-Pfadfinderin. Allein in meinem letzten Jahr habe ich über dreitausendsechshundert Keksboxen verkauft.

Keine Sorge, diese Tatsache behalte ich definitiv für mich.

Der Punkt ist, dass ich gern Regeln befolge. Ich bin überaus genau und gründlich, darum ist die Personalverwaltung auch absolut das Richtige für mich. Im letzten und vorletzten Sommer habe ich jeweils ein Praktikum im Personalbereich gemacht, sodass mir die Arbeit in der Verwaltung nicht fremd ist. Und ja, es ist natürlich ein Einstiegsjob, aber ich freue mich megamäßig darüber, dass ich in dem von mir gewählten Bereich arbeiten kann.

Ich glaube, als die Idee von einem Umzug nach Vegas aufgekommen ist, hatte Payton die Vorstellung, dass wir in einem Hochhaus direkt am Strip leben würden. Ich habe es geschafft, sie davon zu überzeugen, dass das Wohnen am Strip für zwei Mädchen, die beide noch für mindestens zehn Jahre ihre Studienschulden zurückzahlen müssen, nicht sonderlich realistisch ist. Daher leben wir jetzt in Henderson, auch bekannt als Vorort von Las Vegas. Unsere Wohnung ist toll. Zu unserem Apartmentkomplex gehören ein Fitnesscenter, ein Pool, ein Hundepark und Bocciaspielfelder. Auch wenn ich keinen Hund habe und niemanden kenne, der Boccia spielt – nicht, dass ich überhaupt wüsste, was das genau ist –, ist es toll, all das zu haben. Der Makler war jedenfalls sehr begeistert deswegen, als wir uns diese Wohnung angeschaut haben. Außerdem ist *Del Taco* so nah, dass ich dort bequem zu Fuß hingehen könnte, wenn ich wollte. Was bei fast achtunddreißig Grad Außentemperatur wahrscheinlich eher nicht der Fall sein wird, aber vielleicht im Herbst. Doch am wichtigsten ist, dass die Wohnung nur zwanzig Minuten von der Arbeit entfernt und bezahlbar ist, wenn man wie ich eine Mitbewohnerin hat.

Payton wird ebenfalls im *Windsor* arbeiten, da wir beide das Glück hatten, auf einer Jobbörse, die in unserem Abschlussjahr auf dem Campus der Universität abgehalten wurde, dort eine Stelle zu ergattern. Ich bin im sogenannten *Bibelgürtel* groß geworden, einer protestantischen Region im Süden der USA, genauer gesagt in Tennessee, und in einem anderen solchen Staat, nämlich Louisiana, zur Schule gegangen. Daher hätte ich es mir nie träumen lassen, ins Zentrum der Sünde zu ziehen, aber jetzt bin ich hier. Und bisher ist es genauso wie anderswo auch. Einfach normal. Schön. Außerdem gibt es in Nevada keine staatliche Einkommensteuer, was bedeutet, dass ich meine Studienschulden umso schneller abtragen kann. Eine Win-win-Situation.

Meine Gedanken wandern zum Freitagabend. Zur Bar. Zu dem Typen.

Sei ein gutes Mädchen ...

Warum nur hat mich diese Aussage dermaßen heiß gemacht? *Dieser Typ.* So muss ich den heißesten Kerl, den ich jemals geküsst habe – und wohl auch jemals geküsst haben werde –, in

Erinnerung behalten, denn ich habe zu keiner Zeit erfahren, wie er heißt. Gut, oder? Normal und höflich wäre es gewesen, wenn ich ihn gefragt hätte, nachdem er mich nach meinem Namen gefragt hat. Aber habe ich das getan? Nein, ich war viel zu abgelenkt von der Vorstellung, dass er mich küssen würde, um daran zu denken.

Das ist egoistisch, oder? Ich war so darauf fokussiert, seine Lippen auf meinen zu spüren, dass ich nicht mal gefragt habe, wie er heißt. Nicht, dass es von Bedeutung wäre. Er hat mich geküsst, als gäbe es kein Morgen mehr, und mich dann weggeschickt. Seine Abschiedsworte hallen immer noch in meinem Kopf wider. *Sei ein gutes Mädchen und geht nach Hause.* Das war eine herablassende Aussage, aber sein Ton hat nicht herablassend geklungen. Stattdessen war seine Stimme rau. Tief. Rauchig. Verdammt sexy.

Ich habe es satt, immer nur lieb und brav zu sein. Die einzige Art und Weise, auf die ich für diesen Mann ein gutes Mädchen sein möchte, ist auf den Knien vor ihm, seinen Schwanz in meinem Mund, während er mir sagt, wie gut ich bin. *Gutes Mädchen*, würde er flüstern und mir würde es gefallen. Zumindest gefällt es mir in meiner Fantasie. Sehr. Es hat etwas sehr Reizvolles, ein gutes Mädchen genannt zu werden, während man etwas sehr, sehr Böses tut. Oder in meinem Fall zumindest darüber nachdenkt, etwas Böses zu tun.

Ich muss das luderhafteste Nicht-Luder in diesem Land sein. Ich bin ein Möchtegern-Luder, was irgendwie traurig ist, oder?

Ich habe meine Collegejahre in der Erwartung verbracht, mich in den perfekten Mann zu verlieben. Nein, das ist eine Lüge. Schließlich bin ich nicht verrückt. Den perfekten Mann gibt es nicht. Das weiß ich, wirklich. Aber ich hatte erwartet, mich in jemanden zu verlieben, der es wert ist. Der es wert ist, dass ich ihm meine Jungfräulichkeit schenke.

Was denn? Ihr habt doch sicherlich nicht gedacht, dass ich schon in der Highschool meine Fühler ausgestreckt hätte, oder? In der Highschool war ich nämlich sehr beschäftigt, Stichwort Cookies und so. Ich will ja nicht angeben, aber diese Cookies haben mir eine Reise nach Costa Rica eingebracht. Okay, zugegeben, es handelte sich um zwei Wochen Mitarbeit bei sozialen Projekten, es war also kein Strandurlaub oder so was, aber trotzdem.

Wie dem auch sei, ich war in der Highschool nicht sonderlich an Jungs interessiert. Mir ist klar, dass die Highschool für viele Kids dazu da ist, Grenzen zu sprengen und sich zu Partys zu schleichen, aber an so was hatte ich kein Interesse. Partys klangen für mich eher gefährlich. Auf Partys sind ständig schlimme Dinge passiert. Man hat beispielsweise neue Leute kennengelernt. Oder Alkohol getrunken, obwohl man noch nicht volljährig war. Beides beängstigend. Gute Dinge hingegen passieren, wenn man lernt und hart arbeitet und seine Zeit dafür nutzt, anderen zu helfen.

Es war allerdings auch nicht mein Plan, das College als Jungfrau zu verlassen. Nicht mal annähernd. So viel Gutmenschlichkeit besitze ich auch wieder nicht. Ich hatte definitiv erwartet, dass ich meine Jungfräulichkeit bis zu meinem Abschluss erfolgreich verloren hätte.

In meiner Vorstellung war ich die Art von Mädchen, die ihren Collegefreund zwei Monate nach dem Abschluss heiratet.

Aber das ist nicht passiert.

Dass ich die Art von Mädchen bin, die ein Fremder in einer Bar heißmacht, hätte ich mir allerdings auch nicht ausgemalt. Niemals. Aber dieser Mann hat etwas in mir zum Leben erweckt. Lust, nehme ich an. Es war nicht nur der Kuss, er war es. Die Wahrheit ist, dass ich ihn die ganze Nacht über immer wieder beobachtet und mir vorgestellt habe, was er alles mit mir anstellen könnte. Dinge, von denen ich wollte, dass er sie mit mir anstellt.

Wie ich schon sagte: Möchtegern-Luder. Wer sitzt schon in einer Bar und stellt sich vor, wie sich ein fremder Mann über sie hermacht?

Am Montagmorgen biege ich in die Parkgarage des *Windsors* ein, den Magen voll aufgeregter Schmetterlinge, weil ich so gespannt auf meinen ersten Arbeitstag bin. Payton fährt gesondert zur Arbeit, weil sie in einer anderen Orientierungsgruppe ist und wir uns nicht sicher waren, ob wir gemeinsam Feierabend haben würden oder nicht.

Also bin ich auf mich allein gestellt, wie eine richtige Erwachsene, was ich ja auch bin. Ich bin erwachsen. Ich lächle so breit, dass ich mir auf die Innenseite meiner Wange beißen muss, um nicht gleich auszuflippen. Nicht, dass das nötig wäre, denn da ich allein in meinem Auto sitze, kann mich auch niemand wie eine Idiotin grinsen sehen.

Ich tippe mit den Fingerspitzen auf dem Lenkrad herum, während ich der Beschilderung folge, die mich zu den Parkplätzen für die Angestellten führt. Das Resort wird in weniger als einem Monat eröffnen und innerhalb der nächsten vier Wochen werden massenweise neue Mitarbeiter mit ihrer Arbeit beginnen. Ich werde während meines Jobs nicht in direktem Gästekontakt stehen, sondern im Hintergrund agieren und in dem Unternehmensbereich verschwinden, über den man im Allgemeinen nie nachdenkt. Personalverwaltung, Rechtsabteilung, Marketing, IT, Buchhaltung. Sie sind alle betriebsintern und unsichtbar für den Gast.

Nachdem ich einen freien Parkplatz gefunden habe, stelle ich meinen Wagen ab, überprüfe meinen Lippenstift gleich zweimal im Rückspiegel und steige aus. Ich schließe mein Auto ab und mache mir gedanklich eine Erinnerung, wo ich geparkt habe, damit ich meinen Wagen nach der Arbeit wiederfinde.

Okay, jetzt geht's los. Erster Tag, ich komme. Erstes Apartment als Erwachsene. Erster Job. Erste Rückzahlungsrate der Studienschulden.

Und ich werde definitiv meine Jungfräulichkeit los, ehe dieses Jahr vorüber ist. Das wird dann eine besonders große Sache auf meiner Liste von ersten Malen, die ich abhaken kann. Es ist nicht so, dass ich nicht schon früher Gelegenheiten gehabt hätte, meine Jungfräulichkeit zu verlieren, aber ich war einfach nicht interessiert. Ich bin mit liberalen Eltern in einer konservativen Stadt aufgewachsen und war immer irgendwie zwischen diesen beiden Welten gefangen. Außerdem hatte ich es einfach nicht besonders eilig damit. In der Unterstufe habe ich einen Typen, den ich nicht sonderlich mochte, viel länger gedatet, als ich sollte, weil ich seinen Kater mochte. Und nein, das ist kein Euphemismus für etwas Cooleres. Es handelte sich um einen echten Kater. Einen riesigen, schwarzen, langhaarigen mit weißen Pfoten, der auf den Namen Mr MacGee hörte und den ich absolut geliebt habe.

Den Typen allerdings eher nicht.

Ich sag ja nicht, dass es vernünftig oder logisch war, aber es ist nun mal, was es ist.

Ich habe immer auf irgendwas gewartet, versteht ihr? Etwas, das mir das Gefühl gibt, mir mein Höschen vom Leib reißen zu wollen, aber dieses Gefühl trat niemals ein. Wie dem auch sei, dieses Jahr ist mein *Ich-reiß-mir-mein-Höschen-runter*-Jahr. Oder vielleicht eher das Jahr, in dem ich mein Höschen fallen lasse? Schließlich werde ich mir wohl kaum mein Höschen vom Leib reißen, richtig? Nein, das wäre seltsam. Ich werde es fallen lassen, mit Sicherheit. Ich bin offen dafür, dass mir ein Kerl mein Höschen vom Leib reißt, aber bisher habe ich noch nie die Art von Unterwäsche getragen, die in den Händen eines Mannes zerreißen würde.

Mist. Ich brauche neue Unterwäsche.

Wenn das hier mein Jahr ist, brauche ich angemessene Unterwäsche dafür. Ich mache mir eine gedankliche Notiz, mich mit neuer Unterwäsche zu belohnen, sobald ich meinen ersten Gehaltsscheck in den Händen halte. Ein weiteres erstes Mal! Mein erster richtiger Gehaltsscheck! Whoohoo!

Ich betrete das Gebäude durch den Angestellteneingang, zuversichtlich, dass ich das beste Jahr meines Lebens vor mir habe.

Eine Stunde später bin ich mir ganz sicher, dass es so ist.

3. Kapitel

Lydia

Ich entdecke ihn, als ich mich auf der Führung durch das Resort befinde. Diesen Typen. Den von neulich Nacht, der, der mich geküsst hat, dessen Namen ich aber nicht weiß. Er ist noch genauso perfekt wie in meiner Erinnerung. Löst Herzrasen in mir aus und lässt meinen Puls noch schneller schlagen als bei unserer ersten Begegnung. Heilige Scheiße, vielleicht arbeitet er hier? Was praktisch bedeutet, dass ich mit ihm schlafen werde, richtig? Richtig. Das wird so was von passieren.

Es ist vorherbestimmt. Kismet. Schicksal.

Natürlich nur, wenn er Interesse hat. Aber er hat mich immerhin geküsst, also hat er vielleicht auch Interesse daran, mit mir ins Bett zu gehen. Ich denke nach, denn ich bin mir nicht ganz sicher, wie das für Männer funktioniert. Ich habe schon Männer geküsst, mit denen ich nicht schlafen wollte, ganz offensichtlich, aber ich glaube, Männer sind da weniger wählerisch als Frauen. Gott, zumindest hoffe ich, dass er weniger wählerisch ist als ich, denn ich denke, dass er der Eine ist.

Der Eine, mit dem ich Sex haben möchte, nicht *der* Eine.

Natürlich nicht. Ich bin nicht so verrückt, dass ich eine Hochzeit und Kinder mit einem Mann, den ich nicht kenne, auf Grundlage eines einzigen perfekten Kusses plane. Ich möchte mich noch immer in den perfekten Mann verlieben, wer auch immer er ist, und glücklich bis ans Ende unserer Tage mit ihm zusammenleben. Allerdings ist es nun mal so, dass ich nicht weiß, wann er kommen wird, dieser Mann. Was, wenn ich dreißig bin, ehe er auftaucht? Ich sollte nicht bis dreißig warten müssen, um Sex zu haben.

Also nein, ich plane nicht, ihn zu heiraten. Ich möchte ihm nur meine Unschuld schenken, da ich angesichts dieses einen perfekten Kusses annehme, dass er sehr gut darin wäre, mich zu entjungfern. Außerdem fühle ich etwas, wenn ich ihn sehe.

Etwas, das ich bisher nicht gekannt habe, aber das ich als hemmungslose Lust einordnen würde. Als Verlangen. Eine besondere Regung, wenn man so will.

Entjungfern. Was für ein lächerliches Wort. In Gedanken mache ich mir eine Notiz, dieses Wort nicht zu benutzen, wenn ich ihn bitte, mit mir ins Bett zu gehen.

»Ich glaube, ich habe diesen Typen gesehen«, erzähle ich Payton, als wir uns beim Mittagessen in der Cafeteria für die Angestellten treffen. Mit Cafeteria meine ich die nobelste Cafeteria, die ich je gesehen habe. Es gibt eine Salatbar, eine Sandwichstation, eine Pizzastation und eine Auswahl an Gerichten, die, dem ausgedruckten Menü nach zu urteilen, möglicherweise täglich wechseln. Und es ist umsonst! Wie verrückt ist das denn bitte? Die Zusatzleistungen für die Angestellten sind erste Sahne, was mit ein Grund war, warum mir dieser Job so attraktiv erschienen ist. Auch wenn die vom Unternehmen angebotene Rentenvorsorge und Krankenversicherung ausschlaggebender waren als das kostenfreie Essen für die Angestellten, aber immerhin. Das ist ebenfalls ein supercooler Bonus. Die gesamte Belegschaft hat Zugang zu dieser Cafeteria. Egal, welche Abteilung. Der Geschäftsführer und das Zimmermädchen, sie alle werden die gleiche Cafeteria benutzen, was ich toll finde und zu mehr Gleichheit und so weiter führt. Der Raum ist riesig und eigentlich mehr wie ein Büfett konzipiert, was nötig sein wird, um die große Anzahl an Angestellten zu verköstigen.

»Welcher Typ?«, fragt Payton, bevor sie einen großen Happen von ihrem Pizzastück abbeißt. Sie ist sehr zierlich, obwohl sie Unmengen an Essen verschlingt. Als hätte sie den Stoffwechsel eines Highschool-Jungen.

»Den Typen aus der Bar. Von neulich Abend.«

»Nicht dein Ernst.« Sie lässt das Pizzastück auf ihren Teller fallen und bedenkt mich mit einem Grinsen, das die Grinsekatze stolz machen würde. »Hier?«, hakt sie nach, eine Braue angesichts des Vergnügens, das ihr diese Situation möglicherweise bereiten wird, verzückt nach oben gezogen.

»Natürlich hier. Ich war heute ja nirgendwo anders außer

hier.« Ich schneide die Hähnchenbrust auf meinem Salat in kleinere Stücke, ehe ich eins mit der Gabel aufspieße und sicherstelle, dass ich die perfekte Kombination aus Fleisch, Salat und Dressing erwischt habe.

»Also arbeitet er hier? Hast du mit ihm geredet?«

»Ja, ich glaube schon, und nein, habe ich nicht. Ich habe ihn entdeckt, als ich mit meiner Orientierungsgruppe durch die Hotellobby gelaufen bin. Es ist irgendwie cool, schon hier zu sein, ehe das Ganze eröffnet, oder?« Das ist es wirklich. Wart ihr schon mal in einem Casino in Las Vegas, nachdem es geschlossen hat? Nein. Wart ihr nicht, denn wenn es erst mal geöffnet hat, hat es geöffnet. Vierundzwanzig Stunden am Tag, dreihundertfünfundsechzig Tage im Jahr. Wie viele Menschen bekommen die Gelegenheit, einen solchen Ort zu sehen, ehe er eröffnet? Nicht viele, wette ich.

In der Lobby herrschte reges Treiben. Bauarbeiter auf Gerüsten stellten die Lampen ein, während ein anderer einen Brunnen in der Größe eines kleinen Swimmingpools verfliesten. Lieferungen wurden in den Einzelhandelsgeschäften der Lobby abgeladen und zeitgleich unzählige Pappkartons zerkleinert und weggeschafft.

Auf der Ebene des Casinos wurde ebenfalls noch gearbeitet. Zwar standen schon die Spieltische an ihren Plätzen, aber natürlich waren sie unbesetzt. Reihenweise Spielautomaten erhellten den Bereich, jedoch ohne einen Mucks von sich zu geben. Ansonsten war die gesamte Etage wie leer gefegt, bis auf eine Bar in der Mitte, an der noch gezimmert wurde.

Es roch nach frischer Farbe und neu verlegtem Teppich, aber auch noch nach etwas anderem. Es roch nach einem Anfang. Nach Möglichkeiten und ungenutzter Energie und dem geflüsterten Versprechen eines bevorstehenden Abenteuers.

Es war unheimlich cool.

»Lydia, konzentrier dich.« Payton schüttelt die Eiswürfel in ihrem Becher, ehe sie einen Schluck daraus trinkt. »Ich brauche Details!«

»Ich habe ihn in der Lobby gesehen und nehme an, dass er

hier arbeitet?«, sage ich, doch es klingt mehr nach einer Frage als einer Aussage, da ich schließlich keine Ahnung habe. »Er stand mit ein paar anderen Typen in der Nähe der Eingangstüren. Sie hatten ihre Blicke auf ein Tablet gerichtet und deuteten auf verschiedene Stellen an der Lobbydecke. Oh! Vielleicht gehört er zur Security oder so was? Mist. Ich weiß es nicht, aber er hat so gewirkt, als gehöre er hierher. Möglicherweise ist er ein Bauunternehmer und unsere Wege werden sich nie wieder kreuzen.« Ich kräusle die Nase und zucke mit den Schultern.

Es wäre wirklich ätzend, wenn das neulich meine einzige Chance war und ich sie vergeigt hätte. Selbst wenn er hier arbeitet, werde ich ihm jemals wieder über den Weg laufen? Dieser Ort hier entspricht einer kleinen Stadt. Bei Tausenden von Angestellten wird es viele Leute geben, die ich nur selten oder auch gar nicht sehen werde.

4. Kapitel

Lydia

An diesem Tag sehe ich ihn nicht wieder und auch nicht am nächsten. Aber ich übe. Mit üben meine ich, dass ich imaginäre Gespräche mit ihm führe, sodass ich für eine richtige Unterhaltung gewappnet bin, wenn ich ihn wiedersehe. *Hey, erinnerst du dich an mich?*, sage ich zu meinem Spiegelbild, während ich mir morgens die Haare föhne. *Oh, du! Du arbeitest hier? Ich arbeite auch hier!* Das wiederhole ich auf meinem Weg zur Arbeit in Gedanken so oft, bis es ganz natürlich klingt. Wenn ich an einer Ampel halten muss, unterstreiche ich diese Worte noch mit einem Schulterzucken und einer Handbewegung. *Hey, du, kannst du es glauben, dass ich deinen Namen beim letzten Mal nicht mitbekommen habe?*

Zugegeben, an diesem letzten Satz muss ich definitiv noch etwas feilen. Es ist irgendwie ätzend, dass ich ihn im Rahmen meiner Fantasieübungen so ansprechen muss, aber so ist es nun mal. Ich habe darüber nachgedacht, mir einen Namen für ihn auszudenken, bis ich herausfinde, wie er wirklich heißt, aber ich wollte mich nicht zu sehr an einen falschen Namen gewöhnen. Denn wie wäre es beispielsweise, wenn ich ihn vorerst mal Sam nenne und der Name dann aus irgendeinem Grund in meinem Hirn haften bleibt und ich ihn dann im Bett Sam nenne? Könnt ihr euch das überhaupt vorstellen? Ich nicht. In Wahrheit habe ich es mir vorgestellt und mir sind bei dieser Vorstellung tausend Gruselschauer über den Rücken gelaufen. Ich habe mir vorgestellt, dass alles zwischen uns super lief – der Sex – und dass ich es genoss und er ebenfalls. In meiner Vorstellung habe ich eine wirklich gute Figur gemacht und dann – *bäm* – rief ich einen falschen Namen und ruinierte alles. Wenn ihr die Details wollt: Er war auf mir, voll dabei, ich hatte meine Knöchel hinter seinem Rücken verschränkt und stöhnte »Härter, Sam«, woraufhin er innegehalten hat, so wie man das eben macht, wenn man beim Sex mit falschem Namen angesprochen wird. Ich wiederum lief vor Scham knallrot an, während er sich angezogen hat und verschwunden ist.

Dabei war ich noch nicht mal gekommen.

Also muss *Hey, du* reichen, bis ich seinen Namen in Erfahrung gebracht habe. Ich nehme an, dass ich die Situation zumindest retten könnte, ohne ihn zu kränken, sollte ich ihn beim Sex aus Versehen mit *Hey* ansprechen. Also warte ich auf den richtigen Zeitpunkt, halte meine Augen offen und arbeite gedanklich an meiner Unterhaltung mit ihm.

Ich bin zuversichtlich, dass sich das auszahlen wird, denn meiner Erfahrung nach zahlt es sich immer aus, hart zu arbeiten und eine positive Einstellung zu haben. Denn immerhin gilt: Übung macht den Meister. Darum werde ich bereit sein, wenn ich ihn wiedersehe.

Am Freitag bekomme ich meinen eigenen Schreibtisch. Ich hatte noch nie zuvor bei der Arbeit einen eigenen Bereich außer vielleicht einen Spind, in dem ich meine Handtasche verstauen konnte. Um genau zu sein, ist es sogar ein kleines abgetrenntes Büro nur für mich. Der Bereich, den ich mein Eigen nennen kann, umfasst knapp drei Quadratmeter und draußen an der Wand der kleinen Arbeitsnische wurde sogar mein Name angebracht.

Lydia Clark. Ich streiche mit den Fingern über die Buchstaben und grinse, ehe ich meinen neuen Arbeitsbereich betrachte. Mein Schreibtisch ist L-förmig und es steht bereits ein Flachbildschirm darauf. Drei linierte Blöcke, eine Packung mit Stiften und ein Sechserpack Klebezettel, noch immer in ihrer Cellophanverpackung, liegen neben der Tastatur. Die Wände des Bürowürfels bestehen aus einer Art taupefarbenem Strukturgewebe in Industrieausführung, dienen aber gleichzeitig als Pinnwand, sodass ich ganz leicht Notizen daran befestigen kann.

Ich kann es nicht erwarten, dieses Wochenende einen süßen Stiftehalter zu kaufen. Vielleicht werde ich auch eine Briefablage und bunte Ordner besorgen. Ich lasse meine Handtasche in die Schublade des Aktenschranks unter dem Schreibtisch fallen und schreibe Payton.

Lydia: *Shoppen für Bürobedarf dieses Wochenende?*

Payton: *Kann es kaum erwarten!*

Oh, wow. Ich hätte nicht gedacht, dass sie das interessieren würde. Sie hatte nahezu keinerlei Meinung in Bezug auf die Sachen, die wir für unser Apartment gekauft haben. Ich frage mich, ob ich sie dazu bewegen kann, noch mal mit mir zu *Ikea* zu gehen.

Lydia: *Wirklich? Möchtest du nach der Arbeit mit mir zu* Ikea*?*

Payton: *Nein, nicht wirklich, du Nerd. Es ist unser zweites Wochenende in Vegas. Wir werden unseren Freitagabend nicht bei* Ikea *verbringen.*

Oh. Nun, dann vielleicht Samstag.

In fünf Minuten habe ich ein Teammeeting, daher stecke ich mein Handy ein und mache mich auf den Weg zum Konferenzraum. Der dritte bis vierte Stock in diesem Hotel umfasst nichts als Büroräume. Diese Stockwerke sind mit den Gästefahrstühlen nicht zu erreichen, sodass wir nahezu versteckt sind, wie in einem Gebäude innerhalb eines Gebäudes. Vom Angestellteneingang aus erreichen wir gesonderte Fahrstühle, die nichts als diese drei Stockwerke sowie die Suiten der Geschäftsleitung im vierunddreißigsten Stockwerk bedienen. Nicht, dass ich Letztere schon mal gesehen hätte – sie sind den Angestellten in Führungspositionen, die hier vor Ort leben, vorbehalten.

Könnt ihr euch das vorstellen?

Meine Abteilung – die Personalverwaltung – ist im vierten

Stock, zusammen mit der Rechtsabteilung, der Buchhaltung, dem Sicherheitsdienst und den Büroräumen der Führungsebene. Ich als Mitarbeiterin unterstehe dem Direktor der Personalverwaltung, der wiederum dem Generaldirektor der Personalverwaltung untersteht. Das klingt nach einer Menge Leute, was auch stimmt. Ich bin einer von sieben Mitarbeitern in diesem Bereich, die alle gemeinsam diese Woche ihre Arbeitsstelle angetreten haben und schließlich aufgeteilt und den verschiedenen Abteilungen als Hauptansprechpartner zugeteilt werden – Housekeeping, Essensservice, Rezeption und Zimmerservice, Entertainment, Wellness, Verkauf und Casino. Und das sind nur die nach außen hin sichtbaren Bereiche.

Dieser Ort hier ist wirklich eine Welt für sich.

Auf jeder Ebene gibt es einen Pausenraum mit kostenlosem Kaffee, darum lege ich dort einen Zwischenstopp auf meinem Weg zum Konferenzraum ein. Hier steht einer dieser modernen Kaffeevollautomaten, der Latte, Espresso, heißen Kakao und auch normalen Kaffee zubereiten kann. Heiliger, hier zu arbeiten, ist wie ein Tag in *Disneyland* für mich! Es gibt auch Obst und Snacks und Wasserflaschen und – oh mein Gott, ich bleibe abrupt stehen. Dieser Typ. Zum Pausenraum gehört auch noch dieser Typ. Damit meine ich, dass er hier ist, im Pausenraum. Nicht, dass er wie eine kostenlose Packung Erdnüsse, die es hier tatsächlich gibt, zu den Vorräten des Pausenraums zählt.

Verdammt, Lydia! Konzentrier dich!

Ich habe bereits zwei Schritte in den Raum gemacht und das Klackern meiner hohen Absätze auf dem Linoleum hat mich schon angekündigt, ehe ich das selbst tun konnte. Er ist dabei, den Deckel einer Wasserflasche abzuschrauben, und ich habe gerade mal eine halbe Sekunde Zeit, um ihn zu beobachten, bevor er mich bemerkt. Eine halbe Sekunde, um zu bestätigen, dass er es mir angetan hat.

Warum ist das so? Ich habe ihn doch nur geküsst, mehr nicht. Warum hat er diesen Effekt auf mich? Ich bin nun auch nicht so unschuldig, dass mich ein Kuss völlig aus der Bahn werfen sollte. Ich habe schon vorher Männer geküsst und keiner von ihnen hat mir dieses Gefühl gegeben. Stattdessen habe ich mich bei ihnen nur gleichgültig gefühlt, wenn ich ehrlich bin. Deshalb bin ich ja auch noch Jungfrau. Warum sollte ich eine Sache weiterverfolgen, wenn mir der Typ kein gutes Gefühl gibt?

Dieser Kerl hier wiederum gibt mir das Gefühl, endlich sexuell aktiv werden zu können. Jap. Wenn ich ihn sehe, bin ich mir sogar sicher, dass ich ungenutztes Luderpotenzial habe. Warum zur Hölle ist er nur so attraktiv? Es tut beinah weh, ihn anzuschauen. Ich fühle mich ganz warm und aufgeregt und seltsam.

Als er mich bemerkt, blitzt Erkennen oder Überraschung in seinen Augen auf. Ich vermute, dass es eine Mischung aus beidem ist. Es bedeutet, dass er sich an mich erinnert, nicht wahr?

Er sagt nichts, aber sein Blick bleibt unverwandt auf mich gerichtet, als er sich mir zuwendet. Er führt die Flasche zum Mund und trinkt einen Schluck daraus, scheinbar ungerührt, während er mich einfach nur ansieht. Sein Gesichtsausdruck verrät nichts. Wenn ich nicht das kurze Aufblitzen in seinen Augen gesehen hätte, als er mich bemerkt hat, hätte ich gedacht, dass er sich nicht an mich erinnern würde, aber das tut er. Ich weiß es.

Wir sind allein. Nur wir zwei, ein leerer Pausenraum, das Surren des Kühlschranks und der Geruch von Kaffee in der Luft.

Das ist meine Chance.

»Oh, hey, ähm, du arbeitest hier?« Das ist es, was mir für meinen großen Moment einfällt. »Wir haben uns neulich kennengelernt. Letztes Wochenende. Wie auch immer«, setze ich noch ordentlich was auf die Peinlichkeit obendrauf, die gerade meinen Mund verlassen hat.

»Das haben wir in der Tat«, antwortet er und nickt bestätigend. Er schraubt den Verschluss der Wasserflasche wieder zu, ohne hinzusehen, denn sein Blick ist noch immer auf mich gerichtet.

Verdammt, diese verfluchten Augen. Sie stellen etwas mit mir an. Schmutzige Dinge, zumindest in meinen Gedanken. Sein Blick wandert über mein Gesicht und ich erröte bis zu den

Haarwurzeln. Ich mache ein paar zaghafte Schritte nach vorn, meine Absätze klackern wieder auf dem Boden. Er hat kluge Augen. Intelligente. Einfühlsame. Er sieht aus wie ein Mann, der schnelle Entscheidungen treffen kann. Wie ein Mann, dem keine Details entgehen.

»Also arbeitest du hier? Ich arbeite auch hier.« Ich klinge ein wenig atemlos, daher atme ich einmal tief durch und versuche, mich zusammenzureißen.

»Ja, wie es scheint, arbeiten wir beide hier.«

Ich glaube, ich wiederhole mich. Ich muss das Ganze vorantreiben, solang ich noch die Chance habe, ehe jemand reinkommt oder er einen Abgang macht. »Also, das war nett«, sage ich. »Als wir uns getroffen haben.«

»Nett?« Seine Lippen scheinen sich zu einem winzigen Schmunzeln zu verziehen und er hat fragend – oder aber amüsiert – eine Braue hochgezogen.

Ich wünschte, ich könnte mit meinem Finger über diese Augenbraue fahren. Über die kleine Falte auf seiner Stirn streichen und die Kontur seines Kinns nachzeichnen. »Die Sache mit dem Kuss«, stelle ich klar. »Für den Fall, dass du es noch mal wiederholen möchtest.«

Er reißt überrascht die Augen auf und zieht nun beide Brauen in die Höhe, das Schmunzeln auf seinem Gesicht ist verschwunden. Dann schüttelt er ein klein wenig den Kopf und lächelt.

Ich amüsiere ihn. Scheiße. Ich muss wie ein Teenager klingen, er ist mit Sicherheit Angebote gewohnt, die weit übers Küssen hinausgehen. »Oder was auch immer du sonst möchtest«, verbessere ich schnell. »Ich meine, falls du Interesse hast.«

»Heiliger«, sagt er langsam und nicht gerade auf ehrfürchtige Art und Weise. Er hebt seine freie Hand und reibt sich über das Kinn, ehe er den Kopf etwas zur Seite neigt, als würde er ein wenig von der Anspannung in seinem Nacken lockern wollen. Er lächelt noch immer nicht. Moment mal. Habe ich das alles gänzlich falsch verstanden? Er hat mich doch geküsst.

Nicht, dass das einer großen Erklärung von Interesse gleichkam, aber er muss mich attraktiv genug gefunden haben, um das zu tun.

Er lässt seine Hand sinken. Die Wasserflasche baumelt zwischen den Fingern seiner anderen Hand hin und her und er trommelt damit immer wieder gegen sein Bein. Ich würde seine Aktion nicht als nervös einordnen. Nicht im Geringsten. Als unruhig vielleicht. Sein Gesichtsausdruck ist ein wenig gequält, wenn ich es präzisieren müsste. Aber seine Augen wiederum ... Seine Augen verraten Interesse. Ich bin vielleicht nicht das erfahrenste Mädchen der Welt, aber ich glaube wirklich, in ihnen Interesse zu erkennen.

»Rhys!«, ruft eine Stimme hinter mir und meine Augen werden riesengroß. Ich habe vergessen, ihn nach seinem Namen zu fragen. Schon wieder. Aber er heißt Rhys. *Rhys, Rhys, Rhys*, skandiere ich den Namen in meinem Kopf. Er gefällt mir. Sehr sogar. Ein kleines Lächeln zupft an meinen Mundwinkeln, ehe mir überaus bewusst wird, dass ich beinah auch meine zweite Chance verpasst hätte, seinen Namen in Erfahrung zu bringen. Oh Mann. Ich bin so eine Amateurin.

Ich drehe mich zur Quelle der Stimme um und sehe einen großen, gut aussehenden Mann, der in den Pausenraum marschiert kommt. Nicht so gut aussehend wie Rhys, zumindest in meinen Augen, aber ich kann sehen, was anderen wohl an ihm gefällt. Er schlägt Rhys auf den Rücken und öffnet den Kühlschrank, aus dem er sich eine Flasche Wasser holt. Der Kerl ist gut angezogen, beide Männer sind es, wie ich jetzt bemerke. Sie tragen Anzüge. Teure Anzüge. Ich bin vertraut genug mit Stoff, um die Qualität zu erkennen, auch ohne eins der Kleidungsstücke angefasst zu haben. Die beiden Männer wirken sehr geschäftsmäßig mit ihren akkurat gebundenen Krawatten, polierten Schuhen und großen Uhren. Sie sind heiß und versprühen allein beim Gehen und Reden schon jede Menge Sexappeal.

Moment mal. Was habe ich gerade zu Rhys gesagt? *Was auch immer du sonst möchtest*? Oh mein Gott. Nein. Ich fühle, wie ich rot werde, und senke meinen Blick schnell auf den Linoleumboden, ehe ich mich zu der schicken Kaffeemaschine umdrehe. Ich nehme mir einen Becher von einem der Regale und stelle ihn unter den Ausschank. Meine Hände zittern, als ich die Auswahl drücke. Das habe ich nicht geübt. Meine Übungsdurchgänge für ein zweites Treffen mit ihm sahen nicht vor, dass ich ihm *Was auch immer du sonst möchtest* anbiete. Auch auf Unterbrechungen habe ich mich nicht eingestellt. Warum hatte ich keine Alternativpläne für den Fall, dass ich mich blamiere oder unterbrochen werde? Was soll ich jetzt tun?

Ich beiße mir auf die Lippe und drehe den Kopf gerade so weit, dass ich über meine Schulter schauen kann. Rhys' Blick wandert von dem Mann zu mir und wieder zurück. Ich wende mich erneut der Kaffeemaschine zu und drücke auf den Knöpfen herum, bis die Maschine zischt und heiße Flüssigkeit in den Becher fließt. Dann packe ich die Anrichte vor mir und halte mich daran fest, bis meine Fingerknöchel weiß hervortreten. Vielleicht war es ja nicht ganz so schlimm, was ich gesagt habe?

Okay, es war schlimm. Und er hat nicht reagiert. Zumindest nicht wirklich. Was bedeutet das? Vielleicht hat er eine Freundin? Aber er hat mich geküsst! Noch vor einer Woche hat er mich geküsst!

Hinter mir höre ich, wie der andere Mann zu Rhys sagt, dass sie zu spät kommen würden, dann erklingen Schritte, die sich in Richtung der Tür bewegen. Ich lasse meine Hände da, wo sie sind, und sehe dem, was auch immer ich da gewählt habe, dabei zu, wie es in meinen Becher fließt.

Dann sind sie verschwunden.

Ich höre Bethany, meine neue Vorgesetzte, und die beiden Männer auf dem Flur Begrüßungen austauschen, bevor sie kurz darauf in den Pausenraum gesegelt kommt. Ich nehme meinen Becher und stelle ihn auf der Anrichte ab, ehe ich mir ein kleines Stäbchen zum Umrühren schnappe und Bethany ihren Becher unter den Ausschank stellt.

Sie lächelt mich an. »Oh, was hast du dir gemacht?«, fragt sie und nickt in Richtung meiner Tasse.

»Irgendeine Art Latte«, sage ich und zwinge ebenfalls ein

Lächeln auf meine Lippen, bevor ich daran nippe. Am liebsten würde ich den Becher in der Spüle entleeren, da ich gerade nicht in der Lage bin, eine Tasse voll heißer Flüssigkeit zu tragen, und ich den Koffein-Boost auch nicht länger nötig habe. Doch es wäre seltsam, das zu tun, während meine Vorgesetzte neben mir steht und mich beobachtet.

Ich reiße eine Packung mit Süßstoff auf und gebe ihn in meinen Becher, ehe ich weiterspreche. »Hey, kennst du den Typen, der gerade hier war? Rhys?« Ich schaffe es, das so nebensächlich herauszubringen, dass ich möglicherweise ein Abzeichen dafür verdiene. »Weißt du, wo er arbeitet?«

»Rhys?« Bethany dreht sich zu mir um, einen verwirrten Ausdruck im Gesicht.

»Ich weiß, dass er hier arbeitet«, stelle ich klar. »Aber weißt du, was genau er hier macht?« Mir fällt ein, dass sich meine Abteilung das Stockwerk mit der Rechtsabteilung und dem Sicherheitsdienst teilt. Und der Buchhaltung. Aber er sah eher wie ein Anwalt als ein Buchhalter aus.

Ich bin so eine Idiotin. Als ob irgendjemand wie ein Buchhalter oder ein Anwalt aussieht.

»Er ist der Geschäftsführer«, antwortet Bethany und ich erstarre. Das Stäbchen zum Umrühren, das ich gerade wegschmeißen wollte, baumelt zwischen meinen Fingern über dem Mülleimer.

Das ist nicht gut. Tief im Inneren bin ich mir sehr sicher, dass es nur einen Geschäftsführer in der Führungsstruktur gibt, aber dennoch versuche ich es. »Von welchem Bereich?«, frage ich und schaffe es, meine Stimme fest klingen zu lassen. Den Blick halte ich jedoch weiter auf das Stäbchen zum Umrühren gerichtet. Es ist auf einer Bananenschale im Mülleimer gelandet. Daneben liegt eine Limodose und ich bin verärgert über die Person, die diese nicht in die Wertstofftonne getan hat. So etwas dauert doch nur eine Sekunde.

»Vom gesamten Resort«, sagt Bethany und in dem Moment verliere ich vor Schreck mindestens zehn Jahre meiner Lebenserwartung.

5. Kapitel

Lydia

Irgendwie habe ich den Rest des Tages überstanden, auch wenn ich keine Ahnung habe, warum ich nicht an Ort und Stelle gestorben bin. Das Einzige, was ich dazu sagen kann, ist, dass ein durch Demütigung hervorgerufener Tod kein schneller Weg sein kann, um aus dieser Welt zu scheiden.

Ich stand mit meiner neuen Vorgesetzten im Pausenraum, während sie mir erklärte, dass Rhys der Geschäftsführer sei – und zwar des gesamten Resorts.

Das war schon schlimm.

Aber es wurde noch schlimmer.

Das Resort gehört der *Sutton Travel Corporation*, was ich natürlich bereits wusste. Logischerweise. Ich war hocherfreut, einen Job bei einem so großen Unternehmen mit erstklassigen Mitarbeiterboni bekommen zu haben, und habe mich informiert. *Sutton* hat seinen Hauptsitz in Großbritannien und operiert in über fünfzig Ländern.

Hotels, Reisegruppen und Führungen, Kreuzfahrten und jetzt ein Luxusresort am Strip von Las Vegas. Das Unternehmen gibt es seit Jahrzehnten. Es ist dafür bekannt, Talente zu fördern und von innen heraus seine eigenen Leute zu Führungskräften von morgen zu machen.

Das Unternehmen wurde von William Sutton gegründet.

Rhys' Großvater.

Nun.

Das macht ihn irgendwie zum Miteigentümer, oder?

Ich werde gefeuert werden. Aber so was von. Ich bin in der Personalabteilung tätig und habe meinem obersten Boss Sex angeboten. Was stimmt nur nicht mit mir? Ernsthaft. Ich bin doch besser als das. So ein Mädchen bin ich nicht. Ich bin brav! Immer! Ich bezahle meine Rechnungen frühzeitig und ich recycle meinen Müll! Ich biete meinem Boss doch keinen Sex an. Bäh, das ist widerlich.

Jedes Mal, wenn ich an das Häufchen Elend, das ich bei meinen Flirtversuch war, zurückdenke, schließe ich gequält die Augen. Die erste Woche in meinem ersten richtigen Job und ich werde gefeuert werden.

Den Nachmittag habe ich damit verbracht, zu überlegen, ob ich mich nicht selbst feuern sollte. Sollte ich einfach hingehen, meine Kündigung einreichen und den damit verbundenen Papierkram erledigen? In der Einarbeitung gestern wurde uns der Kündigungsprozess erklärt, ich weiß also, wie ich vorgehen müsste. Was ich wiederum nicht weiß, ist, ob ich das tun sollte. Also habe ich stattdessen meinen Becher mit was auch immer für einem Latte zum Konferenzraum 4C getragen und hielt während des Meetings mit meinem Team, in dem es um den weiteren Einarbeitungsprozess ab Montag ging, die ganze Zeit meinen Blick gesenkt. Da die Eröffnung des Resorts kurz vor der Tür steht, wird das interne Personal innerhalb der nächsten drei Wochen nach und nach seine Arbeit aufnehmen. Was endlos viel Papierkram bedeutet. Unendlich viele Steuerformulare und Überprüfungen der Arbeitsberechtigung, die ausgefüllt und bearbeitet werden müssen. Ellenlange Checklisten für Tausende neuer Angestellter, die alle nahezu zur gleichen Zeit starten müssen. Früh genug, um sicherzustellen, dass sie nach Unternehmensstandards eingearbeitet wurden, aber nicht so früh, dass wir bereits zig Mitarbeiter vor der Eröffnung auf der Gehaltsliste haben. Ganz einfach, oder? Ich habe mir Notizen zu allem gemacht und mir rauchte der Kopf angesichts der vielen Gedanken, die darin herumwirbelten. Wobei nicht alle staatlichen Vorschriften und zukünftigen Meetings galten.

Dann bin ich zu meinem Schreibtisch zurückgeschlichen und habe darauf gewartet, dass die Henkersaxt auf mich niedersaust. Jedes Mal, wenn jemand an meiner Büronische vorbeigegangen ist, zuckte ich zusammen, weil ich erwartete, dass es Bethany wäre, die mich mit einem traurigen Lächeln im Gesicht um ein Gespräch bitten würde.

Doch das geschah nicht. Ich bin extra noch eine halbe Stunde nach Feierabend geblieben, um ihr jede Möglichkeit zu geben, mich noch vor dem Wochenende zu feuern. Ihr wisst schon, für den Fall, dass sie ihrem Zeitplan hinterherhinken sollte. Aber schließlich bemerkte ich, dass das Licht in ihrem Büro aus war, und schloss daraus, dass sie bereits gegangen war und ich nicht vor Montag gefeuert werden würde, wenn es dazu kommen sollte. Ich schnappte mir meine Handtasche und ließ meinen benutzten Becher das Wochenende über auf meinem Schreibtisch stehen, denn der Gedanke, zurück in den Pausenraum zu gehen, löste bei mir posttraumatischen Stress aus. Einen schmutzigen Becher auf meinem Schreibtisch zurückzulassen, verursachte mir zwar ebenfalls Stress, aber man muss sich seine Schlachten nun mal aussuchen.

Als ich letzten Endes sicher eingeschlossen in meinem Auto saß, schrieb ich Payton, dass ich noch ein paar Erledigungen machen müsste und in ein paar Stunden wieder zu Hause wäre. Ich brauchte Zeit für mich, ehe ich bereit wäre, über diesen Tag zu reden.

Dann suchte ich auf meinem Handy den Store-Finder von *Goodwill* für den Gesamtbereich Las Vegas heraus. Mir ist bewusst, dass das nicht der typische Ort für eine Zweiundzwanzigjährige ist, um ihren Kopf freizubekommen, aber ich bin ja auch nicht wie die meisten Zweiundzwanzigjährigen.

Ich brauche nur einen kleinen Moment, um zu realisieren, dass ich mich im Heiligen Land der *Goodwill*-Stores befinde. Hier gibt es so viele davon! In der Nähe meines Elternhauses gibt es nur einige wenige, aber hier sind es mindestens ein Dutzend! Und was ist das? Ein *Goodwill*-Outlet-Center? Das kann nicht wahr sein. Wartet. Verdammt. Das Outlet-Center ist unter der Woche nur während der regulären Arbeitszeiten geöffnet. Na gut, dann habe ich immerhin etwas, auf das ich mich freuen kann, wenn ich gefeuert werde. Dann werde ich so oft im *Goodwill*-Outlet-Center shoppen können, wie ich will.

Zwischen meinem Arbeitsplatz und meiner Wohnung gibt es zwei Läden, die infrage kommen. Ich gebe die Adresse des Ersten in mein Navi ein und fahre aus der Parkgarage auf den Las

Vegas Boulevard. Meiner begrenzten Erfahrung nach ist der Verkehr auf dem Strip immer schlimm, aber zum Glück muss ich nicht mal zwei Kilometer fahren, ehe ich auf den Convention Center Drive abbiegen kann und aus dem Verkehrschaos herauskomme. Fünfzehn Minuten später halte ich vor einem Store in der Nähe des Maryland Parkway. Ich finde einen Parkplatz in unmittelbarer Nähe des Eingangs und betrachte den Laden von außen. Er sieht wie ein guter Laden aus – manchmal weiß man das einfach, versteht ihr?

Ich seufze, als ich den Motor abstelle und aus dem Auto steige. Es ist so hübsch hier. Mir ist klar, dass das die wenigsten Leute über Vegas sagen, aber es stimmt. Sobald du vom Strip runter bist, ist es wunderschön, mit all den Palmen und der Wüstenlandschaft.

Ich hoffe, dass ich hierbleiben kann. Dass ich es nicht vermasselt habe. Ich hoffe, dass ich nicht meine Dads anrufen und ihnen sagen muss, dass ich wieder nach Hause ziehe.

Als ich durch die sich automatisch öffnenden Eingangstüren gehe, atme ich den vertrauten Geruch von Mottenkugeln und Staub ein und hole mir einen Einkaufswagen. Natürlich brauche ich einen Einkaufswagen, wenn ich hier shoppe. Gedanklich mache ich mir eine Notiz, dass die Farbe der Woche Blau ist, was bedeutet, dass ich alle Sachen mit einem blauen Schild daran für fünfzig Prozent weniger bekomme.

Mit den Fingern trommle ich auf dem Griff des Einkaufswagens herum, während ich mir einen Überblick über den Laden verschaffe und schließlich zum ersten Ständer mit Erwachsenenbekleidung gehe. Die Größe ist nicht wirklich entscheidend, da ich alles waschen und dann auseinanderreißen werde. Mir ist es nicht mal sonderlich wichtig, ob es sich um Damenbekleidung handelt. Ich habe auch schon Herrenanzüge in alle möglichen Dinge verwandelt. Schals, Handtaschen, einen Poncho. Einmal habe ich sogar ein Kleid aus einem Jackett angefertigt.

Manchmal finde ich ein schönes Stück, aber das meiste ist Müll, durch den ich mich durchwühlen und dann überarbeiten muss. Das genieße ich. Ich finde es sehr befriedigend, etwas zu kaufen, das ausrangiert wurde, und es in etwas Neues zu verwandeln.

Meine ehemalige Pfadfinderführerin Mrs Barnes hat mir beigebracht, wie man näht. Eine Fähigkeit, die die meisten jungen Frauen heutzutage nicht mehr lernen. Eine Entwicklung, die schon länger anhält, wie ich annehme. Ich könnte neuen Stoff verwenden, aber neuer Stoff ist schweineteuer. Außerdem macht es so viel mehr Spaß, Stoffe wie einen Schatz aufzuspüren.

Ich atme einmal durch und beginne dann am Ende der Reihe. Rasch arbeite ich mich durch die Kleiderbügel. Das leise Quietschen, das sie von sich geben, wenn sie über die Metallstange des Kleiderständers gleiten, beruhigt mich. Zur Seite schieben, schieben, schieben. Innehalten. Wiederholen. Nach drei Reihen bin ich völlig in meinem Element. Der Stress des Tages fällt von mir ab, während ich mich nur darauf konzentriere, Schilder und Preise zu lesen und zu überlege, ob ein Kleidungsstück genug Stoff bietet, um daraus etwas zu machen.

Ich habe mich halb durch die Damenbekleidung gearbeitet, als ich aufsehe und einen Ständer mit Bettwäsche und Laken entdecke. Alt gemusterte Betttücher, zusammengefaltet und auf Hosenbügeln aufgehängt. Ich lasse die Bekleidungsständer hinter mir, als sich eine Idee in meinem Kopf formt. Pyjamas. Ich könnte die Bettwäsche aufschneiden und daraus Pyjamahosen nähen. Ich könnte die weiten Kissenränder und das Ende des Bettbezugs für den Saum der Hosen verwenden. Aus den anderen Resten könnte ich Shorts anfertigen. Verdammt, ich wette, ich könnte aus einem Bettbezug mindestens ein Paar Shorts, eine Hose und sogar noch ein Top mit Spaghettiträgern machen! Ein Schnittmuster dafür habe ich zu Hause, ebenso wie Gummiband und alles andere, was ich brauche. Ich kann das gesamte Wochenende damit verbringen, abzumessen, abzustecken, zuzuschneiden und zu nähen.

Statt über Rhys und das Gefühl nachzudenken, das er mit seinem Kuss letztes Wochenende in mir ausgelöst hat. Über meine Reaktion auf ihn. Statt daran zu denken, dass er mein oberster Boss ist, und daran, wie er mich heute Nachmittag nur angestarrt hat, als ich mich ihm praktisch an den Hals geworfen habe.

Doch das wird unmöglich sein. Ich bin mir sicher, dass die Worte *Was auch immer du sonst möchtest* in meinem Kopf herumspuken werden, bis ich achtzig bin.

Payton schreibt mir, als ich an der Kasse bin. Sie weiß nichts von meinem *Goodwill*-Hobby, darum weiche ich ihrer Frage, wo ich mich gerade aufhalte, aus und sage ihr, dass ich auf dem Weg nach Hause bin. Ich habe tatsächlich mehr als zwei Stunden in diesem Store verbracht und würde es ohnehin nicht mehr schaffen, vor Ladenschluss einen weiteren aufzusuchen. Payton sagt mir, dass ich sie am Pool treffen solle. Der Whirlpool ist angeblich voll mit heißen Männern, doch ich antworte ihr, dass ich Wäsche waschen müsse. Was nicht gelogen ist. Ich muss die Bettwäsche und Laken waschen, ehe ich sie zerschneiden kann.

❀

»Du wirst nicht gefeuert werden, entspann dich.«

Diese wundervolle Weisheit kommt von Payton.

Ich bin schon seit einiger Zeit zu Hause und habe Betttücher gewaschen und getrocknet. Als Payton vom Pool hochkam und mich beim Bügeln der Bettwäsche vorfand, ist sie ausgerastet. Sie versuchte ernsthaft, eine Mitbewohnervereinbarung durchzuboxen, die das Bügeln von Betttüchern an Freitagen verbietet. Oder an jedem anderen Tag, der auf die Endung *-tag* endet. Ich habe ihr erklärt, dass ich die Bettwäsche unbedingt bügeln müsse, und dann sprudelte die ganze Geschichte meines furchtbar schrecklichen und sehr schlimmen Tages aus mir heraus.

»Ich werde so was von gefeuert. Ich arbeite in der Personalabteilung und habe dem Geschäftsführer sexuelle Avancen gemacht.« Meine Wangen brennen noch immer, wenn ich das laut ausspreche. Oder darüber nachdenke.

»Du hast ihm wahrscheinlich ziemlich den Tag versüßt.« Payton hat inzwischen geduscht und sich eine Yogahose sowie ein Tanktop übergezogen. Ihr blondes Haar ist noch immer nass. Sie sitzt auf einem der Barstühle an der Kücheninsel und sieht mir beim Arbeiten zu.

Ich habe unseren Esstisch mit meiner Schneidematte und meinen Nähutensilien in Beschlag genommen, die ich ordentlich neben mir aufgereiht habe, während ich arbeite. Ich sehe nicht auf, als ich den Rollschneider über eine Stoffbahn gleiten lasse und einen perfekten Schnitt an dem Teil vollführe, aus dem in Kürze Pyjamashorts werden sollen. »Ihm seinen Tag versüßt? Ich glaube kaum, dass es ihm den Tag versüßt hat, dass ich ihn sexuell bedrängt habe.« Ich entferne das Schnittmuster vom Material und stecke meine Stecknadeln in mein Nadelkissen, wobei ich sicherstelle, dass keine von ihnen verloren geht und auf dem Fußboden landet.

»Beruhige dich. Du hast ihn nicht sexuell bedrängt. Außerdem verstehe ich immer noch nicht so richtig, was hier vor sich geht«, sagt sie und wedelt mit der Hand in Richtung Esstisch. »Du verwandelst alte Bettwäsche in Pyjamas?«

»Ja. Willst du einen?«

»Ähm, nicht wirklich.« Sie zieht die Brauen zusammen und ihre Miene drückt tiefste Zweifel aus.

»Das wirst du aber, wenn ich fertig bin«, versichere ich ihr.

»Wenn du das sagst. Aber jetzt zurück zu Rhys.«

»Da gibt es nichts, wohin man zurückkehren kann. Ich habe dir alles erzählt und werde am Montag gefeuert werden. Ich sollte Sachen packen, statt Pyjamas herzustellen.«

»Erstens, du wirst nicht gefeuert werden, und zweitens, du wirst nicht umziehen, selbst wenn du entlassen wirst.«

»Du hast eben noch gesagt, dass ich nicht gefeuert werden würde«, kreische ich.

»Wirst du ja auch nicht. Aber ich weiß, dass du dir gern das schlimmste Szenario ausmalst, also lass uns das tun.«

Das stimmt. Ich genieße es, über alle möglichen Optionen nachzudenken. »Okay«, stimme ich zu und lasse mich auf einen Küchenstuhl sinken. Ich spiele mit dem Nadelkissen herum, damit meine Hände etwas zu tun haben, und warte darauf, dass Payton beginnt.

»Okay, nehmen wir an, du kommst Montag zur Arbeit und wirst gefeuert.« Sie steht auf, während sie redet, und geht in unsere Speisekammer, aus der sie wenig später mit einer Packung *Cheez-It* wiederkommt.

»Ja.« Ich nicke. In meinem Kopf habe ich mir schon mindestens vier verschiedene Wege vorgestellt, wie es vonstattengehen könnte.

»Im Anschluss wirst du zurück zu deinem Auto gehen, nach Hause fahren und weinen. Nach der Arbeit werde ich Pizza mitbringen und dann werden wir gemeinsam noch etwas mehr heulen, ehe du dir am Dienstag sofort einen neuen Job besorgen wirst.« Sie schiebt sich einen *Cheez-It* in den Mund und zuckt lässig mit einer Schulter, als würde das die Lösung für alles sein.

»Payton.« Ich stöhne und verdrehe die Augen. »So funktioniert das nicht.«

»Genau so funktioniert das«, widerspricht sie. »Wir sind in Las Vegas, hier gibt es überall Jobs.« Sie öffnet ihren Laptop. »Wenn ich auf dieser Seite hier nach Jobs im Personalwesen suche, erhalte ich dreihundertvierunddreißig Treffer. Lass uns annehmen, dass davon zweihundert relevant sind und du für fünfzig davon qualifiziert bist. Das bedeutet, dass du dich noch heute Abend auf fünfzig Jobs bewerben könntest!«

Nun. Ich zucke mit den Schultern. »Das bedeutet aber nicht, dass ich auch nur einen davon bekommen würde.«

»Nein, das ist wahr«, erwidert Payton und klappt ihren Laptop wieder zu. »Aber du könntest kellnern. Du bist eine heiße Zweiundzwanzigjährige mit einem tollen Körper, du würdest vor lauter Trinkgeld ersticken und wahrscheinlich doppelt so viel verdienen wie im *Windsor*.«

»Glaubst du?«

»Ich habe vorhin mit einem Mädchen am Pool gesprochen. Sie meinte, dass sie ihren Job als Lehrerin gekündigt habe, weil sie doppelt so viel Geld als Cocktailkellnerin im *Wynn* verdiene.«

»Nicht dein Ernst.«

»Doch, es stimmt.«

»Bist du sicher, dass sie keine Prostituierte war?«

»Sie war keine Prostituierte. Aber das wäre sonst auch immer noch eine Notfalloption für dich«, sagt Payton total ernst, was mich zum Kichern bringt. »Geht es dir jetzt besser? Ich kann nicht ins Bett gehen, bevor ich weiß, dass du nicht die ganze Nacht über wach bleiben und Bettwäsche-Pyjamas herstellen wirst.«

»Ich schäme mich noch immer, Payton.« Ich stöhne und vergrabe mein Gesicht in meinen Händen. Meine Haare fallen mir wie ein Vorhang um meine Finger. »Ich stand einfach da und plapperte davon, wie gut diese Kuss-Sache gewesen war, und dann habe ich ihm wer weiß was angeboten. Ich glaube, ich habe ihm praktisch eine Blankovollmacht ausgestellt, denn was beinhalten die Worte *Was auch immer* überhaupt? Eigentlich alles Mögliche, oder? Soviel ich weiß, habe ich ihm damit vielleicht sogar Spanking oder Analsex angeboten.«

»Oh, das hast du ihm definitiv angeboten.«

»Argggh.«

»Du hast ihm definitiv den Tag versüßt, kleiner Grashüpfer. Vertrau mir. Außerdem habe ich den Typen gesehen. Du bist garantiert nicht die einzige Frau, die ihm jemals sexuelle Avancen gemacht hat. Er war verflucht heiß.«

»Du meinst, dass er es vielleicht so sehr gewohnt ist, dass ihn Frauen auf diese Art anmachen, dass er sich am Montag an nichts mehr erinnern wird?«

»Absolut.« Sie nickt und schiebt sich einen weiteren *Cheez-It* in den Mund.

»Ich bezweifle das, aber ich weiß es zu schätzen, dass du mich anlügst, um mich zu beruhigen.«

6. Kapitel

Rhys

Was auch immer du sonst möchtest.

Ich trommle mit den Fingern auf dem Konferenztisch herum und versuche, mich auf das Meeting zu konzentrieren, das Canon über die Sicherheit im Resort leitet, schaffe es aber nicht. Meine Gedanken sind stattdessen bei Lydia.

Was mich wütend macht. Ich bin nicht der Typ Mann, der sich von einer Pussy ablenken lässt.

Schon gar nicht von der eines guten Mädchens.

Gottverdammt.

Dieses Mädchen löst etwas in mir aus. Vor allem Irritierung.

Was auch immer du sonst möchtest. Falls du Interesse hast.

Scheinbar stöhne ich laut auf, als ich ihre Worte erneut in meinem Kopf abspule, denn Canon wirft mir einen Blick zu, ehe er sich wieder auf den Vorsitzenden des Unternehmens konzentriert, bei dem wir unser Überwachungsequipment gekauft haben. Gerade diskutieren sie über ein Technologiepaket, das Verbindungen zwischen Menschen entdeckt – Verbindungen, die dazu genutzt werden könnten, um auf betrügerische Art und Weise gegen das Casino zu spielen. In dem Moment, in dem man von einer unserer Kameras erfasst wird, wird ein Bild desjenigen in der Datenbank gespeichert und das System beginnt damit, Verbindungen herzustellen – zwischen dem Gast und dem Dealer. Zudem überprüft es alle bekannten Datenbanken nach Verbrecherfotos, vermissten Personen und registrierten Waffenbesitzern. Dazu kontrolliert es natürlich auch Social-Media-Seiten und Jahrbücher, kurzum jedes Foto, das einmal in eine öffentliche Datenbank hochgeladen wurde.

Wenn das Sicherheitssystem nicht innerhalb von vierzehn Sekunden identifizieren kann, wer man ist, wird ein Alarmsignal an das Security-Team gesendet, denn das bedeutet, dass es nirgendwo im Internet ein aufgenommenes Foto von einem gibt.

Was überaus fragwürdig ist.

Lawson unterbricht mit einer Reihe juristischer Fragen. Fragen, über die ich auch nachdenken sollte, doch das tue ich nicht. Zum Glück ist Lawson hervorragend in seinem Job.

Meine Aufmerksamkeit ist im Eimer. Sie liegt bei einer süßen Frau um die zwanzig, die meinen Schwanz hart werden lässt. Härter, als es angesichts der begrenzten Interaktion zwischen uns möglich sein sollte. Viel härter, als es bei einem Mädchen wie ihr der Fall sein sollte. Dennoch wandern meine Gedanken wieder zu ihren Lippen. Wie sie sich auf meinen angefühlt haben, so weich und willig. Zu ihrem Geruch nach Sonnenschein und dem Geschmack nach Pfefferminzlippenbalsam. Zum Flattern ihrer Lider, ehe sie ihre großen grünen Augen auf mich gerichtet und mich angesehen hat, als hätte ich den Mond persönlich am Himmel angebracht. Als ich den Kuss beendet habe, hat sie zu mir hochgeblinzelt und ihre Pupillen haben sich geweitet, während ich sie festhielt, damit sie nicht vornüberkippte. Damit ich nicht in Versuchung geriet, ihr meinen steifen Schwanz gegen den Bauch zu drücken.

Eine Erektion.

Hervorgerufen durch einen einfachen gottverdammten Kuss.

Ich fange nichts mit lieben, braven Mädchen an. Nicht mehr. Niemals, um ehrlich zu sein.

Was ich mit Frauen am Laufen habe, ist immer zeitlich begrenzt. Ich stehe auf schöne, schnelllebige und kurzweilige Begegnungen. Was aus Vegas den perfekten Ort für mich macht. Hier gibt es eine schier unbegrenzte Menge an Frauen, die nach ihrem *Was-in-Vegas-passiert-bleibt-in-Vegas*-Moment suchen. Dann reisen sie wieder ab, kehren zu ihrem beschaulichen Leben, ihren Hochleistungsjobs oder ihren Partnern zurück. Ich weiß es nicht und es ist mir auch egal.

Wenn es sich um keine Touristinnen handelt, dann um Stripperinnen. Ich mag aber auch Prostituierte. Das ist krass, ich weiß. Ich bin ein Arsch, auch das weiß ich. Ich könnte mehr zustande bringen, das weiß ich ebenfalls.

Ich weiß, ich weiß, ich weiß.

Doch ich bin nicht unglücklich mit meinem Leben. Ich suche nach nichts und auch nach niemandem. Wirklich nicht. Ich habe einfach nur gelernt, dass es einen Schlag Frauen gibt, von dem du bestimmte Dinge verlangen kannst, und einen, von dem du das nicht kannst.

»Spreiz deine Beine. Bück dich. Nimm ihn bis zum Anschlag in den Mund. Verschwinde.« Solche Sachen.

Fuck. Lydia hat den Pausenraum genutzt, der meinem Büro am nächsten ist, also muss sie auf der vierten Etage arbeiten. Na toll.

Was auch immer du sonst möchtest.

Wir wollen definitiv nicht die gleichen Sachen, Lydia.

7. Kapitel

Lydia

»Wann möchtest du zu *Ikea*?« Payton gähnt, als sie auf ihrem Weg in die Küche an mir vorbeigeht.

»Du willst mit mir zu *Ikea*?« Überrascht blicke ich auf, während ich das Nähfüßchen loslasse und den Stoff aus der Nähmaschine ziehe. Ich schneide die überstehenden Fäden ab und stehe auf, um die fertige Pyjamahose vor mir in die Höhe zu halten und sie zu inspizieren.

»Natürlich will ich nicht hingehen, aber ich bin eben eine verdammt gute Freundin«, witzelt Payton, während sie sich einen Becher Kaffee einschenkt. Sie dreht sich zu mir um, den Becher in der Hand, und sieht mir dabei zu, wie ich die Pyjamahose überprüfe. »Hey, die ist wirklich süß.« Sie stellt ihren Kaffee ab, nimmt mir die Pyjamahose aus der Hand und hält sie sich an die Hüften.

»Ha! Ich habe dir ja gesagt, dass du eine haben willst, wenn sie fertig sind!«

»Also bist du ein geheimer Näh-Ninja, oder was?« Sie hält die Pyjamahose ebenfalls in die Höhe und begutachtet den weiten Saum, den ich aus der Bordüre eines Kissensets gemacht habe. »Ich fange an, zu glauben, dass du dir ein paar nützliche Lifehacks angeeignet hast, während ich nur mit Jungs auf den Rücksitzen ihrer Autos rumgemacht habe.«

»Ich glaube, als Nächstes werde ich ein Kleid nähen.«

»Okay, lass uns jetzt nichts Verrücktes machen.« Payton faltet die Pyjamahose in der Mitte und hängt sie über die Lehne eines Küchenstuhls. »Warte, wie viele davon hast du bisher gemacht? Du hast letzte Nacht aber schon geschlafen, oder?« Sie runzelt die Stirn, als sie eine Pyjamahose zur Hand nimmt, deren Zugband aus einer Seidenschleife besteht.

»Ich bin erst seit ein paar Stunden wach. Die Dinger sind leicht zu machen. Guck mal, für die da habe ich ein passendes

Top angefertigt.« Ich halte ein einfaches Top mit Spaghettiträgern hoch, an dessen Rundhalsausschnitt sich ein Nestelloch aus Spitze befindet.

Payton nimmt mir das Top aus der Hand, dessen Träger zwischen ihren Fingern hervorbaumeln, und betrachtet es. »Hm, welche Fähigkeiten besitzt du noch? Kannst du Butter stampfen? Uns eine Decke häkeln? Oh mein Gott, ich wette, du weißt, wie man einen anständigen Thanksgiving-Truthahn zubereitet, stimmt's?« Sie lässt sich auf einen der Stühle am Tisch fallen und legt eine Hand auf meinen Unterarm. »Lydia, hast du das Fünfzigerjahre-Hausfrauen-Abzeichen bekommen?« Sie blinzelt, ehe sie fragend die Augen aufreißt.

»Pff, so ein Abzeichen gibt es gar nicht, was du auch wüsstest, wenn du nicht bei den Pfadfinderinnen rausgeschmissen worden wärst. Ich habe allerdings das Dinnerparty-Abzeichen bekommen.«

»Oh heilige Scheiße.« Sie lässt meinen Arm los und lehnt sich zurück, um mich mit einem entsetzten Blick zu bedenken. »Ich habe doch nur Spaß gemacht. Es gibt ein Dinnerparty-Abzeichen? Nicht dein Ernst.«

»Doch, das gibt es. Außerdem ist Stricken wieder im Trend, nur damit du es weißt. Und nein, ich weiß nicht, wie man strickt. Vielleicht können wir ja zusammen einen Strickkurs besuchen?« Ich necke sie bloß ein bisschen. Ich glaube kaum, dass auch nur der Hauch einer Chance besteht, dass Payton zusammen mit mir einen Strickkurs besuchen würde.

»Ich denke nicht, dass das etwas für mich wäre«, antwortet sie.

»Wirklich?«

»Nein.« Sie gähnt erneut und begutachtet eine andere Pyjamahose. »Hm, wie dem auch sei. *Ikea*?«

»Verdiene ich wirklich neue Schreibtischaccessoires, wenn ich gefeuert werde?«

»Pfui, Schluss mit diesem Thema.« Payton stöhnt in ihren Kaffeebecher. »Das wird nicht passieren. Genauso wenig wie die Tatsache, dass du das Wochenende damit verbringst, Pyjamas aus alten Betttüchern zu nähen. Lass uns zum Pool gehen und danach fahren wir zu *Ikea* und holen uns was zum Abendessen.«

Payton ist gerissen. Was auch der Grund dafür ist, dass ich nicht sofort realisiert habe, dass zu *Ikea* zu gehen und etwas zum Abendessen zu holen nur ein Trick war, um mich unter Leute zu kriegen. Oh, wir waren bei *Ikea*. Sie ist sogar gefahren. Aber dann hat sie uns zu einer Bar – der vom letzten Wochenende – kutschiert.

»Ernsthaft, Payton?«, frage ich, als sie in einen Parkplatz vorm *Hennigan's* einbiegt. »Du sagtest, wir würden etwas zu Abend essen.«

»Was denn? Wir können hier Chickenwings bestellen. Das zählt als Abendessen.« Sie klappt die Sonnenblende runter, kramt Lipgloss aus ihrer Handtasche hervor und öffnet es. »Ein paar der Jungs vom Pool werden sich hier mit uns treffen.«

»Das hier ist ein Date? Du hast für mich ein Date arrangiert?« Verwirrt sehe ich sie an und versuche herauszufinden, wie sie ein Date für mich organisieren konnte, während ich mit ihr am Pool war. Sie ist ganz offensichtlich viel besser in solchen Dingen als ich. Ich frage mich, um welchen Typen es sich handelt. Keiner der Männer, die ich heute gesehen habe, kann es mit Rhys aufnehmen, aber vielleicht ist es an der Zeit, aufzuhören, so wählerisch zu sein. Vielleicht ist mein Problem ja, dass ich unangemessene Maßstäbe habe.

»Ähm, nein. Es ist kein Date.« Sie schüttelt den Kopf und sieht mich skeptisch an, eine Augenbraue nach oben gezogen. »Es handelt sich nur um ein paar Typen, die in unserem Apartmentkomplex wohnen und sich mit uns in einer Bar treffen, die weniger als zwei Kilometer von dem Ort entfernt ist, an dem wir alle leben.«

»Oh, okay.«

»Entspann dich, Grashüpfer. Es geht nur um ein paar Drinks.«

»Gute Idee.«

»Wirklich?« Jetzt hegt sie ganz offensichtlich Zweifel, was sich an ihren zusammengekniffenen Augen und ihren geschürzten Lippen erkennen lässt.

»Wirklich.« Auch ich klappe meine Sonnenblende hinunter und betrachte mein Spiegelbild. »Geschickt eingefädelt, aber warne mich das nächste Mal vor, damit ich etwas anderes als ein T-Shirt mit der Aufschrift *Let's Taco 'Bout It* anziehen kann.« Ich löse das Zopfgummi aus meinen Haaren und lockere es auf, indem ich mit den Fingern hindurchkämme. Ich habe heute etwas Sonne abbekommen und Mascara aufgetragen, von daher ist alles gut. »Aber morgen werde ich den ganzen Tag Pyjamas aus Betttüchern nähen«, sage ich und wedle mit der Hand in der Luft herum, ehe ich vor ihr mit dem Finger hin und her wackle. »Und ich will kein einziges Wort deswegen hören.«

»Also gut. Das hier war allerding enttäuschend einfach. Ich hatte mich schon darauf eingestellt, dich in die Bar schleifen zu müssen«, erwidert Payton, als wir aussteigen.

Die Wärme trifft mich, sobald ich auch nur ein Bein aus dem Auto gestreckt habe. Um zwanzig Uhr abends haben wir immer noch einundzwanzig Grad, aber ja, immerhin ist es eine trockene Hitze, wie man stets so schön sagt.

»Sorry, dass ich dich enttäuscht habe«, sage ich und schlage die Autotür zu. »Wenn es hilft, ich werde heute Abend mit niemandem rummachen, und das ist keine Herausforderung. Es wird ganz einfach nicht passieren.«

»Warum nicht? Die beste Art, jemanden zu vergessen, ist, sich unter jemand Neues zu legen.«

»Ich lag niemals unter Rhys.«

»Ich denke, das ist im übertragenen Sinne gemeint.«

Im Inneren der Bar angekommen, suchen wir uns einen Tisch und bestellen ein paar Bier. Ich mag Bier nicht besonders, aber was soll's, wenn wir schon mal hier sind, kann ich mich auch anpassen. Ich frage mich, ob es dafür nötig ist, Bier zu trinken. Vielleicht hätte ich doch lieber Wein bestellen sollen? Ich war mir allerdings nicht sicher, ob Chickenwings gut zu Wein passen. Na ja, egal – soeben ist mein Bier gekommen.

Ebenso wie Josh und Dan. Ich erkenne sie als zwei der Typen vom Pool wieder und Payton erinnert mich daran, wer von beiden wer ist, bevor sie unseren Tisch erreichen. Ein paar Minuten später erscheint auch noch ein dritter Typ, den ich nicht wiedererkenne, der aber ein Freund von den beiden zu sein scheint. Ich kriege nicht mit, wie er heißt, und ihn scheint es auch nicht sonderlich zu interessieren, wie ich heiße, von daher kümmert es mich nicht weiter. Wie dem auch sei, Payton hat nicht gelogen. Das hier ist keine abgekartete Sache oder ein Date, sondern nur ein paar Leute, die zusammen etwas trinken und möglicherweise Freunde werden. Vielleicht auch mehr, wer weiß das schon?

Neue Leute kennenzulernen, ist nicht einfach.

Ich habe zwar keine spezielle Phobie davor und bin auch ganz gut, was gesellschaftliche Anstandsregeln und das Knüpfen von Freundschaften angeht. Schließlich habe ich während meiner Pfadfinderinnenzeit jegliches Abzeichen in Bezug auf grundlegende Alltagsfähigkeiten erhalten.

Aber Bars sind anders. Untersetzer zu verteilen, um Glasränder auf der Tischplatte zu vermeiden, wird beispielsweise nicht als sonderlich gewinnbringend erachtet, wenn es um soziale Interaktionen geht.

Was absurd ist, aber egal.

Ich dippe einen der Chickenwings in das Plastikschälchen mit der Honig-Senf-Soße und höre Joshs Erzählungen über seine Arbeit zu. Er scheint Interesse an mir zu haben. Nicht auf aggressive Art und Weise, einfach ganz normal, was schön ist.

Er ist attraktiv.

Er ist aufmerksam.

Er ist noch zu haben.

Aber ich fühle nichts.

Doch vielleicht ändert sich das ja, wenn ich mich mehr anstrenge. Vielleicht klappt es dann. Möglicherweise ist es ja nicht immer sofortige, wahnsinnige und unerklärliche Lust, die man spürt.

So wie es bei Rhys war. Warum war das bei Rhys sofort da? So verflucht *sofort*. Ich habe ihn gesehen und augenblicklich habe ich heftiges Verlangen gespürt, noch bevor er mich erwischt hat, wie ich ihn anstarrte.

Konzentrier dich auf Josh.

Ich bestelle einen weiteren Drink und konzentriere mich. Auf Josh. Auf den netten Josh, der meinem Alter entspricht und nicht mein oberster Boss ist.

Letzte Nacht habe ich Rhys im Internet gestalkt. Natürlich habe ich das getan, was denkt ihr denn? Nachdem mir Payton das Schneidelineal aus der Hand gerissen und mich ins Bett geschickt hat, lag ich im Dunkeln da und habe nach Rhys Dalton im Internet gesucht. Ich war mir nicht sicher, wonach ich Ausschau gehalten habe, schließlich würde ich ja wohl kaum einen Artikel über eine andere Frau finden, die sich vor ihm lächerlicher als ich gemacht hat.

Okay, ja, ich habe doch danach Ausschau gehalten. Ganz offensichtlich existiert ein solcher Artikel aber nicht. Dann habe ich *Ich habe mich vor meinem Schwarm lächerlich gemacht* gegoogelt, einfach, um mich aufzuheitern. Nach zwei Geschichten habe ich beschlossen, dass es besser wäre, mit dem Lesen aufzuhören, bevor ich unbewusst noch mehr Wege in meinem Hirn abspeichern würde, wie ich mich zum Affen machen könnte.

Wie dem auch sei, ich habe nicht viel zu Rhys gefunden. Nur ein paar langweilige geschäftliche Details. Eine Ehefrau oder eine Freundin konnte ich nicht finden, aber er hat auch leider keine *Facebook*-Seite, die ich hätte stalken können. Das Einzige, was ich gefunden habe, war sein Profil bei *LinkedIn*, das nicht gerade dafür gemacht wurde, seinem Boss hinterherzuschnüffeln. Zumindest nicht, was die bedeutenden Sachen angeht.

Er ist vierunddreißig. Möglicherweise ein bisschen zu alt für mich. Aber da ich keinen Vaterkomplex habe, halte ich das für vertretbar. Als Kind hatte ich zwei Dads. Zwei perfekte Dads, die mich und einander geliebt haben. Meine Kindheit war alles andere als zerrüttet. Sie war absolut schön, wenn auch unkonventionell. Also nein, ich habe kein Bedürfnis danach, betüddelt zu werden, und wenn ich meine Jungfräulichkeit an einen Mann verlieren möchte, der ein wenig zu alt für mich ist, dann ist das allein meine Entscheidung, oder etwa nicht?

»Lydia?« Josh hat mich irgendwas gefragt und ich war nicht sonderlich aufmerksam. Weil ich verdammt noch mal an Rhys denken muss.

»Ja?« Ich lächle Josh an und erneuere meine Bemühungen, mich auf ihn einzulassen. Er hat schönes Haar und ist nett, wahrscheinlich würde er darauf anspringen, wenn ich ihm *Was auch immer er möchte* anbieten würde, statt mich nur anzustarren.

»Dart?« Er nickt in Richtung der Dartscheibe, die sich unweit von unserem Tisch befindet. Er hat freundliche Augen und scheint wirklich an meiner Antwort interessiert zu sein. Daran, dass ich Ja sage.

»Klar.« Ich stelle mein Bier auf einen Untersetzer und klopfe einmal auf die Tischplatte. »Machen wir es.«

Mit *es* meine ich Dart, nicht Sex. Zumindest für den Moment. Aber vielleicht werde ich meine Meinung ja noch ändern. Nicht heute Abend, wir wollen ja nichts überstürzen. Aber vielleicht wächst mir Josh noch ans Herz. Vielleicht werden wir Freunde. Er ist irgendwie lustig und ich mag ihn. Vielleicht wird der magische und geheimnisvolle Lustfunke ja zwischen uns noch entflammen, man kann es nie wissen.

8. Kapitel

Rhys

»Warum zur Hölle sind wir in einer Bar in Henderson?« Canon verzieht das Gesicht zu einer Grimasse und schüttelt verwirrt den Kopf, als ich mein Auto auf einem Parkplatz vorm *Hennigan's* abstelle.

»Meinem Kumpel gehört die Bar. Ich habe ihm gesagt, dass ich sie mir mal ansehen werde.«

»Das hast du bereits. Deswegen hast du deinen Cousin letztes Wochenende auch hierhergeschleppt.«

Fuck. Ich habe vergessen, dass er davon weiß. »Nur ein schneller Drink, Canon«, sage ich, um abzulenken. »Sobald wir den getrunken haben, machen wir uns auf den Weg ins *Strippers Strippers Strippers*.«

»Sei kein Arsch. Du weißt, dass der Laden *Double Diamonds* heißt und nicht *Strippers Strippers Strippers*. Außerdem weißt du, dass er mein Lieblingsstripclub ist. Hab ein wenig Respekt vor meinen Hobbys.«

Vor meinem Auto halten wir kurz an. Er hat nicht unrecht. Ich habe ebenfalls keine Ahnung, was wir in einer Bar in Henderson machen. Nicht wirklich zumindest. Hoffe ich, dass ich sie vielleicht wiedersehe? Ich weiß, dass ich sie wiedersehen werde. Montag, bei der Arbeit. Wo ich meine schmutzigen Gedanken und Küsse für mich behalten werde, da sie verflucht noch mal erst zweiundzwanzig ist. Und meine Angestellte.

Jepp.

Zweiundzwanzig.

Nur an sie zu denken, macht mich zum Perversling. Ein Arschloch, weil ich ihre Personalakte verwendet habe, um überhaupt an diese Information zu gelangen. Es ist nur ... warum musste sie mir das anbieten?

Was immer du auch sonst möchtest.

Oh, ich will. Natürlich will ich. Verdammt, ich bin ja schließlich kein Heiliger.

Ich wäre nicht nur ein Perversling, sondern darüber hinaus auch ein Lügner, wenn ich nicht zugeben würde, dass die relative Unerfahrenheit, die mit ihrem Alter einhergeht, ein riesiger Antörner ist. Ich bin absolut sicher, dass ich besser wäre als alles, was sie bisher im Bett erlebt hat.

»Canon, wie lautet die Regel bezüglich Altersbeschränkungen?«

»Welche Regel?«

Ich stecke meinen Schlüsselbund ein und reibe mir angespannt über den Nacken. »Diese Sache, von wegen, wie jung jemand sein darf, auf den man sich einlässt? Maximal halb so alt wie man selbst plus fünf Jahre, oder? Gott, warum frage ich dich das?« Ich drehe meinen Kopf in Richtung des Bareingangs und starre das *Hennigan's* an.

Der Blick, mit dem mich Canon bedenkt, sorgt dafür, dass es mir sofort leidtut, dieses Thema angesprochen zu haben. Ich hätte meinen Cousin fragen sollen – dieser überhebliche britische Bastard hätte die Antwort darauf gehabt.

»Halb so alt plus sieben Jahre, nicht fünf. Und das gilt fürs Dating, nicht für Sex. Es gibt keine Regeln fürs Ficken, außer, dass sie mindestens achtzehn sein muss. Auch wenn achtzehn wirklich, wirklich fragwürdig ist und du dein Leben neu evaluieren musst, wenn du mit einem Teenager ins Bett gehen solltest.«

»Stimmt. Halb so alt plus sieben Jahre.« Ich nicke, als sei das nicht groß von Bedeutung und bereue es bereits, mit Canon darüber geredet zu haben.

»Bitte sag mir, dass wir hier von einer Einundzwanzigjährigen reden und du nicht kurz davor bist, einen Teenager flachzulegen.«

»Heiliger, entspann dich. Das habe ich nicht vor. Egal, wir werden nicht weiter darüber sprechen.« Ich nicke in Richtung des Bareingangs und marschiere los.

»Das ist der Grund, warum *Double Diamonds* mein Club der Wahl ist. Vince stellt keine Frau unter einundzwanzig ein.«

»Was?«

»Außerdem bietet er tolle Vorteile.«

»Was?« Ich halte an, damit ich Canon ansehen kann. »Worüber zur Hölle redest du da?«

»Von den Stripperinnen im *Double Diamonds*. Sie erhalten ein großes Mitarbeitervorteilspaket. Krankenversicherung, Rückerstattung von Ausbildungsgebühren. Keine Bühnengebühren. Wusstest du, dass die meisten Clubs ihre Tänzerinnen zur Kasse bitten, ehe sie dort arbeiten können?« Den letzten Teil seiner Worte spuckt er förmlich aus. Sein Tonfall weist außerdem auf seine Abneigung gegenüber den patriarchalen Strukturen hin, denen moderne Stripperinnen heutzutage ausgesetzt sind.

»Wie ...« Ich zögere und starre ihn dann fassungslos an. »Woher weißt du das?«

»Ich war letzte Woche mit Vince golfen.«

»Toll. Freut mich, zu hören, dass du neue Freundschaften knüpfst.«

»Sei nicht eifersüchtig. Du warst beschäftigt.« Canon sieht auf seine Uhr und dann zum *Hennigan's* hinüber. »Bei Gott, ich hoffe, dein Teenager hängt nicht in einer Bar rum.«

»Wirst du jetzt endlich mal die Klappe halten? Sie ist kein Teenager. Und sie gehört nicht zu mir.«

Sie gehört nicht zu mir und sie ist nicht in der Bar.

Das wird mir klar, sobald wir durch die Tür getreten sind, als hätte ich erwartet, dass sie auf dem gleichen Platz wie letztes Wochenende sitzt und auf mich wartet. Wahrscheinlich deshalb, weil ich nach der Durchsicht ihrer Personalakte sehr wohl weiß, dass sie die Straße runter wohnt.

Ich wollte nur wissen, in welcher Abteilung sie arbeitet, weil ich insgeheim gehofft habe, dass sie sich nur aufgrund eines Meetings im vierten Stockwerk aufgehalten hat und ich sie nicht tagtäglich sehen würde. Aber nein. Sie arbeitet in der Personalverwaltung, dem Bürowürfel 4W-28 zugeteilt, was heißt, dass sie auf der Westseite des Gebäudes ihren Schreibtisch hat. Viel zu nah an meinem Büro was meinen Seelenfrieden betrifft.

Gottverdammt, es hatte einen Grund, warum ich mich nicht

auf sie eingelassen habe. Ich habe sie letztes Wochenende in Bradys Büro nicht gefickt, da es nicht zu meinen Gewohnheiten gehört, schlechte Entscheidungen zu treffen. Also habe ich sie nach Hause geschickt, dorthin, wo sie hingehört. Weit weg von einem Mann wie mir, einem Mann, der nur an einer Sache interessiert ist, während das seichte Flattern ihrer Lider und ihr naiver Optimismus verraten haben, dass sie etwas ganz anderes wollte.

Dann taucht sie bei meinem Job auf. Am Vegas Strip sind beinah zweihunderttausend Menschen beschäftigt und ausgerechnet sie arbeitet in meinem Casino und sitzt nur fünfundzwanzig Meter von meinem Büro entfernt.

Fuck.

Ich kann diese Ablenkung nicht gebrauchen und sie kann mich ganz sicher ebenfalls nicht gebrauchen. Mein Fokus liegt auf der Eröffnung des Resorts. Auf nichts anderem und erst recht auf niemand anderem. Das ist mein Moment. Der Moment, einen langfristigen Beitrag für das Familienunternehmen zu leisten. Dieses Projekt war meine Idee. Ich bin derjenige, der es dem Vorstand unterbreitet hat. Ich bin derjenige, der die Investitionsgelder beschafft hat. Ich bin derjenige, der die letzten vier Jahre mit dem alleinigen Ziel, das *Windsor* zum profitabelsten Arm des Familienunternehmens zu machen, gelebt und geatmet hat.

Ich.

Außerdem ficke ich nur. Ich führe Frauen nicht zum Essen aus oder nehme sie mit nach Connecticut, um sie meinen Eltern vorzustellen.

Ich bin fokussiert.

Ich bin ein privilegierter Hurensohn. Nein, das ist nicht richtig. Ich bin der privilegierte Sohn einer Großerbin. Mein Urgroßvater hat ein Unternehmen gegründet, das finanzielle Sicherheit für Generationen bereitgestellt hat. Jede Generation hat das Unternehmen nur noch größer gemacht. Größer, besser und noch erfolgreicher.

Meine Mutter führt die nordamerikanische Sparte von *Sutton*

Travel seit nunmehr zwanzig Jahren. Sie ist eine sehr erfolgreiche Frau und mittlerweile in den Fünfzigern, aber noch nicht bereit, zurückzutreten. Mein Cousin hat vor zwei Jahren die Stelle als CEO des Unternehmens übernommen.

Ich hätte mich für den Rest meines Lebens zur Ruhe setzen können und es wäre nicht von Bedeutung gewesen. Das Unternehmen hätte sich auch ohne mich weiterentwickelt. Ich bin kein integraler Bestandteil des Unternehmens wie meine Mutter oder mein Cousin. Oder mein Onkel, der den Geschäftsbereich mit den Kreuzfahrten leitet. In meinen Zwanzigern kämpfte ich darum, meinen Platz in diesem riesigen Konzern zu finden. Einen Platz, der von Bedeutung sein würde, eine Kapitelüberschrift statt nur einer Fußnote.

Das *Windsor* ist – im übertragenen Sinne – meine Kapitelüberschrift. Es ist mein Vermächtnis.

Mir ist klar, dass mein bleibender Beitrag zur Menschheit die ausschweifende Eröffnung eines Luxushotels auf dem Las Vegas Strip ist statt einer Wohltätigkeitsorganisation, einer Reform des Gesundheitswesens, der Beseitigung von Rassenunterschieden oder der Förderung des öffentlichen Schulwesens. Aber das ist okay.

Brady steht hinter der Bar und beobachtet mehr das Geschehen, als seiner Arbeit als Barkeeper nachzukommen. Als er unsere Ankunft bemerkt, kommt er rüber. Wir begrüßen uns wie üblich, indem wir einander auf die Schulter klopfen und uns dabei die Hand geben.

»Zwei Wochen hintereinander. Wow.« Brady verschränkt die Arme vor der Brust und lehnt sich gegen den Bartresen. »Du bist entweder sehr beeindruckt von meinem Bier oder aber wegen des Mädchens wieder hier.«

Danke, Brady.

»Wir sind definitiv nicht wegen des Biers nach Henderson rausgefahren«, murmelt Canon, als er sich auf einen Stuhl schiebt. »Ihr übertragt hier doch auch Poker, oder?«

Ich will Canon gerade sagen, dass er sich verpissen soll, als Brady mit dem Kopf zur anderen Seite des Raums rübernickt.

Also ist sie doch hier. Adrenalin rauscht durch meine Adern und noch etwas anderes. Eine Art Hochgefühl angesichts der Tatsache, dass ich sie wiedersehe, eine vergeudete Emotion für einen Mann, der nur auf einen schnellen Fick aus ist. Als wäre ich ein Teenager und das möglicherweise mein erstes Mal, dass ich meine Hand in der Hose eines Mädchens verschwinden lassen kann, obwohl ich das nicht bin und das natürlich nicht der Fall ist.

Vielleicht muss ich sie einfach aus meinem System kriegen. Vielleicht nur eine kleine Kostprobe von ihr haben, eine schnelle Nummer. Wir haben eine schöne Zeit zusammen und dann machen wir beide mit unserem Leben weiter. Am Montag heißt es dann, wieder zur Tagesordnung überzugehen.

Ich drehe mich auf meinem Stuhl um und sehe mich in der Bar um, während Brady zwei Bier vom Fass vor uns hinstellt. Als ich sie entdecke, zieht sie gerade ein paar Pfeile aus einer Dartscheibe, ihr dunkles Haar fällt ihr den Rücken hinunter und das Licht bringt die Highlights darin zum Leuchten. Sie trägt einen eng anliegenden Jeansrock, der ihren Hintern betont; bei der Ansicht schließe ich die Finger fester um mein Glas. Es verschafft meiner Lust auch nicht gerade Abhilfe, dass sie sich kurz darauf auf die Zehenspitzen stellt und nach einem Dartpfeil greift, der sich außerhalb ihrer Reichweite befindet. Die neue Position betont ihren Hintern noch mehr.

Sie ist klein, was mir auf irgendeine beschissen antiquierte Art und Weise das Gefühl gibt, sie beschützen zu wollen, als müsse ich sie über eine tiefe Wasserpfütze heben oder ihr etwas Schönes kaufen. Sie braucht beides nicht. Es wäre allerdings einfach, sie hochzuheben und ihre Beine um meine Hüften zu schlingen, während ich mich in ihr versenke, ihren Arsch packe und sie meinen Schwanz reiten lasse, während ihre Hände an meinen Haaren ziehen und sie mich um mehr anfleht.

In meinem Kopf bettelt sie. Gibt leise Wimmerlaute von sich. *Bitte, Rhys. Mehr, Rhys.*

Sie dreht sich um und bedenkt jemanden hinter mir mit einem breiten Lächeln. Eine Haarsträhne fällt ihr ins Gesicht und ihre Augen blitzen fröhlich auf. Ihr Gesicht ist frei von sichtbarem Make-up, was sie nur noch jünger und weniger berechnend in Bezug auf irgendeine Art von Verführung wirken lässt.

Als wäre ihr Verhalten so viel weniger vorsätzlich als bei anderen Frauen. Weniger einstudiert. Aber vielleicht hat sie auch keine Ahnung, wie sie auf Männer wirkt.

Mein Blick erfasst das, was sie anlächelt. Oder besser gesagt, wen. Einen Mann. Warum zur Hölle bin ich überrascht? Als würde sie – seit gestern – ausharren, nachdem sie mir *Was auch immer ich sonst will* angeboten hat. Ernsthaft, was denke ich denn bitte sehr?

Ich schnaube und wende mich wieder meinem Bier zu.

Dann drehe ich mich erneut zu Lydia um.

Canon beobachtet mich und verdreht die Augen. »Okay, wow.«

»Halt die Fresse.« Ich führe das Glas an meine Lippen und nehme einen Schluck Bier, die Augen unverwandt auf mein liebes, artiges Mädchen gerichtet, während sie einen Dartpfeil wirft. Sie sagt etwas, was den Mann zum Lachen bringt, und ich frage mich, ob sie zusammen sind. Wo zur Hölle ist die aggressive Blondine, mit der sie letzte Woche unterwegs war? Ich habe angenommen, wie das arrogante Arschloch, das ich nun einmal bin, dass sie mit ihrer Freundin hier sein würde. Nur darauf wartend, dass ich herkommen und die *Kuss-Sache* wiederholen würde, wie sie es genannt hat. Ich trinke einen weiteren Schluck und scanne die Bar, bis ich die Blondine gefunden habe. Sie sitzt mit zwei Typen an einem Tisch. Was bedeutet, dass sie insgesamt zu fünft sind und es sich nicht um ein Date handelt. Oder aber um ein verdammt frivoles Date.

»Lydia Clark. Frisch gebackene Absolventin der *LSU*. Neue Mitarbeiterin im *Windsor*. Zweiundzwanzig.« Canon zwinkert mir angesichts des letzten Details theatralisch zu, ehe er fortfährt. »Sie hatte als Kind einen Hund namens Scout ...«

Ich löse meinen Blick von Lydia, um Canon zu unterbrechen. »Woher weißt du das?«

»Du bezahlst mich für Sicherheitsdienste, erinnerst du dich? Ich weiß alles.« Er bedenkt mich mit einem wissenden Blick, als wäre er eine Art Hellseher.

Das ist unheimlich.

»Außerdem habe ich gerade ein Bild von ihr gemacht und es durch die Software laufen lassen, die wir auch im Casino benutzen«, fügt er hinzu, was tausendmal mehr Sinn ergibt, als dass er allwissend ist.

»Ja, aber woher weißt du von ihrem Hund? Dieser Fakt steht nicht in ihrer Personalakte.«

»Nein, aber in einem *Instagram*-Post von letzter Woche«, sagt er und sieht auf sein Handy. »Hashtag *TBT*«, liest er vor. »Es handelt sich um einen *Throwback-Thursday*-Post mit dem Bild von einer zehnjährigen Lydia und ihrem Hund. Siehst du?« Er dreht sein Handy zu mir und ich reiße es ihm heftiger als nötig aus der Hand. Selbst Schuld, immerhin stachelt er mich hier zu seinem eigenen Vergnügen an.

Da ist sie. Eine junge Lydia mit einem Hund. Sie hat eine Pfadfinderinnenuniform an. Jesus Christus. Angewidert werfe ich Canons Handy auf den Tresen.

»Dir ist klar, dass du vierzig sein wirst, wenn sie achtundzwanzig ist, oder?«

»Ja, schon kapiert, ich bin alt. Sie ist jung.« Ich frage mich, ob sie wirklich auf einem Gruppendate sind. Vielleicht stehen die jungen Leute heutzutage auf so was.

»Nein, du Arschloch. Was ich damit meine, ist, dass wenn du vierzig bist, halb so alt plus sieben Jahre siebenundzwanzig ergibt. Wenn du vierzig bist, ist Lydia achtundzwanzig.«

»Wenn ich es also die nächsten sechs Jahre verhindern kann, sie zu berühren, bin ich kein Perversling? Danke, das ist wirklich hilfreich.«

»Was ich damit sagen will, ist, dass sich das alles in den nächsten Jahren ausgleichen wird, warum also das Vergnügen heute hinauszögern?«

»Ich bin ja kein Moralexperte, aber ich denke nicht, dass das richtig wäre.«

Auf der anderen Seite der Bar hat sich der Typ, mit dem Lydia Dart spielt, inzwischen hinter ihr positioniert, eine Hand an ihrer Hüfte und eine über der Hand, in der sie den Dartpfeil hält. Ihre Wurfkünste sind gut, daher ist das ein ziemlich lahmer Zug seinerseits.

Ich frage mich, ob sie ihn küssen wird. Ob sie ihm mehr anbieten wird.

Ich frage mich, warum zur Hölle mich das tangiert.

Ich frage mich, ob ich vielleicht so etwas wie eine Midlife-Krise habe. Es widerspricht sämtlicher Logik. Warum will ich ausgerechnet dieses Mädchen so unbedingt berühren? Was bedeutet das? Drüben im *Double Diamonds* gäbe es nicht weniger als zehn Frauen, die heute Nacht mit mir nach Hause kommen würden – Frauen, die das in der Vergangenheit auch schon gemacht haben. Frauen, die ich bezahle, damit ich sie fünf Minuten, nachdem ich gekommen bin, vor die Tür setzen kann. Frauen, die mich nicht so angucken, als würden sie möglicherweise etwas Besseres von mir erwarten.

Fuck.

»Wir sollten gehen«, murmle ich, beobachte aber immer noch Lydia.

»Jap«, stimmt Canon zu, macht aber keine Anstalten, sich zu erheben. Er löst nicht einmal den Blick vom Spiel, das in einem der TV-Geräte übertragen wird.

Ich stehe auf und gehe auf sie zu.

Sie muss mich spüren, ehe sie mich sieht, da sie sich einen Moment, bevor ich ihre Hand in meine nehme, zu mir umdreht. Überrascht reißt sie die Augen auf und ihre Lider flattern, als sie einmal rasch blinzelt. Ihre Lippen teilen sich und treffen dann wieder aufeinander, als ein Lächeln auf ihrem Gesicht erstrahlt. Sie wird rot, ihre Wangen glühen, und da ist wieder dieser Blick. Erwartung. Gott, hilf mir, sie sieht mich mit Hoffnung in den Augen an.

Was mache ich hier nur?

Sie muss den Kopf in den Nacken legen, um mich anzusehen, da ich direkt vor ihr stehe und sie deutlich überrage, ihre weiche Hand in meiner größeren,raueren. Ich halte sie fester und sie atmet schneller, ihre Augen funkeln und ihre Miene drückt pure Erwartung aus.

»Rhys?«, fragt sie.

Meinen Namen aus ihrem Mund zu hören, lässt meinen Puls höherschlagen und meinen Schwanz hart werden.

Ich antworte nicht, sondern ziehe sie stattdessen mit mir in Bradys Büro. Kaum sind wir durch die Tür, falle ich über sie her, meine Lippen auf ihren, meine Hand in ihrem Haar.

Bis Bradys Stuhl über den Boden kratzt.

Mit einem Aufkreischen reißt sich Lydia von mir los.

»Ich finde selbst hinaus«, murmelt Brady, als er an uns vorbeigeht, bevor die Tür hinter ihm ins Schloss fällt.

Ich lache und Lydia errötet erneut.

»Wer ist der Kerl?«

»Wer?« Sie sieht mich völlig verwirrt an und ich bin dankbar, dass sie sich nicht mehr an den Mann erinnern kann, mit dem sie sich noch vor zwei Minuten unterhalten hat.

»Dart«, helfe ich ihr auf die Sprünge.

Lydia sieht hinunter auf ihre Hand, in der sich noch immer die Dartpfeile befinden. Sie starrt sie an, ehe sie ihren verwunderten Blick wieder auf mich richtet. »Josh?«, antwortet sie, spricht es aber eher wie eine Frage aus, als habe sie möglicherweise schon jetzt seinen Namen vergessen. Gutes Mädchen. »Nur ein Typ aus meinem Apartmentkomplex. Wir haben ihn heute am Pool kennengelernt.«

Sie hat etwas Farbe von der Sonne bekommen, bemerke ich und auch die Sommersprossen auf ihrer Nase und ihren Wangen fallen mir auf. Die Vorstellung, dass der dumme Josh sie nass und nur mit einem Hauch von Stoff bekleidet gesehen hat, verärgert mich allerdings.

»Wir haben einen Pool im Hotel«, informiere ich sie.

»Ja, und ich habe einen in meinem Apartmentkomplex«, erwidert sie mit einem kleinen Lächeln, als würden wir einfach nur die Annehmlichkeiten unseres Zuhauses vergleichen. Ihre Augen suchen in meinem Gesicht nach einem Hinweis, was ich damit bezwecke.

Ich weiß es auch nicht, daher küsse ich sie stattdessen, ehe ich ihr die Dartpfeile aus der Hand nehme und sie in Richtung von Bradys Schreibtisch werfe.

Dann küsse ich sie wieder.

Sie lehnt sich mir entgegen und legt ihre kleinen Hände auf meine Brust. Ihre Berührung ist leicht schüchtern. Ihre Lippen hingegen sind willig. Außerdem sind sie nachgiebig, weich und süß. Ihre Küsse fühlen sich wie eine Vorschau davon an, wie der Sex mit ihr wäre. Hungrig. Intim. Forschend.

Ich manövriere uns rückwärts zur Couch und danke Brady im Stillen für seine Voraussicht, ein Sofa in sein Büro gestellt zu haben. Sie landet auf mir, ihr Körper fühlt sich weich und leicht auf meinem an, aber es sind ihre Augen, die mich interessieren. Sie weiten sich, als sei sie überrascht, sich in dieser Position wiederzufinden, was sie nach ihren gestrigen Avancen allerdings nicht sein sollte. Aber vielleicht ist das ja kein normales Verhalten für sie. Vielleicht habe ich etwas Spezielles an mir, das dafür sorgt, dass sie Dinge außerhalb ihrer Norm tut.

Ich stelle fest, dass mir diese Vorstellung gefällt.

Der überraschte Ausdruck wird nach nur einer Sekunde von einem Lächeln abgelöst, das sich langsam über ihr ganzes Gesicht zieht. Wenn ich vorher schon dachte, dass sie hübsch wäre, ist das nichts im Vergleich zu diesem Moment. Ihre Zunge blitzt zwischen ihren geöffneten Lippen hervor, dann senkt sie den Kopf. Ein kleines Lachen entfährt ihr, ehe sie ihn wieder hebt. Sie sieht mich unter ihren Wimpern hervor an und in ihren Augen ist nun ein Funken Aufregung zu erkennen. Mit den Fingern massiert sie wie ein zufriedenes kleines Kätzchen meine Brust.

Und dann bewegt sie ihre Hüften.

Gott, hilf mir, sie bewegt ihre Hüften. In einer langsamen, kreisenden Bewegung drückt sie ihr Becken gegen mein Bein, auf der Suche nach Reibung, auf der Suche nach mehr. Ich packe ihren Hintern und sie macht es noch einmal. Dieses Mal heftiger, zielgerichteter, dennoch glaube ich, dass ihr gar nicht bewusst ist, dass sie es tut. Ihre Hände sind damit beschäftigt, meine Brust durch den Stoff meines Oberteils zu erkunden, und ihre Augen damit, die Stellen zu betrachten, über die sie eine Spur von Küssen zieht. Meinen Nacken, meine rechte Augenbraue. Mein linkes Ohrläppchen. Dort verweilt sie und knabbert sanft daran, ehe sie mit der Zunge darüberfährt.

Dann bewegt sie wieder ihre Hüften.

Ich lege meine Hand auf ihre und schiebe sie nach unten, bis ich den Saum meines Shirts erreicht habe, und platziere ihre Hand auf meinem nackten Bauch. Sie schaut erneut überrascht drein, ehe das für sie typische enthusiastische Lächeln zum Vorschein kommt.

Sie schiebt mein Shirt bis zu meiner Brust hoch und spreizt ihre Beine, sodass sie nun rittlings auf meinem rechten Oberschenkel sitzt. Ihr Rock ist dabei hochgerutscht und das Einzige, was sie nun noch von meinem Bein trennt, ist ihr Höschen.

Baumwolle. So viel kann ich unter meiner Hand erfühlen. Ich lasse meine Fingerspitze den Saum ihres Höschens entlangwandern und sie erzittert, ehe sie lächelt und sich auf die Unterlippe beißt. Dadurch kräuselt sich ihrer Nase etwas und mein Blick fällt auf die liebliche Ansammlung von Sommersprossen, die ihr der Nachmittag in der Sonne beschert hat.

Sie bewegt erneut die Hüften.

Ich kann die Hitze ihrer Pussy durch den Stoff meiner Hose spüren – ein verdammt unwirkliches Gefühl. Unwirklich, weil ich noch immer meine Hose anhabe. Normalerweise würde jetzt der richtige Akt vonstattengehen. Aber ... haben wir hier gerade Trockensex? Reibt sich diese erwachsene Frau – die zu jung für mich ist, aber dennoch erwachsen – gerade an meinem Bein bis zum Höhepunkt?

Ihre Lippen teilen sich, als sie aufkeucht, und ihr Haar fällt ihr in wirren Strähnen ums Gesicht. Ein paar davon kleben an ihrer Lippe, also strecke ich meine Hand aus und streiche sie ihr hinters Ohr. Dort verweilen meine Finger, zeichnen die Form ihrer Ohrmuschel nach, gleiten hinunter zu ihrem Hals und über ihr Schlüsselbein. Sie lächelt wieder und reibt sich weiter an mir, wobei sie sich mit beiden Händen auf meiner Brust abstützt, um die Balance nicht zu verlieren.

Ich glaube, ich hatte keinen Trockensex, seit ich meinen Führerschein gemacht habe, was etwas her ist ... und zwar eine ganze Weile.

Und trotzdem ist mein Schwanz steinhart angesichts des Anblicks, den sie mir bietet. Auch mein Schock darüber, dass er noch immer in meiner Hose ist, ändert absolut nichts daran.

Ich lege ihr meine Hände auf die entblößten Oberschenkel. Ihre Haut ist weich und glatt unter meinen Fingern. Sie so zu berühren, fühlt sich besser an, als es sollte. Besser als alles, was ich seit langer Zeit gespürt habe.

Ihr Blick wandert hinunter zu der Stelle, an der meine Hände ihre Haut streicheln. Ihr scheint zu gefallen, was sie sieht, denn sie leckt sich über die Lippen. Erwartungsvoll und staunend schaut sie zu mir hinab. Ihre Augen haben den schönsten Grünton, den ich je gesehen habe, die Art von Grün, die ich normalerweise mit einem Wald oder einem irischen Fest in Verbindung bringe. Die Art von Grün, die für Männer reserviert ist, die sich darum scheren, solche Details zu bemerken. Ihr Blick ist so kokett und neugierig und so voll süßem Interesse an dem, was sie betrachtet. Und das bin ich.

Ich will ihr sagen, dass sie sich keine Mühe geben muss. Dass sie das, was sie finden würde, wenn sie mehr Zeit mit mir verbringt, nicht mögen würde. Dass ich ihrer wie auch immer gearteten idealisierten Vorstellung von mir nicht gerecht werde, die sie sich in ihrem Kopf ausmalt. Ich will es ihr sagen.

Das mache ich.

Ich sollte es.

Ich werde es.

Aber gleichzeitig will ich auch sehen, ob sie sich allein dadurch, dass sie auf meinem Oberschenkel vor- und zurückschaukelt, zum Kommen bringen kann oder ob sie dafür etwas Hilfe benötigt.

Ich möchte meine Hand in ihr Baumwollhöschen schieben und fühlen, wie nass sie ist. Wie hart ihre Klit ist. Wie begierig und feucht. Ich möchte wissen, ob sie neckende kleine Kreise genießt, die ich mit der Fingerspitze mache, oder eher den festen Druck eines Daumens im richtigen Moment.

Und bei Gott, ich will nicht, dass sie aufhört, mich so anzusehen wie jetzt.

Sie lächelt wieder und ihre perfekte rosa Zunge lugt zwischen ihren Lippen hervor, als sie erneut darüberleckt. Dann beugt sie weit genug vor, um mich zu küssen. Ich lasse sie gewähren und belasse meine Hände auf ihren Oberschenkeln, während sie sich weiter an meinem Bein reibt und zärtliche kleine Küsse auf meinen Mund haucht. Auch als sie ihre Hand unter meinem Shirt hervorzieht und damit meine Erektion entlangstreicht, lasse ich sie. Ich lasse sie, obwohl ich eigentlich die Kontrolle übernehmen möchte. Ich möchte den Reißverschluss meiner Hose öffnen, meinen Schwanz packen, ihr Höschen beiseiteschieben und in ihre heiße, nasse und enge Pussy eindringen. Aber wenn ich die Kontrolle an mich reiße, kann ich nicht länger dabei zusehen, wie sie mich benutzt, um sich zum Orgasmus zu bringen. Und dieser Anblick ist megaheiß. Heißer, als es für einen Mann meines Alters angemessen ist. Eigentlich auch für eine Frau in ihrem Alter.

Aber dennoch erregt sie mich mit dieser nicht sonderlich obszönen Rummach-Session über alle Maße. Wenn sie also ein außerschulisches Spielchen spielen will, bin ich dabei. Außerdem bin ich viel zu neugierig, wohin das hier führt.

9. Kapitel

Lydia

Ich beuge mich über Rhys und küsse ihn. Er riecht nach Mann und Leder. Vielleicht kommt der Ledergeruch aber auch von dem Sofa, auf dem wir gerade rummachen, denn anscheinend bin ich jetzt so ein Mädchen. Ein Mädchen, das auf Sofas in den Hinterstübchen von Bars rummacht. Um ehrlich zu sein, geht es mir mit dieser Lebensveränderung ziemlich gut.

Rhys riecht gut, er fühlt sich gut an und er sieht auch verdammt gut aus.

Und er ist ziemlich nett. Er hat bisher noch nicht einmal versucht, mir das Oberteil auszuziehen, was ich ihm definitiv gestatten würde. Ich nehme allerdings an, er will diese Sache langsam angehen lassen. Ich frage mich, ob ich mir das Oberteil selbst über den Kopf ziehen sollte. Aber was, wenn ich das tue und er etwas in die Richtung sagen würde wie *Whoa, Lydia. Ich mag dich zwar küssen, aber mehr nicht?*

Das wäre schrecklich. Das Schlimmste, was passieren könnte.

Da er mich wirklich gern zu küssen scheint, will ich es nicht vermasseln. Ich lege ihm meine Hand in den Nacken und küsse ihn erneut. Seine Hände streicheln über die Rückseiten meiner Oberschenkel bis hoch zu meinem Po, wo er jedoch anhält und seine Fingerspitzen über den Saum meines Höschens wandern lässt. Dann streicht er mit seiner Hand wieder nach unten. Seine Hände fühlen sich riesig und warm an. Immer wieder drückt er zu, während er die Rückseiten meiner Oberschenkel rauf und runter wandert und mich damit verrückt macht.

Verrückt im Sinne von feucht, bis ich nahezu von Sinnen bin. Ich habe das Gefühl, als hätten sich all die Nervenenden in meinem Körper an einer einzigen Stelle gebündelt, und ich will mich einfach nur an ihn drängen, um mir Abhilfe zu verschaffen. Ich sehne mich schmerzhaft danach, von ihm ausgefüllt zu werden, ihn in mir zu haben, also behelfe ich mir stattdessen damit, mich an seinem Bein zu reiben.

Ich senke meinen Mund auf seinen Hals und küsse ihn dort. Er hat die heißesten Bartstoppeln überhaupt, sie reiben über meine Wange und meine Nasenspitze, während ich meine Lippen über seine Haut streichen lasse. Ich lecke auch über die andere Seite seines Halses, einfach, weil ich ihn überall schmecken muss.

Rhys stöhnt und zieht mich mit einer Hand noch enger an sein Bein, während er die andere in meinem Haar vergräbt und daran zieht. Damit bringt er mich fast zum Kommen. Ich bin so kurz davor. Ich lasse meine Stirn gegen seinen Hals sinken und dann flüstert er plötzlich in mein Ohr. Ich liebe den Klang seiner Stimme, egal, was er sagt, aber das tiefe, raue Flüstern ist vielleicht mein Untergang.

»Bist du ein unanständiges gutes Mädchen?«

»Vielleicht«, antworte ich schulterzuckend, denn wer weiß das schon wirklich? Ich denke, dass ich möglicherweise unanständig sein kann. Wenn die Sache mit dem Haareziehen irgendein Anzeichen ist, dann ja. Definitiv ja. Besorgt mir ein Ticket nach Dirtyville.

»Bist du feucht?«

Hat er das gerade wirklich gefragt? Was, wenn ich *So was von feucht, Rhys* antworte und keine Ahnung habe, was ich damit meine, weil er in Wirklichkeit *Mir ist das zu langweilig, geh von mir runter* gemeint hat? Okay, logisch betrachtet klingt das eine nicht wie das andere, aber man kann ja nie wissen. Außerdem bin ich mit dieser Art des Dirty Talks nicht vertraut. Auf dem College habe ich einmal mit einem Typen rumgemacht, der sagte, dass er seinen Schwanz auf meinen Lippen entladen werde. Das ist ein echtes Zitat. Ich habe es definitiv nicht falsch verstanden. Ich weiß das, weil ich ihn gebeten habe, das zu wiederholen. Was er auch getan hat. Wort für Wort. Keine Ahnung, ob dieser Spruch in der Vergangenheit für ihn funktioniert hat, aber für mich war er ein No-Go.

Wie dem auch sei, der Punkt ist, dass ich nur begrenzte Erfahrung mit Dirty Talk habe und diese Sache hier nicht verderben möchte, daher lasse ich meinen Kopf in seiner Halsbeuge vergraben und streiche mit den Handflächen über seine Brustwarzen, während ich warte, wie es nach seinen Worten weitergeht.

»Ich kann es auf meinem Bein spüren«, ergänzt er. Seine Lippen befinden sich dabei an der empfindlichen Stelle hinter meinem Ohr und seine Stimme ist rau. Sein Atem kitzelt meinen Nacken und ich erzittere. Außer ...

Oh mein Gott, mache ich seine Hose feucht? Erdboden tue dich auf!

»Wirst du immer so feucht, Lydia? Du machst mich durch den Stoff deines Höschens hindurch ganz nass, während du mein Bein reitest, als wäre ich dein persönliches Fucktoy, und mich dazu benutzt, um dich zum Höhepunkt zu bringen.« Er zieht an meinen Haaren, sodass ich den Kopf heben und ihm in die Augen sehen muss. »Nicht wahr?«

Ich schmelze förmlich dahin. Mir stockt der Atem und ich bin noch erregter und feuchter als je zu vor. Und auch, wenn mir die Situation ein wenig peinlich ist, kann ich letzten Endes nur noch daran denken, wie sich mein nasses Höschen gegen sein Bein presst und wie warm es sich dort unten anfühlt und dass ich nur ein klein wenig mehr brauche. Nur einen ganz kleinen Schubs.

»Sag es mir, Lydia. Sprich es aus.«

Das kann ich nicht. Also nicke ich nur und wende meinen Blick ab, als meinem Mund ein komisches Geräusch entfährt, das zu einer Hälfte ein peinlich berührtes Quieken und zur anderen Hälfte ein *Ich-werde-möglicherweise-sterben-wenn-ich-nicht-gleich-komme*-Stöhnen ist.

»Ist dir bewusst, wie heiß du bist? Wie verrückt und wie hart du mich machst?«

»Nein.« Ich schüttle den Kopf und sehe ihn wieder an. »Das habe ich gehofft, aber ich war mir nicht ganz sicher, verstehst du?«

Er sieht mich an, ein Hauch von Verwirrung huscht über sein Gesicht, ehe er lächelt, als sei er amüsiert. Ich lächle zurück, denn er sieht wunderschön aus. »Du bist ein kleiner Scherzkeks, was? Du weißt ganz genau, was du da machst.«

Nun, ich kann spüren, wie seine Erektion gegen mein Bein drückt, also bin ich nicht völlig ahnungslos. Außerdem denke ich, dass seine Aussage bedeutet, dass er mich mehr mag als nur für eine Kuss-Session, darum grinse ich ihn an.

»Du würdest es lieben, von meinem Schwanz ausgefüllt zu werden, oder?«, fragt er, aber es ist mehr eine Aussage als eine Frage. Etwas in mir lodert auf und ich kann spüren, wie ich wieder rot werde. Da es mir an Worten mangelt, die ich erwidern könnte, sauge ich nur meine Unterlippe zwischen meine Zähne.

»Ich wette, du wärst verflucht eng. Du musst wahrscheinlich erst so feucht werden, um überhaupt einen Schwanz in dich aufnehmen zu können, nicht wahr? Ich wette, dass du meinen Schwanz so eng umschließen würdest, dass ich dagegen ankämpfen müsste, nicht sofort zu kommen, wenn ich in dich eindringe.«

Großer Gott. Noch nie hat jemand so mit mir geredet. Ich setze mich ein wenig auf und fahre mit den Fingern die Spur der Haare nach, die sich von seinem Bauchnabel bis zu seiner Jeans hinunterzieht. Dann lege ich meine Hand auf die Ausbeulung in seiner Hose und streichle seine Erektion, die darunter gefangen ist. Ich will ihn in mir haben. Ich fühle mich ... leer. Es gibt keine anderen Worte, um das zu beschreiben. Ich fühle mich leer und sehne mich danach, von ihm ausgefüllt zu werden.

Rhys atmet stöhnend aus, als ich ihn dort berühre, und es klingt himmlisch. Das tiefe Knurren, das nicht mal ein Wort ist. Seine Hände liegen auf meinen Oberschenkeln und er streichelt wieder auf und ab. Mein Rock ist bis zu meiner Taille hochgerutscht, weshalb er vollen Zugang hat. Er massiert meine erhitzte Haut, ehe er mir über meinen noch immer bedeckten Schritt streichelt. Mir ist bewusst, dass der Stoff nass ist, und ich kann mir vorstellen, wie sich meine feuchten Locken unter dem eng anliegenden und transparenten Stoff abzeichnen. Das ist das

Höschen, das ich heute nach der Dusche nach unserem Nachmittag am Pool angezogen habe. Es ist ein hellrosa Baumwollslip mit dünnen weißen Streifen. Etwas anders als die einfachen weißen Slips, die ich immer irgendwie sexy fand. Ich kann mir allerdings nicht vorstellen, dass sie mit den spärlichen Tangas aus Spitze und Seide mithalten können, die er sonst von Frauen gewohnt sein muss.

Sein Blick ist auf den feuchten Fleck zwischen meinen Beinen gerichtet, als er sagt: »Möchtest du, dass ich dich zum Kommen bringe, Lydia?«

»Ich werde sonst vielleicht sterben, wenn du es nicht tust«, stoße ich aus, ohne darüber nachzudenken. Meine Pussy pulsiert erwartungsvoll, als er mich wieder anlächelt, als würde ich ihn irgendwie amüsieren.

Mit dem Daumen schiebt er mein Höschen zur Seite und reibt mit dem anderen meine jetzt entblößte Pussy entlang. Ich sehe ihn unverwandt an, während er seinen Blick noch immer auf meine Mitte geheftet hat, wo er mit dem Daumen mittlerweile meine Klit erreicht hat. Als er damit über meinen intimsten Punkt fährt, stöhne ich auf – oh Gott. Seine Hände auf mir zu spüren und sein Gesicht dabei zu betrachten, während er mich berührt, ist berauschend. Es lässt mich mehr wollen. Mehr von ihm, mehr von dem, was auch immer er tun kann. Mehr von seinen schmutzigen Worten und seinen geschickten Fingern. Einfach mehr. Dann presst seinen Daumen fest gegen meine Klit und ich komme. Ich glaube, es braucht nicht einmal drei Sekunden. Hätte ich irgendeine Art von Kontrolle über mich gehabt, hätte ich mich etwas länger zurückgehalten, denn das Gefühl, das seine Berührung in mir auslöst, ist eines, das ich noch nie zuvor erlebt habe. Mich haben schon vorher Jungs angefasst, mich zögerlich berührt oder an mir rumgefummelt, aber das hat mir nicht sonderlich viel gegeben.

Das hier ist jedoch ganz anders.

Nicht zu vergleichen mit den stümperhaften Versuchen aus der Vergangenheit.

Rhys hört nicht auf und der Orgasmus zieht sich in die Länge, was ich von meinen Höhepunkten, wenn ich es mir selbst mache, nicht gewöhnt bin. Nachdem ich gekommen bin, ziehe ich meine Hand weg. Rhys hingegen behält seinen Daumen an Ort und Stelle und reibt weiter fest über den feuchten Lustknopf, selbst dann, als ich seine Unterarme packe und beginne, mich zu winden. Es ist zu viel für mich und ich will ihm entkommen. Gleichzeitig will ich aber auch, dass er weitermacht. Ich will, dass dieses pulsierende und erregende Gefühl aufhört, und gleichzeitig, dass es niemals stoppt. Mein Kopf fällt nach vorn, während ich immer wieder Laute der Lust von mir gebe.

Als der Orgasmus abebbt, breche ich förmlich auf seiner Brust zusammen, unter sein Kinn gekuschelt, bis sich meine Atmung allmählich wieder normalisiert. Rhys wispert in mein Ohr, wie schön ich aussehe, wenn ich komme, und wie sehr er es genossen habe, mir dabei zuzusehen. Es macht mich seltsam stolz, dass ich ihn zufriedengestellt habe.

»Du bist wirklich gut darin, was?«, murmle ich an seinem Hals. Er riecht auf jeden Fall gut. Es ist nicht nur das Sofa. Er riecht wie ein Herbsttag in Tennessee. Klar und frisch, erdig und männlich.

Seine Brust bebt, als er lacht, und ich spüre seinen warmen Atem auf meinem Kopf. »Gut worin genau? Ich habe dich ja kaum angefasst.«

»Gut mit deinen Daumen, nehme ich an. Keine Ahnung«, murmle ich, noch immer an seinem Hals. Ich bin damit beschäftigt, ihn mit meinen Fingern zu erkunden und mir das Gefühl seiner Bartstoppeln unter meinen Fingerkuppen für immer ins Gedächtnis zu brennen. Die sauber rasierten Kanten, die glatte Haut darunter. Die Muskeln in seinem Nacken. Ich finde einfach alles an ihm wirklich interessant.

»Wo zur Hölle bist du nur hergekommen?«, fragt er, während er mit einer meiner Haarsträhnen spielt.

»Knoxville.« Ich setze mich auf und sehe ihn an. »Tennessee«, füge ich hinzu, als er mich nur anstarrt. Ich brauche noch ein paar Sekunden, bis mir klar wird, dass seine Frage rhetorisch gemeint war. Dann fühle ich mich blöd, weshalb ich ihn frage, wo er herkommt. Das macht es zwar nicht besser, aber das ist alles, was mir einfällt.

»Connecticut«, antwortet er, da meine Frage definitiv nicht rhetorisch gemeint war.

Eine kleine Falte hat sich auf seiner Stirn gebildet, während er mein Gesicht mustert. Dann leckt er sich über den Daumen, mit dem er mich gerade zum Orgasmus gebracht hat und lässt meinen Blick dabei nicht los. Ich ziehe scharf die Luft ein, denn diese Geste haut mich um. Zu gern würde ich wissen, was er gerade denkt. Wie ich schmecke. Ob er es mochte. Dann erinnere ich mich daran, dass nur einer von uns zum Höhepunkt gekommen ist.

»Du bist noch immer hart«, sage ich und fahre die Konturen der Erektion in seiner Hose entlang. Er ist tatsächlich noch hart. Hart. Und groß. Sanft drücke ich seine Männlichkeit durch den Jeansstoff hindurch.

»Wer würde das nicht sein?«, erwidert er nach einem lang gezogenen Aufkeuchen und einem scharfen Ausatmen.

Ich sehe ihn an, nicht sicher, was das bedeutet. Bedeutet es, dass ich eine Art Verführerin bin, die jeden Mann dazu bringen kann, steinhart zu werden? Hm, das wäre ziemlich cool, wenn es stimmen würde. Oder bedeutet es, dass ich gerade meinen Spaß hatte, er wiederum nicht, und ich etwas dagegen tun sollte?

»Möchtest du, ähm, es?« Das kam mir mal wieder gekonnt über die Lippen. Ich bin mir nicht mal sicher, was ich ihm gerade angeboten habe. Einen Handjob? Sex? Wer weiß? Warum zur Hölle übernimmt er nicht die Führung? In meiner Fantasie-Version dieser Situation sagt er mir, was ich machen soll, sodass ich mich nicht mühsam hindurchmanövrieren muss. Darin sagt er Sachen wie: *Lydia, ich will dich ficken. Lass uns zu mir nach Hause fahren und das in die Tat umsetzen.* Natürlich klingt es besser, wenn er das sagt, aber ich habe euch ja schon verraten, dass meine Dirty-Talk-Fähigkeiten verbesserungswürdig sind.

»Möchte ich was?« Rhys sieht mich unter halb geschlossenen Lidern an. Seine Stimme ist tief und so verdammt sexy. Er senkt den Blick auf meine Lippen, ehe er mir wieder in die Augen schaut. Es fühlt sich ein bisschen wie eine Liebkosung an, als würde er eine Hand an meine Wange legen und mich noch enger an sich ziehen. »Möchte ich Sex mit dir haben? Diese Erektion lindern, die ich dir zu verdanken habe? Will ich herausfinden, wie eng deine Pussy wirklich ist? Wie heiß und feucht? Will ich dich fingern, um zu gucken, ob du genau in dieser Sekunde bereit dafür bist, dass ich dich ficke, oder ob ich dich mit einem zweiten Finger erst etwas dehnen muss, bevor ich in dich eindringen kann? Will ich wissen, wie sich dein Orgasmus anfühlt, wenn ich ganz tief in dir stecke?«

Er hält inne.

»Wer würde das nicht wollen, Lydia?«

Hui. Okay, dann wollen wir das Gleiche.

»Aber vielleicht würde ich auch erst deinen süßen Mund ausprobieren. Ich würde allerdings erwarten, dass du meinen Schwanz ganz in den Mund nimmst. Dann würde ich ihn rein und raus bewegen und dir damit den Atem nehmen. Wäre das okay für dich, Lydia? Gibst du süße kleine Blowjobs, bei denen deine Lippen nur die Spitze des Schwanzes umschließen? Oder nimmst du ihn so tief in den Mund, bis dein nächster Atemzug davon abhängig ist, ob er dich hochkommen lässt?«

Oh.

Also ...

Letzteres müsste er mir wohl beibringen.

»Aber nicht hier, oder?« Ich werfe einen Blick zur Tür und richte ihn dann wieder auf Rhys. Er kann das nicht alles hier tun wollen, im Hinterzimmer einer Bar, wo jederzeit jemand reinkommen könnte. Und diese Couch gehört mir nicht, und ihm auch nicht. Was, wenn es schmutzig wird? Was, wenn ich ... Ich merke, wie ich peinlich berührt erröte, und ziehe wieder meine Unterlippe zwischen meine Zähne.

»Warum nicht hier?«

Ähm. Deswegen. »Deswegen.« Ich zucke mit einer Schulter und sehe erneut zur Tür hinüber. *Weil ich nicht auf dem Sofa in einer Bar entjungfert werden möchte, Rhys.* Was mich daran erinnert, dass ich immer noch an einem besseren Wort als *entjungfern* feile. Devirginisierung? Ich frage mich, ob das ein echtes Wort oder eines aus dem Urban Dictionary ist. »Meine Wohnung ist in der Nähe«, biete ich an, in der Hoffnung, dabei hilfreich zu klingen, und entscheide, dass jetzt nicht der richtige Zeitpunkt ist, um nach dem Motto *Ich bin noch immer Jungfrau, würde es dir etwas ausmachen, mir meine Jungfräulichkeit zu rauben?* mit der Tür ins Haus zu fallen.

Er zieht eine Braue in die Höhe. »Fickst du nur im Bett, gutes Mädchen? Du bist zweiundzwanzig, sicher hast du es schon das ein oder andere Mal auf einem Rücksitz getrieben, oder?«

»Du willst es auf dem Parkplatz machen?« Das kann er nicht ernst meinen. Ich kann die Überraschung in meiner Stimme nicht verbergen und bin sicher, dass ich einen passenden Ausdruck im Gesicht habe, da er lacht.

»Du bist süß, aber das hier wird nicht passieren«, sagt er.

Dann schiebt er mich von seinem Schoß und geht zur Tür hinaus.

10. Kapitel

Lydia

»*Das hier wird nicht passieren.*« Ich gehe in der Küche auf und ab und wiederhole mich. »Seine Aussage ist ja sogar noch schlimmer als mein *Was auch immer du sonst möchtest.*«

»Super, jetzt seid ihr quitt, was blöde Aussagen angeht.« Payton zieht am Strohhalm ihres Milchshakes, den wir unbedingt auf dem Nachhauseweg holen mussten. Na gut, wir haben ihn beim Drive-in von *Del Taco* besorgt, also war es kein großer Umweg. Außerdem habe ich aus Frust ein ganzes *Queso-Crunch-Taco-Meal* gefuttert, bis wir wieder zurück in unserem Apartment waren, daher habe ich eigentlich keinen Grund, mich über den Zwischenstopp zu beschweren.

»Was soll dieser Scheiß mit den widersprüchlichen Botschaften, die er sendet?« Ich schleudere meine Arme in die Luft, ehe ich mich in Verzweiflung über den Küchentisch werfe.

»Oh, wow. Jetzt holst du die Schimpfwörter raus. Oha«, murmelt Payton und zieht eine Braue in die Höhe. »Sie meint es ernst.«

»Siehst du, darum bin ich noch immer Jungfrau! Männer sind so verdammt kompliziert. Und dumm. Ich hasse sie. Alle miteinander.«

»Willst du jetzt plötzlich mit mir eine lesbische Beziehung eingehen? Hör zu, ich respektiere deinen Entscheidungen, *bla bla*, aber ich glaube nicht, dass ich auf die Art und Weise auf dich stehe. Falls du fragen solltest. Aber vielleicht als Schwesterehefrau in einer Dreier-Konstellation? Ich würde auf jeden Fall einen Penis mit dir teilen. Das könnte funktionieren.«

»Was?« Ich blinzle ein paarmal. »Machst du mich gerade an?«

»Nein.« Sie schüttelt den Kopf, einen verblüfften Ausdruck im Gesicht, als wäre all das hier absolut klar. »Ich habe nur angeboten, einen Mann mit dir zu teilen. In der Theorie. Wenn es dazu käme«, ergänzt sie mit einem Schulterzucken. »Das ist ein sehr großzügiges Angebot. Du solltest es ein wenig mehr zu schätzen wissen.«

»Was?«, wiederhole ich, dieses Mal langsam. Hat sie den Verstand verloren? »Wie würde das überhaupt funktionieren?«

»Im Sinne einer Teilzeitnutzung. Ich würde ihn montags, mittwochs und freitags bekommen, du ihn an Dienstagen, Donnerstagen und Samstagen.« Sie schlürft ein weiteres Mal an ihrem Milchshake und sieht mich erwartungsvoll an, als hätte ich potenzielles Feedback zu dieser theoretischen Teilzeitnutzung eines gemeinsamen Freundes abzugeben. »Es war nett von mir, dir den Samstag anzubieten, oder?« Sie neigt den Kopf zur Seite, den Milchshake noch immer in der Hand.

»Na klar«, antworte ich, auch wenn nichts von ihren Worten sinnvoll klang. »Und was passiert an Sonntagen? Da darf er sich dann irgendwelche fremden Frauen aufreißen?«

»Nein! Sei nicht widerlich.« Payton wirft mir einen bösen Blick zu, als hätte ich ihr allein durch den Gedanken ans Bein gepinkelt. »Das wird er niemals tun dürfen. Er ist uns absolut treu ergeben. Sonntags wäre für Dreier vorgesehen. Oder er könnte den Tag freihaben, wie auch immer.«

Sprachlos starre ich sie für einige Sekunden an, während ich ihre Worte verarbeite.

»Mach Platz.« Ich deute auf den Stuhl, auf dem sie sitzt. »Ich brauche den Tisch, um Pyjamas aus alten Betttüchern zu machen.« Ich schnappe mir das Nadelkissen und ein halb fertiges Paar Pyjamahosen und setze mich hin. »Ähm, danke für dieses großzügige Angebot. Ich werde diese Idee im Hinterkopf behalten.«

»Jederzeit, ich bin schließlich eine wirklich gute Freundin.«

»Das bist du, und dazu noch so bescheiden.«

»Außerdem teile ich gern. Vergiss das nicht. Du weißt, dass ich denke, dass der Schwesterehefrauen-Lifestyle zu wenig genutzt wird.«

»Hm.«

»Stell dir doch zum Beispiel mal vor, dass Chris Hemsworth auf uns beide stehen und uns beide heiraten wollen würde.«

»Chris Hemsworth ist bereits verheiratet.«

»Lydia«, stöhnt Payton meinen Namen gedehnt. »Nimm das nicht so verdammt wörtlich. Stell dir vor, wir würden auf einen Chris Hemsworth treffen, der Single ist.«

»Okay.«

»Und dann stell dir vor, dass er sogar noch toller ist, als du dir ihn vorgestellt hast. Heißer, netter und noch besser im Bett.«

»Hm.«

»Weiterhin stell dir vor, dass er uns beide wollen würde. Dass er uns heiraten und uns Häuser nebeneinander kaufen wollen würde, wo wir unsere Unmengen von Kindern gemeinsam großziehen. Wer würde dazu Nein sagen? Wer?«, wiederholt sie, die Augen weit aufgerissen und die Hände erhoben. Ihre Miene verrät mir, dass sie sich partout niemanden vorstellen kann, der dazu Nein sagen würde.

»Ich glaube, die meisten Frauen würden dankend ablehnen.«

»Tja, das ist dumm.« Sie lässt ihre Hände fallen und winkt dann abfällig ab. »Ich würde Ja sagen. Hoffentlich wäre meine Schwesterehefrau da aufgeschlossener als du.«

»Man kann es nur hoffen.«

»Es wäre auch toll, wenn sie gern kochen würde, da ich das nicht tue. Sie könnte das Kochen übernehmen und ich würde mich um die Wäsche kümmern. Ich verstehe ernsthaft nicht, warum das nicht mehr Leute so machen«, murmelt sie an sich selbst gerichtet.

»Ist es nicht ein wenig sexistisch, dass du denkst, dass das Kochen und die Wäsche dir und deiner Schwesterehefrau zufallen? Würde die perfekte Version von Chris Hemsworth nicht auch kochen, sauber machen und die Wäsche waschen?«

»Ohhh, gutes Argument.« Payton sieht für einen Moment ehrlich interessiert aus, doch dann schüttelt sie den Kopf. »Nur dass der Kerl in meiner Fantasie-Version damit beschäftigt ist, sein Milliarden-App-Imperium zu leiten, daher bin ich mir nicht sicher, ob er Zeit dafür hätte, zu kochen, zu putzen, sein Unternehmen zu führen und auch noch zwei Frauen sexuell zu befriedigen.«

»Ich dachte, deine Fantasie sah Chris Hemsworth vor?«

»Ja, schon, aber ich habe es mir anders überlegt, als wir festgestellt haben, dass er schon verheiratet ist«, sagt sie und fragt anschließend: »Hast du irgendwelche Stoffabfälle?« Sie nickt zu einem Stapel mit zerschnittenen Betttüchern hinüber. Anscheinend macht sie sich nicht länger Sorgen über die Aufteilung der Haushaltspflichten in ihrer fiktiven Zukunft.

»Klar.« Ich nicke abwesend in Richtung der Stoffreste, die ich nicht mehr verwende.

Payton springt von ihrem Stuhl auf und kommt dann mit einer Handvoll *Eddings* zurück. Größtenteils ignoriere ich sie, da ich noch immer an Rhys denke und daran, wie ich es fertiggebracht habe, ihn nur wenige Minuten, nachdem ich auf seiner verdammten Hand gekommen war, wieder zu verlieren. Eben noch haben wir darüber gesprochen, wie er mir mit seinem Schwanz den Atem nehmen würde, dann schiebt er mich plötzlich von seinem Schoß und verschwindet.

Ich bin so verwirrt.

Offensichtlich kenne ich ihn nicht sonderlich gut, aber er scheint eine halbwegs vernünftige Person zu sein, daher kann ich mir nicht vorstellen, dass er einfach gegangen ist, nur weil ich keinen Sex auf einem Sofa haben wollte. Es war ja nicht so, als hätte ich für immer und ewig Nein zu Couchsex gesagt, nur zu Couchsex in diesem Moment, auf diesem Sofa, in diesem Büro. Vielleicht steht er ja besonders darauf, es auf einem Sofa zu treiben? Oder aber er wollte, dass ich mich über dessen Lehne beuge? Ich weiß es nicht. Aber ich bin absolut offen, was das zukünftige Potenzial von Sofas angeht.

Was ich ihm auch klargemacht hätte, wenn er lang genug geblieben wäre, um mit mir zu reden. Idiot.

Allerdings bin ich mir fast sicher, dass ich Nein zu Sex auf einem Rücksitz sagen würde. Dafür bin ich zu alt, oder? Ich glaube, dieser Zug ist abgefahren. Ich habe mein eigenes Apartment – na ja, beinah. Ich habe mein eigenes Zimmer, also kann ich mir keinen vernünftigen Grund ausmalen, Sex in einem Auto zu haben. Außerdem habe ich keine Garage und

Rhys parkt wahrscheinlich in der Tiefgarage des *Windsor*, wo würden wir es also überhaupt treiben?

Er hat mit seinem Kommentar wahrscheinlich nur seinem Argument Nachdruck verleihen wollen.

Er denkt, ich sei zu gut für ihn, und das nicht, weil ich so eine nette Person bin, sondern weil er denkt, wir wären sexuell nicht kompatibel. Zugegeben, ich hatte noch nie zuvor Sex und weiß nicht, wovon ich rede, aber ich kann es fühlen. Ich weiß, dass wir im Bett gut zueinanderpassen würden. Ich weiß es einfach. Wie sich herausgestellt hat, ist Lust etwas sehr Reales und Greifbares. Das muss der Grund sein, weswegen ich in seiner Gegenwart immer den Verstand verliere. Verlangen. Es ist ja schließlich nicht so, als hätte ich nicht schon vorher Kontakt mit Männern gehabt, ehe ich ihm begegnet bin. Ich war ja keine Nonne. Oder im Koma. Ich habe sogar schon ein wenig gedatet.

Aber keiner der Männer hat je die Gefühle in mir hervorgerufen, die Rhys in mir auslöst.

Niemand hat mich jemals zuvor dazu gebracht, mich ihm auf dem Silbertablett anzubieten. Ehrlich gesagt, war es – bis jetzt – keine große Herausforderung, mein Höschen anzubehalten. Bis ich Rhys kennengelernt habe, versteht sich. Erst dann habe ich mich in ein totales Luder verwandelt. Ein trauriges Möchtegern-Luder mit einer schmutzigen Fantasie und einer Abneigung dagegen, ihre Jungfräulichkeit auf einem Sofa zu verlieren.

Fail.

»Schere«, verlangt Payton und reißt mich aus meinem Selbstmitleid, indem sie mir ihre Hand entgegenstreckt, als würden wir im OP-Saal sein und sie nach einem Skalpell verlangen.

Ich seufze, lege mein Nadelkissen beiseite und mache eine große Show daraus, ihr die Schere zu geben. Dann beobachte ich sie dabei, wie sie den *Edding* weglegt und mit dem Schneiden beginnt. »Was machst du da?«

»Ich mache dir ein Abzeichen.«

»Ähm.« Ich versuche, einen besseren Blick auf ihr Werk zu

erhaschen, kann aber nicht erkennen, was sie zurechtschneidet. »Okay«, sage ich, weil mir nichts Besseres einfällt.

»Fertig.« Payton legt die Schere beiseite, hebt ihr Werk auf und wirft es dann vor mir auf den Tisch, wobei ein breites Lächeln ihr Gesicht ziert. Sie scheint wirklich stolz auf ihre Kreation zu sein. Sie hat ein Bierglas mit Schaumkrone auf ein herzförmiges Stück Stoff gemalt.

Ich betrachte es und sehe dann wieder zu ihr. »Was ist das?«

»Ein Bar-Abzeichen!«, verkündet sie, definitiv stolz.

»Du hast ein Abzeichen gemacht. Für eine Bar.« Ich streiche mit den Fingern darüber. Ich muss zugeben, dass sie gute Arbeit geleistet hat. »Ein herzförmiges Abzeichen. Welches Bataillon benutzt herzförmige Abzeichen?«, frage ich scherzhaft, denn es gibt keine herzförmigen Abzeichen.

»Das Spaß-Bataillon.«

Ich runzle argwöhnisch die Stirn. »Was habe ich getan, um dieses Abzeichen zu verdienen?«

»Du hattest einen Orgasmus in einer Bar.« Sie sagt das, als hätte sie angenommen, dass die Kriterien für ihr Bar-Abzeichen eindeutig wären.

»Du bist so durchgeknallt«, murmle ich.

»Sie haben mich nicht umsonst bei den Pfadfinderinnen rausgeschmissen. So, jetzt brauchen wir eine Schärpe. Lass uns gucken, was wir dafür verwenden können.« Sie springt auf und beginnt, in meinem Stapel aus Bettwäsche und Laken herumzuwühlen.

»Hoppla, was meinst du damit, dass wir eine Schärpe brauchen?«

»Für deine Abzeichen?«, antwortet sie, die Stirn erneut in Falten gezogen, als würde ich es einfach nicht kapieren. »Wo sollen wir all deine Abzeichen präsentieren, wenn du keine Schärpe hast?«

»Was für Abzeichen?«

»All die Spaß-Abzeichen, die du dir verdienen wirst«, sagt sie, ohne mich anzusehen, ehe sie ein verwaschenes Betttuch mit Blumendruck aus meinem Stapel hervorzieht. »Kann ich das hier benutzen?«

Okay, die Sache ist, dass ich wirklich gerne Abzeichen verdiene. Ich finde das sehr befriedigend.

»Was für andere Abzeichen hast du im Kopf?« Ich bemühe mich, meine Frage beiläufig klingen zu lassen, als sei sie nur ein Witz, aber ich bin mir nicht sicher, wie erfolgreich ich dabei bin. Ich wickle mir eine Locke meiner Haare um den Finger und versuche, lässig zu wirken. Es ist lang her, dass ich mir ein neues Abzeichen verdienen konnte.

»Das nächste Abzeichen ist das *No-fucks*-Abzeichen.«

»Habe ich das nicht schon verdient? Indem ich noch keinen Sex hatte?«

»Es ist mehr ein *Fuck-everyone*-Abzeichen.« Payton breitet den Stoff auf meiner Schneidematte aus und wählt ein Schnittlineal aus Acryl, das sie ordentlich am Rand des Stoffs platziert.

»Payton, ich habe dir gesagt, dass Gruppensex nicht mein Ding ist. Normalerweise bin ich ja der Ansicht, erst etwas ausprobieren zu müssen, bevor man sich entscheidet, es nicht zu mögen. Ich glaube allerdings nicht, dass Sexpartys etwas sind, das man ausprobiert, wenn man nicht bereits ein anfängliches Interesse daran hat.«

»Ah, wow.« Sie hat sich über den Stoff gebeugt und die Falten darin glatt gestrichen, stoppt nun aber und richtet sich auf. »Du nimmst das wirklich sehr wortwörtlich.« Sie drückt mir das Schneidelineal in die Hand und deutet auf meinen Stuhl. »Tausch den Platz mit mir.«

»Ich dachte, du wolltest mir eine Schärpe machen?«

»Wollte ich auch, aber dann habe ich realisiert, dass Nähen ziemlich kompliziert ist, und ich will gute Arbeit leisten, darum denke ich, dass du sie machen solltest.«

»Ich soll eine Schärpe machen, weil du gute Arbeit leisten willst?«, wiederhole ich, als ich aufstehe und meinen Platz mit ihr tausche. »So viele Dinge ergeben auf einmal Sinn.«

»Stell sicher, dass du es gut machst, da ich stolz auf meine Arbeit sein möchte.«

»Natürlich möchtest du das.« Ich richte den Stoff auf dem

Schneidebrett neu aus, lege das Lineal an und mache mit dem Rollschneider einen schnellen Schnitt durch den Stoff, ehe ich das Lineal umlege und einen weiteren Schnitt vornehme, sodass ich etwa dreizehn Zentimeter breite Stoffstreifen habe. Dann schnappe ich mir mein Nadelkissen und beginne, die Streifen zusammenzustecken, sodass ich einen versteckten Saum anfertigen kann.

»Wie dem auch sei, dein nächstes Abzeichen werden wir das Selbstvertrauen-Abzeichen nennen«, sagt Payton, als sie sich mit ihrem *Edding* ans Werk macht. »Da die Bezeichnung *Fuck-everyone*-Abzeichen etwas zu brisant für dich zu sein scheint. Du hast dir dieses hier noch nicht verdient, aber ich werde es schon mal anfertigen und es an den Kühlschrank heften, damit du ein Ziel vor Augen hast.«

»Glaubst du nicht, dass das ein wenig gestört ist?«

»Nein, ich denke, dass das genau die richtige Art und Weise ist, um erwachsen zu werden.«

Ich mag es, Ziele zu haben, daher entscheide ich, dass sie recht haben muss.

11. Kapitel

Lydia

Wie sich herausstellt, kann ich mir das Selbstvertrauen-Abzeichen verdienen, indem ich am Montag zur Arbeit gehe. Natürlich ist es ein wenig komplizierter als das, aber das ist das Wesentliche. Payton hat gemeint, ich solle nach dem Motto *Neue Woche, neues Ich* leben, und gesagt, ich müsse mutig sein, zur Arbeit gehen und dürfe mich nicht selbst entlassen.

Außerdem hat sie mir unter die Nase gerieben, dass sie recht hatte – meine sexuellen Avancen von neulich haben Rhys den Tag versüßt, da er ja schließlich am Wochenende mit mir rumgemacht hat. Ich habe sie daran erinnert, dass er abgelehnt hatte, Sex mit mir zu haben. Sie bestand dennoch darauf, dass es an möglichen Erektionsstörungen gelegen hatte. Als Freundin ist es süß von ihr, so was zu sagen, aber ich glaube nicht, dass das stimmt. Ich glaube, dass er mich zurückgewiesen hat, weil er keinen Sex mit mir wollte. Was natürlich sein gutes Recht ist. Definitiv.

Payton meinte außerdem, dass Rhys aufhören müsse, mich zu küssen, wenn er mich nicht ranlassen wolle. Ich habe ihr erklärt, dass Geschlechtergleichheit in beide Richtungen funktioniere und es beleidigend von ihr sei, anzunehmen, dass Rhys nur rumschäkerte, weil er nach dem Küssen aufhören wollte. Allerdings glaube ich nicht, dass meine Worte bei Payton auf fruchtbaren Boden gefallen sind. Sie ist nämlich einfach eingeschlafen, während ich geredet habe. Dabei hatte sie einen *Cheez-It* in der Hand und lag auf dem Sofa ausgebreitet wie eins der Kleinkinder, auf die ich während der Highschoolzeit immer aufgepasst habe. Ich habe ihr den *Cheez-It* aus der Hand genommen und sie zugedeckt, ehe ich selbst ins Bett gegangen bin, wo ich noch lange Zeit wach gelegen und über Rhys nachgedacht habe. Über meine Reaktion auf ihn. Über meine Gefühle. Eine halbe Ewigkeit.

Ich starte in den Montag mit mehr Selbstbewusstsein, als ich den Freitag beendet habe.

Zumindest ein bisschen.

Genug, um mir sicher zu sein, dass ich nicht gefeuert werde, aber nicht genug, um zu wissen, was ich wegen Rhys unternehmen soll. Ich verstehe wirklich nicht, warum er so entschlossen ist, mir aus dem Weg zu gehen. Ich habe am Samstag gespürt, wie sehr er mich mag – im wahrsten Sinne des Wortes. Was also ist das Problem? Ich bitte ihn ja nicht, mich zu heiraten und der Vater meiner Kinder zu werden, verdammt noch mal.

Wobei.

Scheiße.

Vielleicht ist das der entscheidende Punkt? Hat er es vielleicht satt, dass ihn Frauen immer für Sex benutzen? Das muss oft vorkommen – bei seinem Anblick kann ich mir das nur allzu gut vorstellen. Ich kann nicht die einzige Frau sein, die den Verstand verliert, wenn sie ihm begegnet. Ich wette, dass er es satthat, von Frauen wie ein Sexobjekt behandelt zu werden. Ganz besonders, wenn er so viel mehr zu bieten hat. Er macht wahrscheinlich noch zig andere Sachen, als Sex zu haben. Möglicherweise spielt er Golf und ... Mir fällt nichts ein, woran er noch Interesse haben könnte. Weil ich eine furchtbare Person bin, die ihn nur für Sex benutzt hat. Puh, kein Wunder, dass er mich nahezu von sich runtergeschubst und die Bar verlassen hat.

Es gefällt mir allerdings, wie er mich küsst, auch wenn das unter sexuelle Handlungen fallen sollte, und das tut es auch. Aber es ist auch etwas, das ich an ihm mag. Etwas, das mir gezeigt hat, wer er ist. Es war schön, wie er mich gehalten hat, als er mich das erste Mal küsste. Das Gefühl seiner Hand auf meiner Hüfte. Mir gefiel auch, dass er mich nicht bedrängt und seine Hand an Stellen bewegt hat, die mich in diesem Moment vielleicht überfordert hätten. Es hat sich angefühlt, als respektiere er mich, auch wenn ich bei unserem ersten Kuss eine Fremde war. Ich mochte auch, dass er mich im Büro der Bar geküsst hat und nicht vor allen anderen, wie es andere Männer gemacht hätten.

Was das zweite Mal angeht – nun, daran gefiel mir alles. Das Zucken seines Kiefers, als er mich davon abhielt, weiter mit Josh Dart zu spielen. Die besitzergreifende Art, die zum Vorschein kam, als er meine Hand in seine genommen und mich ins Büro manövriert hat. Vielleicht hätte ich irritiert darauf reagieren sollen – und ich nehme an, dass ich möglicherweise verärgert gewesen wäre, wenn ich an Josh wirklich Interesse gehabt hätte. Aber ich war nicht verärgert, sondern erfreut. Erfreut, Rhys wiederzusehen. Erfreut darüber, meine Hand in seiner zu wissen und ihn für mich zu haben.

Ich fand es gut, auf ihm auf dem Sofa zu sitzen und nicht unter ihm gefangen zu sein, und mochte, wie er mich angesehen hat. Als wäre er von mir fasziniert, als würde er mich verschlingen wollen und als sei ich wunderschön. Auch sein Lachen und der entspannte Gesichtsausdruck, den er hatte, haben es mir angetan. Genauso wie seine Lachfältchen.

All das gefällt mir an ihm.

Aber sind das sexuelle Aspekte? Verdingliche ich ihn dadurch? Ich beschließe, dass ich daran arbeiten sollte, noch mehr Dinge zu finden, die ich an ihm mag. Dinge, die nichts mit Berührungen, Sex und Gefühlen zu tun haben. Wie ihn allein für die Person zu respektieren, die er ist.

Guter Plan.

Ich klopfe mir im Geiste auf die Schulter, als sich die Fahrstuhltüren im vierten Stock öffnen und ich zu meinem Schreibtisch gehe. Im Vorbeilaufen begrüße ich meine neuen Kollegen und entscheide, dass dies eine tolle Woche werden wird. Verdammt, ich habe allein schon dadurch ein neues Abzeichen verdient, dass ich heute Morgen das Büro betreten habe, und ich weiß, dass Payton an mehr davon arbeitet.

Kurz verwirrt mich der dreckige Kaffeebecher auf meinem Schreibtisch, den ich am Freitag bei meiner Flucht zurücklassen musste, aber ich weigere mich, mich davon aus der Ruhe bringen zu lassen. Nein, das wird nicht passieren. Also stelle ich meine Sachen ab und trage den Kaffeebecher, der eine Beleidigung für mein Auge ist, zum Pausenraum hinüber, wo ich ihn abwasche und danach zur Sicherheit noch in die Geschirrspülmaschine stelle. Ich schnappe mir einen neuen Becher und benutze die schicke Kaffeemaschine, um mir einen Latte macchiato zu machen.

Seht ihr? Dieser Tag verläuft schon jetzt besser als der Freitag, da ich mich auf die Maschine konzentrieren kann und dieses Mal auch wirklich weiß, was ich trinken werde.

Ich frage mich, ob Rhys Kaffee mag. Das erste Mal in der Bar habe ich ihn nur Wasser und Bier trinken gesehen. Er macht beim Wassertrinken aber eine echt gute Figur. Da haben wir also schon etwas, außer Sex und sein Gesicht, für das ich ihn mag. Ein weiterer Haken auf der Gewinnspalte für heute.

Wobei, Mist. Ist es das? Denn es hat mich schon irgendwie angemacht, ihn einen Schluck Wasser trinken zu sehen. Aber zählt das als etwas, das ich an ihm mag, oder verdingliche ich ihn dadurch eher?

Da ich jedoch vermute, dass mich alles heißmachen wird, was ich über ihn in Erfahrung bringe, bin ich mir nicht sicher, ob ich die Sachen, die ich an ihm mag, von denen trennen kann, die mich an ihm antörnen. Wenn ich zum Beispiel erfahren würde, dass er seine Mom jeden Sonntag anruft, würde mich das einerseits anmachen und andererseits würde ich das an ihm mögen.

Das ist seltsam kompliziert.

Daher beschließe ich, nachher Payton zu fragen, wie sie die Dinge, die sie an einem Mann mag, von den Dingen, die sie sexuell attraktiv an ihm findet, differenziert.

Zurück an meinem Schreibtisch lasse ich mich auf meine Arbeitswoche ein, checke E-Mails und überprüfe den Kalender mit meinen Meetings gleich zweimal. Die große Eröffnung ist in drei Wochen, was bedeutet, dass heute die Abwicklung der Neueinstellungen und die Einarbeitung der neuen Mitarbeiter für die Angestellten des internen Bereichs richtig losgeht. Dazu gehören das Housekeeping, der Zimmerservice, die Dealer, die

Gastronomie und die Rezeption sowie der Wellness- und Spabereich und so weiter und so fort. Die meisten Einstellungen sind mittlerweile erfolgt und die Vorstellungsgespräche und Backgroundchecks sind erledigt. Die Formalitäten, die diesbezüglich auszufüllen sind, jedoch weniger. Mein Leben wird für den nächsten Monat aus nichts als Einführungen, Einarbeitung und Papierkram bestehen.

Allein bei dem Gedanken wird mir schwindlig.

Es gibt doch diese Kinder, die mit ihren kleinen Plastikkassen und ihrem Spielgeld Einkaufsladen spielen. Die ihre Eltern dazu zwingen, Plastikorangen und leere Müslikartons zu kaufen, damit sie deren Einkäufe eintüten und Wechselgeld für eine falsche Zwanzigdollarnote rausgeben können.

So ein Kind war ich nicht.

Ich denke, es waren die Cookies. Ich musste nie Einkaufsladen spielen, weil ich durch den Cookieverkauf die echte Erfahrung gemacht habe. Der wirkliche Spaß für mich waren aber die Formulare. Ich habe den Papierkram geliebt. Ich habe es geliebt, zu kalkulieren, wie viele Boxen ich noch verkaufen musste, um mein Ziel zu erreichen. Genau wie sicherzustellen, dass alle Bestellungen korrekt ausgefüllt wurden, und einen farbigen Strich auf alle Bestellformulare zu machen, die ausgeliefert wurden. Diesen Teil habe ich geliebt.

Daher freue ich mich darauf, loszulegen, und bin aufgeregt, als ich meinen Terminplaner öffne und realisiere, dass ich dem Schulen der Unternehmensrichtlinien zugeordnet wurde. Ich habe Freitag wirklich nicht aufgepasst, was? Ich liebe Richtlinien. Richtlinien sind voll mein Ding!

Das wird die beste Woche ever werden.

12. Kapitel

Lydia

Es war nicht die beste Woche ever, aber auch nicht die schlimmste, sie war einfach nur so lala. Ich war nervös, Rhys wieder über den Weg zu laufen, und hatte gleichermaßen Angst, dass es passieren oder nicht passieren würde. Jedes Mal, wenn ich dachte, dass ich ihn vielleicht sehen würde, tobten Schmetterlinge in meinem Bauch herum. Ich hielt ständig nach ihm Ausschau. Wie ein liebeskranker Teenager, der hofft, zwischen den verschiedenen Unterrichtsfächern auf dem Flur einen Blick auf den Homecoming-King zu erhaschen. Dumm von mir. Es war eine Qual. Eine Tortur. Armselig.

Ich habe ihn viermal gesehen und er hat mich alle vier Male ignoriert. Na ja, ehrlich gesagt, habe ich ihn nur zweimal gesehen. Die anderen beiden Male hat er mich, glaube ich, gar nicht bemerkt. Wie gesagt, armselig. Ich sollte aufgeben. Immerhin steht für ihn sein wahrscheinlich größter Moment seiner Karriere bevor – die Eröffnung des Resorts. Warum soll er da einen weiteren Gedanken für mich übrighaben? An einem gewöhnlichen Montag oder Dienstag an mich denken?

Also mache ich meine Arbeit. Ich leite eine Mitarbeiterorientierung nach der anderen. Immer wieder. Ich beantworte unzählige Fragen zu Versicherungsplänen und Mitarbeitervorteilspaketen und zur korrekten Anzahl von Abzügen, die auf den Steuerformularen anzugeben sind. Bei jeder Gelegenheit werfe ich Rhys verstohlene Blicke zu und speichere alles, was ich über ihn in Erfahrung bringe. Ihm stehen gestreifte Krawatten. Und unifarbene. Seinen Espresso macht er sich mit der Kaffeemaschine im Pausenraum. Allein seine Anwesenheit in meiner Nähe lässt mich feucht werden und macht mich heiß. Ich nehme an, Letzteres war nicht wirklich eine Offenbarung.

In meiner Freizeit mache ich mich mit einem halben Dutzend *Goodwill*-Stores und ihrem immer wechselnden Vorrat an gebrauchten Betttüchern vertraut. Payton überrascht mich eines Abends, als sie mit einer Tüte von *Jo Ann Fabrics* nach Hause kommt, die voll mit Filz, Pailletten, Knöpfen und Glitzerstiften ist. Sie hat sich dem Anfertigen von Abzeichen mit einer Leidenschaft verschrieben, die ich nicht für möglich gehalten hätte – und ein beneidenswertes Talent dafür hat sie auch. Was der Grund ist, warum ich bei einer Dating-App lande und mit Typen rede, mit denen ich nicht wirklich reden will. Aber da Rhys auch nicht mit mir reden will, kann ich mir auch das Dating-App-Abzeichen verdienen, oder? Außerdem ist es ein sehr hübsches Abzeichen. Payton hat sich mit den Glitzerstiften und ein paar Knöpfen richtig ins Zeug gelegt und alles, was ich dafür tun musste, war, die App auf meinem Handy zu installieren und die Nachrichten zu lesen.

Was ich auch getan habe. Dem aktuellen Stand nach zu urteilen, werde ich meine Jungfräulichkeit allerdings nie verlieren. Ernsthaft, ich hätte gedacht, dass Jungfrauen dort höher im Kurs stehen würden. Wenn ich gewusst hätte, dass es so schwierig werden würde, meine Jungfräulichkeit loszuwerden, hätte ich sie einfach Mark Novak nach dem Abschlussball geschenkt, denn langsam fange ich an, mich wie ein Karton Milch zu fühlen, der bald abläuft. Der, an dem die Leute im Supermarkt vorbeigreifen, um einen besseren Karton zu finden, oder den sie gleich direkt im Regal stehen lassen, weil sie die ausgefallenere, die schlampigere Milch wollen. Mandelmilch.

Das Positive daran ist, dass ich entschieden habe, dass mein Strippername Almond lauten wird, sollte ich mal Stripperin werden. Es ist immer gut, einen Alternativplan zu haben, und Stripperinnen benutzen nie ihre echten Namen, daher denke ich, dass sich diese Offenbarung gelohnt hat. Und wenn ich es etwas spielerischer haben möchte, kann ich Ally als Abkürzung verwenden. Almond ist für die ernsthaften Kunden mit Bindungsproblemen.

Ich frage mich, ob Rhys überhaupt weiß, was eine Dating-App ist. Wahrscheinlich nicht. Er sieht nicht wie ein Typ aus, der nach links, rechts, oben oder unten wischen muss, um ein

Date zu bekommen. Was die Tatsache, dass ich mich ihm auf dem Silbertablett angeboten habe, nur umso frustrierender macht. Aber vielleicht sollte es das Ganze stattdessen weniger frustrierend machen? Sollte es, nehme ich an. Wenn er verzweifelt hätte Sex haben wollen, aber trotzdem keinen Sex mit mir, wäre das schlimmer, als wenn er unzählige Optionen hat und mich deshalb nicht will. Aber aus irgendeinem Grund hilft mir das auch nicht, mich besser zu fühlen.

Ich gebe mein Bestes, die Theorie zu testen, dass ich bloß fälschlicherweise so verzückt von Rhys bin und einen anderen Kerl ebenso leicht wollen könnte. Das ist noch nie vorgekommen, aber vielleicht habe ich es ja einfach nicht intensiv genug versucht? Also versuche ich es. Ich bleibe aufgeschlossen, was die Dating-App angeht. Ich öffne die Nachrichten, die mir geschickt werden. Ich lese sie. Ich denke darüber nach, zu antworten. Als Josh – ich erinnere mich jetzt definitiv wieder an seinen Namen – fragt, ob er mich zu einem Date ausführen darf, sage ich nicht Nein. Allerdings auch nicht Ja. Ich gehe der Einladung mit einem *Vielleicht nächstes Wochenende* aus dem Weg, denn wer weiß, vielleicht möchte ich dann ja? Vielleicht kann ich mich endlich von diesem Bann befreien, unter dem ich stehe. Vielleicht wird mein Herz endlich aufhören, schneller zu schlagen, sobald Rhys in meiner Nähe ist. Vielleicht werde ich auch aufhören, Fantasie-Szenarien zu kreieren, in denen Rhys und ich allein miteinander im Fahrstuhl sind. Vielleicht, vielleicht, vielleicht. Vielleicht auch nicht.

Ich will Rhys. Und er muss mich zumindest ebenfalls ein bisschen wollen. Immerhin hat er mich zum Kommen gebracht. Ich kann mir nicht vorstellen, dass Männer Frauen, an denen sie kein Interesse haben, zum Orgasmus bringen. Außerdem blieb sein Blick bei einem unserer Zusammentreffen an meinen Lippen hängen. Glaube ich zumindest. Wenn es um Rhys geht, kann man meiner Einschätzung nicht wirklich vertrauen, daher kann ich es nicht mit an Sicherheit grenzender Wahrscheinlichkeit sagen, aber ich bin mir ziemlich sicher, dass es so war.

»Ich brauche ein Rhys-Abzeichen«, verkünde ich, als ich mein Mittagessen abstelle und in der Angestelltencafeteria neben Payton auf einen Stuhl rutsche. Es ist jetzt zwei Wochen her, dass er mich von seinem Schoß geschoben und mich mit den Abschiedsworten, dass das zwischen uns nicht passieren würde, zurückgelassen hat. Ich denke da anders.

»Bist du sicher, dass es das ist, was du brauchst?«, erwidert Payton, während sie mit einer Strohhalmverpackung herumspielt und meinem Blick ausweicht.

»Nun, was ich brauche, ist ein Plan. Positive Bestärkung hat bei mir schon immer Wunder gewirkt, um mich zu motivieren. Was meinst du, weshalb ich so viele verdammte Cookies verkauft habe?«

»Weil du so ein guter Mensch bist?«

»Ja«, bestätige ich und deute mit meiner Gabel auf sie, »das stimmt. Aber ich finde das Abzeichen-Belohnungssystem sehr befriedigend und bin mir sicher, dass ich einen Plan entwickeln werde, sobald du ein Rhys-Abzeichen machst.« Ich lächle und schaufle mir eine Portion Kartoffelpüree in den Mund.

Heute ist ein Tag für Seelenfutter. Die letzten zwei Wochen waren echt verrückt. Wir hatten diese Woche unser sogenanntes Soft-Opening, was bedeutet, dass wir unsere Türen geöffnet und die ersten Gäste eingecheckt haben, doch die meisten von ihnen sind Journalisten und führende Personen aus der Reisebranche, die auf Kosten des Hauses hier wohnen und verköstigt werden. Dadurch hatte die Belegschaft die Gelegenheit, vor der offiziellen Großeröffnung in zwei Wochen erste Erfahrungen zu sammeln. In der Woche sind wir schon fast zu neunzig Prozent ausgebucht, sodass das Personal nicht viel Zeit hat, um seine Routinen zu perfektionieren und auch noch die letzten Mängel auszubügeln. »Es gibt da etwas, was ich dir erzählen muss«, sagt Payton und wie sich herausstellt, habe ich selbst auch noch ein paar Baustellen zu bearbeiten.

13. Kapitel

Lydia

»Er bezahlt also gern für Sex? Ist es das, womit ich mich arrangieren muss?« Gott, er macht es mir wirklich nicht leicht. Ich weiß, es heißt, dass nichts, das es sich zu haben lohnt, einem einfach in den Schoß fällt, aber diese Sache verlangt einer Jungfrau echt viel ab. Auf der anderen Seite ... finde ich die Vorstellung seltsam anziehend. Aber ist das nicht verrückt? Von der Vorstellung erregt zu werden, dass er mich für Sex bezahlt?

Wahrscheinlich.

Aber so ist es nun mal.

Die Vorstellung, dass mich Rhys auswählt, erzeugt in mir ein warmes Gefühl an Stellen, an denen es das nicht sollte. Die Vorstellung, dass ich diese Erfahrung kontrollieren könnte. Das Wann und Wo. Dass ich mich Rhys hingebe, er mich fickt, ohne mich auch nur vorher zum Abendessen ausgeführt zu haben – das erregt mich.

Es ist so verquer, verwirrend und falsch.

Aber es nimmt einem die Zweifel, oder? Wenn er mich wählt und für mich als Person bezahlt, dann will er mich auch – und das ist auf eine Art und Weise aufregend, befreiend und erlösend, die ich nicht für möglich gehalten hätte. Ich werde mich nicht mehr fragen müssen, ob er Interesse an mir hat. Ob ich sein Typ bin und er mich sexuell anziehend findet. Ob meine Brüste zu klein sind oder meine Unerfahrenheit zu abschreckend ist.

Vielleicht lässt mich mein Verlangen nicht klar denken, aber in meinen Augen macht es Sinn. Über diesen Weg ist es einfach so seltsam klar. Es fühlt sich für mich richtig an, es erregt mich, und das ist alles, was von Bedeutung ist, nicht wahr?

»Er liebt es, dafür zu bezahlen. Angeblich. Laut meiner Quelle«, sagt Payton, die ihre Stimme zu einem verschwörerischen Flüstern gesenkt hat, obwohl wir allein sind.

»Deine Quelle ist ein Hotelpage, der seine Schlüsselkarte durch einen Schlitz zieht, damit die Frauen den Fahrstuhl benutzen können, der nach oben zu den Räumlichkeiten der Geschäftsleitung führt.«

»Ich habe die Geschichte von meiner neuen Freundin vom Housekeeping bestätigen lassen!« Paytons Flüstern hat sich erledigt, da sie deutlich aufgebracht über meine Bewertung ihrer Information ist. »Ich habe dir das nicht erzählt, ohne mir das vorher bestätigen zu lassen. Das hier ist nicht wie Watergate.«

»Nein.« Ich schüttle den Kopf. »Da stimme ich dir zu, das hier ist nicht wie Watergate. Nicht mal ansatzweise.«

Payton nickt selbstgefällig, ehe sie einen Bissen ihres Mittagessens verschlingt, während ich nachdenke.

Den Rest der Mittagspause bin ich in Gedanken – sogar den Rest des Tages, wenn ich ehrlich bin. Dann hecke ich einen Plan aus. Einen völlig verrückten Plan.

»Bist du dir wirklich absolut sicher, dass du das durchziehen willst?«, fragt Payton ungefähr zum dritten Mal seit gestern Abend. »Oder dass diese Idee überhaupt realisierbar ist? Vielleicht könntest du ihm zuerst noch einmal sexuelle Avancen machen? Mir scheint, dass das viel einfacher wäre. Und vernünftiger. Ich habe das Gefühl, dass wir mit deinem Plan etwas über die Stränge schlagen.«

»Möglicherweise. Aber ich bin eine sehr zielorientierte Person und möchte meine Jungfräulichkeit noch in diesem Jahrhundert verlieren. Am liebsten an Rhys. Zwischen uns stimmt definitiv die Chemie und er ist ganz offensichtlich eher von der zügellosen Sorte. Also weist er mich entweder zurück, weil er eine Art *Für-Sex-zu-bezahlen*-Fetisch hat, oder irgendein anderes Hindernis steht uns im Weg, was ich noch nicht identifiziert habe. Oder er denkt, ich sei zu brav, um an den Spielarten Interesse zu haben, auf die er steht.« Spoiler, Rhys, ich bin gar nicht so brav.

Außerdem habe ich mal einen Liebesroman gelesen, in dem eine Jungfrauenversteigerung vorkam, und der endete mit einem Happy End. Aber das behalte ich für mich, denn das ist zu durchgeknallt, um es laut auszusprechen, sogar vor Payton.

Payton zieht ihren Becher von *Del Taco* aus der Becherhalterung in meinem Auto und trinkt einen Schluck. Die Eiskaffees von dort sind wahre Lebensretter, außerdem kostet ein kleiner Becher nur einen Dollar und hat weniger als hundertfünfzig Kalorien. Da kann sogar ich mir einen gönnen, ohne mir Gedanken um meine Figur oder mein Portemonnaie machen zu müssen. Dazu kommt, dass wir uns das Koffein diesen Morgen besonders verdient haben. Wir sind nämlich auf dem Weg ins *Double Diamonds*, ein Club, den Rhys den Angaben nach, die wir erhalten haben, häufig besucht.

»Bist du sicher, dass dieser Schuppen an einem Samstag schon vormittags aufhat?«, frage ich ein weiteres Mal.

Warum sollte ein Stripclub schon vor dem Mittagessen geöffnet haben? Ich bin definitiv nicht in der Position, die Lebensentscheidungen von irgendjemand anderem zu verurteilen, aber ich habe Schwierigkeiten, mir ein Szenario vorzustellen, in dem jemand bereits vormittags einen Lapdance braucht. Was auch genau der Grund ist, weshalb wir so früh hinfahren, da wir wohl kaum Rhys über den Weg laufen wollen, ehe ich nicht bereit dafür bin.

»Vierundzwanzig Stunden, ich habe auf der Webseite nachgesehen.«

»Der Club hat eine Website?«

»Wer hat heutzutage keine Website?«

Hm. »Denkst du, ich hätte mich online bewerben sollen?«

Payton verschluckt sich an ihrem Eiskaffee, ehe sie den Becher wieder zurück in die Halterung stellt. »Nein, ich denke nicht, dass du dich online für einen Job als Prostituierte hättest bewerben sollen. Meiner Meinung nach ist das eine Bewerbung, die man persönlich macht.«

»Okay.«

»Außerdem ist ihre Website nur auf Tänzerinnen ausgerichtet. Ich glaube, dass die Nutten alle sehr verschwiegen sind.«

»Das klingt vernünftig.«

»Absolut.«

»Weißt du, was ich jedoch nicht verstehe?«

»Was denn?«

»Kann er keine Frauen finden, die freiwillig mit ihm ins Bett gehen, ohne dass er sie dafür bezahlen muss? Ich würde es auf jeden Fall tun. Sieh ihn dir an.«

»Tja, du weißt ja, was man so schön sagt.«

»Was sagt man denn so schön?«

»Männer wie er bezahlen nicht für den Sex. Sie bezahlen dafür, dass die Frau danach verschwindet.«

Wow. Das ist wirklich traurig.

»Dir ist schon klar, dass er Analverkehr wollen wird, oder?«, fügt Payton hinzu.

»Das habe ich angenommen«, antworte ich schulterzuckend.

»Keine Sorge«, sagt Payton leichthin. »Ich werde dir ein *Butt-Stuff*-Abzeichen machen.«

»Du bist wirklich eine gute Freundin.«

»Das bin ich wirklich«, stimmt Payton zu und schüttelt das Eis in ihrem Getränk hin und her, das sie mittlerweile wieder in den Händen hält.

Als wir das *Double Diamonds* erreichen und den Club betreten, ist es im Inneren überhaupt nicht so, wie ich erwartet habe. Nicht im Geringsten. Dass zwei Frauen vormittags einen Stripclub betreten, ist allerdings genauso unangenehm, wie erwartet. Wir werden sofort gefragt, ob wir einen Bewerbungsbogen ausfüllen wollen.

»Ich möchte gern mit dem Besitzer sprechen«, antworte ich und gebe mein Bestes, selbstbewusst zu klingen.

»Ich auch«, fügt Payton hinzu, woraufhin ich ihr einen Seitenblick zuwerfe. Ich bin nicht sicher, ob sie mich nur unterstützen oder tatsächlich einen Bewerbungsbogen ausfüllen möchte.

Heute ist mein Glückstag, denn wie sich herausstellt, ist der Besitzer Vince anwesend und zudem gewillt, uns fünfzehn Minuten seiner Zeit zu schenken.

Während wir durch den Club zum Büro von Vince eskortiert werden, betrachte ich meine Umgebung. Ich dachte, es würde hier drinnen dunkel sein und in der Mitte des Raums eine erhöhte Bühne geben, die von Neonlicht umrahmt wird.

Natürlich gibt es eine Bühne. Drei davon, und jede von ihnen ist kleiner als in meiner Vorstellung. Die Stühle davor sind auch viel näher an der Bühne, als ich mir vorgestellt habe. Insgesamt wirkt der Club aber eher wie eine reguläre Bar als ein Freudenhaus. Wenn Bars Polestangen hätten, versteht sich. Eine hübsche Blondine tanzt für einen Mann, der allein hier ist. Er trinkt Kaffee und sein Blick ist unverwandt auf den Körper der Frau gerichtet, auch als wir an ihm vorbeigehen. Ich frage mich, was ihn wohl allein an einem Vormittag in einen Stripclub geführt hat, aber da ich ja selbst aus einem verruchten Grund hier bin, kann ich mir wohl kaum ein Urteil erlauben.

Sobald wir vor Vince in seinem Büro sitzen, bricht Payton mit ihrem gewohnten Small Talk das Eis, während mein Herz rast, als gäbe es kein Morgen mehr. Ich konzentriere mich auf meine Umgebung und atme einmal tief durch, um den Mut zu sammeln, das zu fragen, was ich fragen möchte. Das Büro strahlt eine seltsam beruhigende Atmosphäre aus. Man fühlt sich hier sicher. Hier drinnen braucht man kein Neonlicht, da das Sonnenlicht durch die übergroßen Fenster hereinfällt, die eine ganze Wand einnehmen. Die Einrichtung des Büros ist unscheinbar-geschäftlich. Ich würde denken, dass ich gerade eine Anwaltskanzlei betreten hätte, wenn Anwaltskanzleien Eingangsbereiche mit Polestangen hätten.

»Also, haben Sie mehrere Freundinnen?« Payton stürzt sich direkt mit ihrer Agenda auf Vince, nachdem uns von einer Frau, die in den Sechzigern sein muss, ein Kaffee angeboten wurde.

Ganz kurz frage ich mich, ob sie sich regulär für ihren Job beworben hat oder ob sie intern befördert wurde.

»Entschuldigung?«, erwidert Vince, die Augenbrauen fragend nach oben gezogen und eindeutig verwirrt darüber, ob er sie missverstanden oder einfach die Dreistigkeit unterschätzt hat, zu der sie fähig ist.

»Sie wissen schon, wie Hugh Hefner damals?«

»Ich leite einen Stripclub, kein Lifestyle-Magazin.«

»Das ist dasselbe. Wie dem auch sei, haben Sie mehrere Freundinnen? Denn Rhys wird sich in Lydia verlieben und sie werden zusammenziehen und *bla bla bla*. Dann werde ich eine neue Mitbewohnerin brauchen und ich bin mir nicht sicher, ob ich mich momentan damit rumschlagen kann, jemand Neues auf Herz und Nieren zu überprüfen. Daher wäre ich offen dafür, Freundin Nummer drei zu sein. Freundin Nummer eins oder Nummer zwei will ich nicht sein, das klingt nach zu viel Verantwortung, verstehen Sie? Außerdem hätte ich gern mein eigenes Zimmer. Macht man das so? Haben alle Freundinnen ein eigenes Zimmer? So hat es zumindest Hef gehandhabt. Haben Sie ein schönes Haus? Denn ich teile Sie nicht mit jemand anderem, wenn Sie in einer beschissenen Bude mit Münzwaschmaschinen wohnen.«

»Meinen Sie das ernst?« Vince sieht sie aus zusammengekniffenen Augen an, als könne er nicht sagen, ob Payton das tatsächlich ernst meint oder ihn einfach verarscht. Die meisten Leute reagieren so auf sie, daher bin ich das gewohnt. Fürs Protokoll, sie macht selten Witze, wenn sie etwas Lächerliches sagt.

»So ernst wie ein Hai«, antwortet sie, ohne zu blinzeln.

»Diesen Spruch gibt es ja nicht mal.« Vince hebt seinen Kaffeebecher an seine Lippen und beäugt sie über dessen Rand hinweg. »Das heißt todernst.«

»Sind Haie etwa nicht ernst zu nehmen?« Sie beugt sich vor, die Augen zu Schlitzen verengt. »Versuchen Sie mal, mit einem Hai zu schwimmen, und dann sagen Sie mir, wie wenig ernst zu nehmend die sind.«

»Dir ist schon klar, dass er mit jeder der Frauen schlafen

würde«, werfe ich ein.

»Was denn sonst?«, erwidert Payton, völlig unbeeindruckt von den Schlafarrangements eines Mannes und seinen vielen Freundinnen.

»Sie sind wirklich ein heißer Feger, was?«, fragt Vince, der sie immer noch ansieht, als wisse er nicht, was er von ihr halten soll.

»Ich bin sehr vielschichtig, da ist was dran.« Payton strahlt, als hätte er ihr soeben ein Kompliment gemacht.

Ich wiederum bin mir nicht sicher, was er über sie denkt, da sein Gesichtsausdruck nicht sonderlich viel verrät. Aber wenn ich raten müsste, würde ich sagen, dass er Payton nicht sobald dazu einladen wird, Freundin Nummer eins, zwei oder drei zu werden.

»Vince«, sage ich, straffe die Schultern und unterbreche die Unterhaltung, ehe er Payton noch vor die Tür setzt. Ich nehme einen tiefen Atemzug. Ich kann das hier durchziehen. Definitiv. »Ich habe ein Angebot für Sie.«

Er löst seinen Blick von Payton und bedenkt mich mit der vollen Wirkung seiner ungeteilten Aufmerksamkeit. Kurz mache ich mir Sorgen, mit wem ich es hier zu tun habe. Er könnte von der Mafia sein, oder? Er besitzt einen Stripclub im Herzen von Las Vegas. Möglicherweise hat er Verbindungen zum Organisierten Verbrechen. Oder Kredithaien oder Auftragsmördern. Ich kenne diesen Mann nicht und weiß nicht, worin er verwickelt ist. Ich bezweifle, dass er an den Wochenenden eine kirchliche Jugendgruppe leitet, zumindest nehme ich das an. Allerdings bin ich mir sicher, dass er niemand ist, den man verarscht. Nicht, dass ich das tun würde. Absolut nicht. Ich meine es ernst. Aber das bedeutet nicht, dass ich der Sache gewachsen bin.

»Ich bin ganz Ohr, Miss«, sagt er, während sein Blick zu seinem Monitor und wieder zu mir wandert. »Sie haben noch neun Minuten. Wenn Sie etwas möchten, dann kommen Sie besser auf den Punkt. Und zwar schnell.«

Also platze ich mit meinem Anliegen heraus, da ich nichts zu verlieren habe. Außerdem bin ich niemand, der einfach so aufgibt, und ich habe einen Plan. Ein Moment der Stille tritt ein, als ich zu Ende gesprochen habe. Ein langer Moment. Vince starrt mich an, schweigend, während er mit den Fingern auf seinem Schreibtisch herumtrommelt. Payton zieht am Strohhalm ihres Eiskaffees, allerdings ist der Becher inzwischen leer. Dadurch hallt nur dieses rasselnde, dumpfe Geräusch durch den Raum, das entsteht, wenn man einen Miniaturwindkanal in einem Becher erzeugt. Sie schüttelt das Eis darin, als würde ihr das den einen oder anderen Extratropfen bringen, und schlürft erneut.

»Echt jetzt?« Vince hört auf, mich anzustarren und wendet sich an Payton.

»So was von echt. Und genauso echt sind auch meine Brüste.«

Sein Blick senkt sich langsam auf ihre Brust, ehe er den Kopf schüttelt und seine Aufmerksamkeit wieder auf mich richtet. »Das hier ist kein Puff«, sagt er und ich habe Angst, dass er kurz davor ist, mich aus seinem Büro zu schmeißen. Meine Zeit ist schon lange um. »Prostitution ist nicht legal in Clark County.«

»Natürlich nicht. Aber das *Double Diamonds* ist doch ein profitorientiertes Etablissement, oder, Mr ...?«

»Vince«, antwortet er mit ausdruckslosem Gesicht.

»Okay, Mr Vince, Sie sind doch im tiefsten Inneren ein Geschäftsmann, oder? Also lassen Sie uns einen Deal machen. Ich verspreche, es wird sich für Sie lohnen.«

»Pfadfinderehrenwort«, fügt Payton hinzu. Als ich mich zu ihr umdrehe, zwinkert sie gerade Vince auf theatralische Art und Weise zu, mit komplett zur Seite geneigtem Kopf und einem leisen *Tss*, das sie mit ihrer Zunge macht. »Im Sinne des Urban Dictionary, großer Junge.«

Ich will gar nicht erst wissen, was das bedeutet, also bedenke ich sie mit einem Blick, der sie zum Schweigen bringen soll, und wende mich wieder an Vince.

Er lehnt sich in seinem Stuhl zurück und fährt sich mit zwei

Fingern über die Lippen, während er uns mit neu erwachtem Interesse mustert. »Sie arbeiten also im *Windsor*? Sie beide?«

Ich nicke und habe das Gefühl, dass ich möglicherweise kurz davor bin, seine Meinung zu ändern.

»Dann lassen Sie uns übers Geschäftliche sprechen.«

14. Kapitel

Rhys

»Wirst du deinen Eltern bei der großen Eröffnung deine Freundin vorstellen?«, fragt Canon, als er in meine Suite geschlendert kommt, als habe er alle Zeit der Welt für Unterhaltungen. Er setzt sich in einen der Sessel gegenüber des Sofas, auf dem ich sitze, und zieht erwartungsvoll eine Braue in die Höhe.

»Verpiss dich, Canon.«

»Die Tatsache, dass du nicht mal fragst, wen ich damit meine, ist echt traurig.«

»Ich habe hier zu tun«, sage ich zu ihm und nicke in Richtung meines Laptops. »Ich habe schon an einem entspannten Tag weder die Zeit noch das Interesse, mich mit dem Bullshit herumzuschlagen, der aus deinem Mund kommt, aber jetzt erst recht nicht. Außerdem wüsste ich es sehr zu schätzen, wenn du aufhören würdest, den Generalschlüssel dafür zu verwenden, um in meine Suite zu kommen.«

»Warum wirst du nicht erwachsen und bittest sie um ein Date?«, fragt er und ignoriert meine Stichelei bezüglich der Benutzung meiner Wohnungstür.

»Warte.« Ich gebe auf, was den Bericht auf meinem Laptop angeht, und richte meine volle Aufmerksamkeit auf Canon. »Gibst du mir etwa gerade Ratschläge, was mein Leben angeht? Du hattest gestern Nacht einen Dreier mit zwei Stripperinnen.«

»Ja, und wessen Schuld war das? Eine davon war für dich gedacht, aber wer hat vorgegeben, zu beschäftigt zu sein, um flachgelegt zu werden? Was hätte ich sonst mit ihr machen sollen? Hätte ich sie ungefickt nach Hause schicken sollen?«

»Was mit wem machen?« Lawson spaziert in meine Suite, als hätte er ebenfalls alle Zeit der Welt.

»Was wird das hier? Veranstalten wir eine Party? Hat keiner von euch was zu tun? Unsere große Eröffnung ist in«, ich sehe auf meine Uhr, »zwei Wochen.«

»Ich habe rein gar nichts zu tun.« Lawson fährt sich mit der Hand durch seine Haare, was sie in alle Himmelsrichtungen abstehen lässt. »Es dauert noch mindestens zwei Wochen und einen Tag, ehe die erste alberne Klage ins Haus flattert. Außerdem ist es Samstag, du Pfeife«, sagt er und fügt grinsend hinzu: »Leb mal ein bisschen.«

Ich will ihm schon sagen, dass ich das nach der großen Eröffnung machen werde und er sich gefälligst aus meiner Suite scheren soll, aber da lässt er sich bereits in den Sessel neben Canon fallen.

»Bei mir ist alles im grünen Bereich«, sagt Canon. »Aber danke.« Er hält Lawson sein Handy hin. »Die Giraffen oder die Elefanten?«

»Die Giraffen.« Lawson streckt sich, als würde er es sich für eine Weile gemütlich machen wollen, die Beine ausgestreckt, komplett entspannt, und schnappt sich die Fernbedienung vom Wohnzimmertisch.

»Einverstanden. Möchtest du dich am Kauf eines Kinderwagens beteiligen? Scheiße, die Dinger sind echt teuer«, murmelt Canon, während er auf dem Display seines Handys herumtippt.

»Klar, aber bestell einen *Bugaboo*, bei einem beschissenen Buggy bin ich raus.«

»Was macht ihr Jungs da?« Ich höre – erneut – auf zu arbeiten, um besser mitzukriegen, was Canon und Lawson treiben, und kneife die Augen zusammen, als ich mich daran erinnere, wie weit Canon für sein eigenes Vergnügen gehen würde.

»Eine Baby-Wunschliste für dich und Lydia erstellen.«

»Verpisst euch gefälligst. Alle beide.«

»Du wirkst ein wenig gestresst, Kumpel. Vielleicht könntest du dich heute besser konzentrieren, wenn du das Angebot von Peaches gestern Abend angenommen hättest.«

Ich reibe mir mit der Hand über die Stirn, ehe ich antworte. »Ist dir jemals in den Sinn gekommen, dass sie nicht Peaches heißt?«

»Heiliger, Rhys. Sie heißt Claire. Ich habe mich nur der

künstlerischen Freiheit bedient. Entspann dich.«

Claire. Meghan. Sara. Christine. Staci. Susan. Amy. Penny. Jessica. Und so weiter.

Gibt es im *Double Diamonds* eine Frau, mit der ich noch nicht in der Kiste war? Macht es mich weniger zu einem Arschloch, dass ich mich an ihre Namen erinnere, statt sie einfach *Süße* zu nennen? Ich beginne zu vermuten, dass es das nicht tut. Wie kann es sein, dass ich noch vor Wochen über diese ganze Unterhaltung gelacht hätte? Noch vor Wochen hätte ich Peaches gefickt, ihr ein großzügiges Trinkgeld gegeben und mir nichts dabei gedacht.

Denn vor Wochen habe ich noch kein Mädchen in einer Bar geküsst.

Ein Mädchen, das mich mit ihren unschuldigen großen Augen und einem hoffnungsvollen Gesichtsausdruck ansieht. Ein Mädchen, das denkt, ich würde anrufen, mich an ihren Geburtstag und ihre Lieblingseissorte erinnern oder daran, dass sie lieber Vollmilchschokolade als dunkle mag. Ein Mädchen, das keine Ahnung davon hat, was für ein versauter Perversling ich bin oder wie viele Frauen ich schon vor ihr hatte. Wie viele Beziehungen ich kaputtgemacht und wie viele Frauen ich bezahlt habe, damit ich mich gut fühle, wenn ich selbst keinen Bock hatte, mich lang genug durch ein Date mit einer Frau zu mogeln – oder auch nur eine zum Abendessen auszuführen –, um an den Punkt zu kommen, an dem wir uns gegenseitig zum Orgasmus bringen.

Ich öffne einen neuen Bericht auf meinem Laptop und versuche, mich zu konzentrieren.

»Machst du dir je darüber Gedanken, dass Arbeiten und Ficken alles ist, was wir machen?«, spreche ich meine Frage laut aus, auch wenn ich gar nicht sicher bin, an wen sie gerichtet ist. Ich erwarte nicht mal eine Antwort darauf. Die beiden sind von Beginn an dabei. Sie gehören zu den ersten Leuten, die ich mit an Bord geholt habe, nachdem ich diese Immobilie vor vier Jahren entdeckt hatte, ein halb fertiges Resort, das man aufgegeben hat, als den vorigen Investoren mitten im Bauverfahren das Geld ausging.

Wir haben die Anfangsphase des Projekts aus der Ferne gemanagt und sind nach Vegas geflogen, wann immer es sein musste. Nach weniger als einem Jahr haben wir unseren Wohnsitz offiziell nach Vegas verlegt und sind in unsere Suiten auf der Führungsetage im vierunddreißigsten Stock gezogen, während der Rest des Hotels noch in den finalen Bauarbeiten steckte. Seitdem haben wir wie perverse Junggesellen in einem Puff gelebt.

»Nicht wirklich, nein«, antwortet Canon und tippt wieder auf seinem Handy herum. »Kommst du heute Abend mit uns in den Stripclub?«

»Ja, vielleicht«, sage ich, vor allem deshalb, damit er aufhört, nachzufragen. Vielleicht mache ich es ja tatsächlich, ich weiß es nicht. Ich kann im Moment nicht klar denken.

Die Eröffnung steht so verdammt kurz bevor. Unsere jahrelange Arbeit wird endlich Früchte tragen und es muss perfekt werden. Wenn dieses Projekt den Bach runtergeht, wäre der Schaden für das Unternehmen kolossal. Das Unternehmen meiner Familie. Das Ganze macht mich verrückt. Dieses Hotel, dieses Resort, es ist mein Moment. Meiner. Mein Cousin Jennings hat bereits die Stelle als CEO des Familienunternehmens übernommen. Meine Mutter führt die nordamerikanische Sparte der Firma bereits, seit ich in der Junior High war, und es gibt keine Anzeichen dafür, dass sich das bald ändern würde.

Ehrlich gesagt, würde ich keinen der beiden Jobs wollen. Wollte ich nie. Ich wollte etwas Eigenes. Etwas Unberührtes und Unerforschtes, das ich von Grund auf aufbauen konnte. Oder zumindest ab der Hälfte – so wie es hier der Fall war. Etwas Neues, das zum Vermächtnis des Unternehmens beitragen würde, ein Projekt, das das Familienimperium vergrößern und nicht nur dazu beitragen würde.

»Vince hat heute Abend was Besonderes im Hinterzimmer laufen«, versucht Canon, mich zu locken.

Das verdammte Hinterzimmer. Offiziell ist es das Pendant zu einem Glücksspielzimmer. Nur mit kostspieligen Lapdances.

Inoffiziell bezahlt man natürlich nicht für einen Lapdance, sondern für Extras. Handjobs, Blowjobs, Sex. Du bezahlst dafür, die Party in privatere Kreise zu verlegen. Eine Stunde, eine Nacht, ein Wochenende lang. Inoffiziell, versteht sich.

Wie oft war ich schon im Hinterzimmer? Habe nach mehr als nur einem Lapdance gefragt? Aus einer Auswahl von willigen Frauen gewählt, als würde ich mir ein Menü bei einem Fast-Food-Drive-in zusammenstellen?

Ich bin nicht gut genug für sie. Ich würde sie ins Verderben stürzen. Ihr das Herz brechen, den naiven Optimismus zerstören, den sie von Kopf bis Fuß versprüht. Ich würde sie wie eine Nutte ficken und dann vergessen, anzurufen, denn das mache ich nun einmal. So bin ich eben. Sie glaubt, ich sei ein guter Mann. Ich kann es in ihrem Gesicht sehen, wenn sie denkt, ich würde nicht hinschauen. Konnte es sehen, als sie ihre heiße Pussy an meinem Oberschenkel gerieben hat. Als sie sich auf die Unterlippe gebissen und ihre Hände auf meine Brust gelegt hat. Ich sehe es auch dann, wenn sie mich dabei beobachtet, wie ich einen Espresso an der Kaffeemaschine im Pausenraum zubereite. Ich glaube, dass sie letzte Woche beinah gekommen ist, als ich meinen eigenen Becher in den Geschirrspüler gestellt habe.

Zu einfach zu beeindrucken und zu leicht zu ruinieren.

Zu verdammt optimistisch. Dabei stehe ich auf den befriedigten Gesichtsausdruck einer Frau, nachdem ich es ihr besorgt habe, gefolgt vom Anblick ihres Arschs, wenn sie mit einem Bündel voll Geld in der Handtasche zur Tür hinaus verschwindet. Meine Garantie, dass ihr klar ist, was das zwischen uns war. Dass es keine Fehlkommunikation über mein Interesse an ihr gab, das nur darin bestand, meine Lust zu befriedigen.

Darüber hinaus habe ich, selbst wenn ich etwas anderes wollen würde, keine Zeit dafür. Es sind nur noch zwei Wochen bis zur Eröffnung. Zwei. Wochen. Meine gesamte Familie wird für diesen Anlass hier sein. Meine Eltern. Mein Cousin Jennings und seine frischgebackene Verlobte. Meine Großmutter. Meine Tanten und Onkel und ein paar vereinzelte Cousins und Cousinen.

Ich möchte, dass sie stolz auf das sind, was mein Team und ich hier in Vegas erreicht haben. Und nein, es entgeht mir nicht, dass es nichts gibt, was sie an mir persönlich, an meiner Person, stolz machen könnte.

»Woher weißt du, was Vince für heute Abend geplant hat? Warst du wieder mit ihm golfen?«

»Nein, ich habe eine E-Mail bekommen.«

»Du bist auf der Mailinglist vom *Double Diamonds*?«, frage ich langsam, weil ich mir nicht sicher bin, ob das eine reale Sache ist oder nicht. »Wofür zur Hölle müssen sie E-Mails versenden? Um den Kunden Bescheid zu geben, wenn ihnen die Singles ausgehen?«

»Jeder hat heutzutage einen Newsletter, Rhys. Sei kein Depp. Außerdem ist der nur für die VIP-Kunden, nicht für jeden.«

»Um uns worüber zu informieren? Lapdances zum halben Preis?«

»Auktionen.«

»Das ist praktisch das Gleiche.«

»Es handelt sich nicht um eine Auktion für billigere Lapdances, Rhys. Es ist eine Jungfrauenversteigerung.«

»Heiliger, Canon.« Ich schüttle den Kopf.

»Kein Scheiß, ernsthaft?« Lawson sieht interessiert vom Spiel auf und beginnt, auf dem Display seines Handys herumzuscrollen. »Ich habe diese E-Mail nicht bekommen«, murmelt er.

»Ist wahrscheinlich im Spam-Ordner gelandet«, sagt Canon, als wäre das hier eine völlig normale Unterhaltung. »Check deine Spam-Mails. Also, bist du dabei?« Canon sieht mich erwartungsvoll an, unbeeindruckt von diesem Konzept.

Ich kann nicht mal mit dem Finger auf ihn zeigen. Denn ich kann nicht behaupten, dass mich die Idee nicht ein wenig hart werden lässt. »Ich habe Brady gesagt, dass ich heute Abend vorbeikommen würde. Ich muss wegen der Idee, einen Ableger vom *Hennigan's* im *Windsor* zu eröffnen, noch ein paar Zahlen mit ihm durchgehen.«

»Lydia wird heute Abend nicht dort sein«, informiert mich

Canon.

»Woher weißt du das?« Wenn er sie einem von seinen gruseligen Securitystalkings unterzogen hat, werde ich wütend sein. Manchmal hackt er Leute, einfach, weil er es kann, oder weil er gelangweilt ist. Oder neugierig. Oder einfach nur, weil es ein verfluchter Mittwochabend ist. Wenn Canon Zeit für solche Dinge hat, ist das für niemanden gut.

»Weil sie im *Double Diamonds* sein wird«, erwidert er und reicht mir sein Handy.

Seine Worte treffen mich in Slow Motion. Logisch betrachtet, weiß ich, dass ich seine Worte innerhalb einer Sekunde verarbeitet habe, aber gefühlt brauche ich ein paar Minuten, bis es mir gelingt.

Lydia.

Zur Versteigerung freigegeben.

Im Hinterzimmer des *Double Diamonds.*

Bei einer Jungfrauenversteigerung.

Sie ist eine gottverdammte Jungfrau?

Was habe ich zu ihr in der Bar gesagt? Was für Sauereien habe ich ihr ins Ohr geflüstert? Um Himmels willen, ich habe sie gefragt, wie sie es gern besorgt bekommt. Ihr gesagt, dass ich will, dass sie meinen Schwanz in den Mund nimmt, bis sie würgen muss. Ich habe mit ihr geredet, als sei sie eine erfahrene Nutte und keine unschuldige Jungfrau.

Aber hat sie mir geantwortet? Oder hat sie nur gelächelt und den Kopf gesenkt? Sich auf die Lippe gebissen und vorgeschlagen, dass wir zu ihrem Apartment fahren? Ich dachte, sie wäre ein niedlicher kleiner Scherzkeks, der viel zu wahrscheinlich mehr von mir wollen würde. Wie ein Abendessen und eine Wiederholung. Oder noch schlimmer: meine Zeit.

Ich habe mich gefragt, warum ich immer noch meine Hose anhatte und sie sich auf meinem Bein zum Höhepunkt brachte, als wäre sie in ihrem ersten Jahr auf der Highschool.

Aber eine Jungfrau? Eine zweiundzwanzigjährige Jungfrau, verdammt noch mal. Auf diesen Gedanken bin ich nicht gekommen.

Warum zur Hölle macht sie das? Sich selbst verkaufen? Sie hat einen Job und eine Wohnung, was zur Hölle will sie damit erzielen? Geld? Geht es ihr nur ums Geld? Was war ich dann? Eine Ablenkung? Ein Übungsritt? Ein mögliches Ziel?

Ich dachte, sie wäre anders. Echt. Zu echt für mich, das war doch meine Sorge, oder nicht? Aber jetzt stellt sich heraus, dass sie genau mein Typ ist – nämlich kaufbar. Der Gedanke beunruhigt mich und die Sorge nagt an mir, mit welchen Dingen ich noch falschlag. Meine Finger ballen sich wie automatisch zur Faust, als ich mir vorstelle, wie sie mit irgendeinem fremden Idioten, der sie sich leisten kann, die Auktion verlässt. Jemand, der ihr Sauereien ins Ohr flüstert und sie bis zur Besinnungslosigkeit vögelt.

Jemand wie ich.

»Wie viel?«, frage ich Canon angespannt. Mir ist klar, dass ich am Arsch bin, denn ein guter Mann hätte nicht die Gedanken, die ich gerade habe.

»Es ist eine Auktion, kein Sofortkauf«, antwortet er. »Die Gebote starten bei einhunderttausend Dollar.«

15. Kapitel

Lydia

»Wirst du das ernsthaft durchziehen, Lydia? Jetzt mal Spaß beiseite, das Ganze ist ein bisschen drastisch. Sehr drastisch sogar. Du musst das nicht tun. Bist du dir sicher?«

Ich habe Payton zuvor noch nie so nervös erlebt, was mich dazu bringt, mich zu fragen, wie weit ich vom Weg der Vernunft abgekommen bin. Dennoch bin ich mir sicher. Sicher, dass ich das durchziehen werde. Ich bin mir halbwegs sicher, dass Vince dem Plan treu bleibt und Rhys dazu kriegen wird, hierherzukommen. Halbwegs sicher, dass Rhys interessiert sein wird. Allerdings nicht ganz so sicher, dass mich Vince nicht übers Ohr hauen und an einen illegalen Sexring verkaufen wird, sodass man nie wieder etwas von mir sehen oder hören wird.

Eine ziemliche Zwickmühle.

Aber ich habe Payton, es ist also nicht so, dass ich allein hier wäre. Für den Fall, dass wir beide verschwinden, hat sie Instruktionen für ihren Cousin hinterlassen, wo man nach uns suchen soll. Er arbeitet im Gesetzesvollzug, was uns jedoch null helfen wird, wenn wir tot sind.

Wow. Dieser Plan klang so viel besser, bevor ich ihn noch einmal überdacht habe. Angst meldet sich in meinem Inneren und damit meine ich, dass sie wie ein Schlag in den Magen auf mich niedersaust. Wie bin ich nur hierhergekommen? Das ist alles zu schnell passiert. Gestern hat mir Payton von Rhys und den Prostituierten erzählt, diesen Morgen habe ich diesen wahnsinnigen Plan ausgetüftelt und heute Abend werde ich versteigert.

Dennoch ist die Vorstellung, zu fliehen, hier rauszurennen, nach Hause zu gehen und die Dating-App zu öffnen, um irgendeinem von den Männern zu antworten, nicht das, was ich will. Ich will Rhys; und ich muss wissen, ob er mich auch will. Auch wenn ich das auf dem ungewöhnlichsten Weg mache, den jemals jemand gegangen ist.

»Die Sache ist, Payton, dass er mich einfach umhaut. Ich glaube, dass er möglicherweise mein Schwan ist.« Ich fummle an dem Seidenmantel herum, der die Dessous, die ich trage, verdeckt. Weiß. Staci bestand darauf, dass er weiß sein muss. Sobald wir uns über die Bedingungen einig geworden waren, hat mich Vince zu Staci zur Einarbeitung geschickt. Einarbeitung – das war sein Wort, nicht meins. Ich war mir nicht sicher, ob er sich über mich lustig machte oder nicht, auf jeden Fall hat mir Staci geholfen, alles zu besorgen, was ich brauche.

Wir sind ins Einkaufszentrum gefahren, falls ihr euch wundern solltet. Sie meinte, dass wir keine Zeit für eine Onlinebestellung hätten, also hat sie mich zu *Victoria's Secret* geschleppt. Ich habe ihr gesagt, dass ich unter keinen Umständen in einem Tanga vor allen herumstolzieren würde, aber sie hat das nicht weiter kommentiert, sondern nur ein wenig ungläubig gelacht, ehe sie ein Negligé mit Falten und Spaghettiträgern sowie jeder Menge Ausschnitt herausgesucht hat. Aber zumindest hat sie mich passende Spitzenpantys dazu kaufen lassen, die meinen Hintern bedecken. Wenigstens die obere Hälfte meines Hinterns. Meine Pobacken sind auf jeden Fall zu sehen, aber immerhin ist es kein Tanga.

»Was zur Hölle haben Schwäne mit der ganzen Sache zu tun?«

»Sie verpaaren sich fürs ganze Leben.«

»Aber du hast dich noch nicht mit ihm verpaart.«

»Ich weiß«, sage ich und ziehe das letzte Wort in die Länge, »aber Schwäne wählen nicht einfach so einen anderen Schwan und los geht's, Payton. Sie wählen mit Bedacht, damit sie sich nicht aus Versehen mit irgendeinem dahergelaufenen dummen Schwan, der ihren Weg kreuzt, verpaaren. Sie suchen sich ihren Partner aus. Sorgfältig.«

»Wow.«

»Ja, oder?«

»Nein, ich meinte: Wow, bist du ein Nerd. Hast du auch ein Schwanen-Abzeichen bekommen?«

»So ein Abzeichen gibt es nicht«, gebe ich augenrollend zurück. »Es war das *Tiere-in-der-freien-Natur*-Abzeichen«, murmle ich. »Der Punkt ist, dass ich möchte, dass er derjenige ist. Ich möchte, dass mich Rhys devirginisiert.«

»Ich dachte, wir hätten uns darauf geeinigt, dass du dieses Wort nicht mehr benutzt.«

»Ich weiß, aber dieses Wort gibt es wirklich. Es ist ein legitimes Wort und keins aus dem Urban Dictionary.«

Es entsteht eine Pause, in der mich Payton einfach nur anstarrt. »Dir ist schon klar, dass wir keine Freunde geworden wären, wenn wir uns auf der Highschool kennengelernt hätten, oder?«

»So schlimm war ich gar nicht!«, protestiere ich. »Ich war eigentlich sogar ganz cool auf der Highschool.«

»Das glaube ich dir aufs Wort«, antwortet Payton, aber ihre Miene signalisiert nicht, dass sie das wirklich meint. »Hör zu, wir müssen reden.«

»Was?« Ich beäuge Payton im Spiegel.

Wir warten in der Ankleide vom *Double Diamonds* auf meine große Versteigerung. Ich muss sagen, dass dieser Club überhaupt nicht so ist, wie ich ihn mir vorgestellt habe. Die Ankleide ist wirklich schön, ähnlich wie das Büro von Vince. Es hat eher das Ambiente einer Spa-Umkleide als das eines Orts der Schande. Spinde, Duschen, eine lange Anrichte mit Spiegel, an der man sich die Haare machen und sich schminken kann. Es gibt auch eine Kaffeeecke, aber nur mit regulärem Kaffee. Hier findet man keine dieser schicken Kaffeevollautomaten, wie wir sie im *Windsor* haben. Ich sollte Vince vorschlagen, einen zu kaufen. Der Gedanke lässt mich innerlich die Augen verdrehen. Als würde ich jetzt hier arbeiten und könnte solche Vorschläge machen. Von wegen.

Payton dreht sich zu mir um und nimmt meine Hände, ehe sie wartet, dass ich ihr meine volle Aufmerksamkeit schenke. »Du weißt aber schon, wie ein Penis aussieht, oder?«

»Payton, das ist nicht dein Ernst. Ich bin doch nicht völlig ahnungslos.«

»Und du weißt, dass er ihn in dich reinstecken will, oder?«

»Hör auf, mich zu ärgern.« Ich bin mir sicher, dass ich mittlerweile knallrot im Gesicht bin, eine Tatsache, die sich bestätigt, als ich mich wieder zum Spiegel umdrehe. »Ich weiß, was Sex ist.« Ich betrachte mein Spiegelbild.

»Okay, ich wollte nur sichergehen. Denn ich würde mein Mädchen nie ohne eine Landkarte ins Gefecht schicken.«

»Du meinst Schlachtplan«, murmle ich. »Du würdest mich nie ohne einen Schlachtplan ins Gefecht schicken.«

»Sicher, wie auch immer. Dass ich dich niemals ins Gefecht schicken würde, ohne dass du weißt, wie ein Penis aussieht, ist der entscheidende Punkt. Apropos. Hast du irgendwelche Fragen?«

Ähm, nein? »Ich glaube nicht?« Mist, sollte ich welche haben? Welche Fragen hätte ich? Ich verstehe, was Sex ist. Ich bin nicht uninformiert, nur unerfahren.

Ich begutachte meine Fingernägel, die heute Nachmittag bei meiner Maniküre hellrosa lackiert wurden. An den Zehen trage ich den gleichen Lack. Ich wurde zurechtgemacht, mir wurden die Haare geföhnt und mein Make-up wurde von Expertenhand aufgetragen. Ich trage mehr Make-up als sonst, aber mir gefällt es. Ich sehe aus wie eine dramatischere Version von mir. Fügt man noch die jungfräuliche Unterwäsche hinzu, fühle ich mich ein bisschen wie eine Braut an ihrem Hochzeitstag.

Nur dass heute nicht mein Hochzeitstag ist.

Definitiv nicht.

»Nein, ich habe keine Fragen, aber vielleicht schreibe ich dir später? Wenn sich welche ergeben sollten?«

»Okay. Frag mich ruhig alles, was du willst, oder sende mir ein Nacktfoto von Rhys. Das eine oder das andere. Melde dich nur einfach, wenn du kannst.«

»Das werde ich. Mich bei dir melden, meine ich. Ich werde dir mit Sicherheit kein Nacktbild von Rhys schicken.«

»Okay, wow. Allmählich bekomme ich wirklich das Gefühl, dass ich in dieser Freundschaft immer nur gebe, aber heute ist deine große Nacht, darum können wir zu einem späteren Zeitpunkt an unserer Freundschaft arbeiten.«

»Deal.«

»Falls wir später nicht mehr reden können ...«

Payton zieht mich in eine Umarmung, wobei sie aufpasst, weder meine Haare noch mein Make-up zu ramponieren. »Ich will nur, dass du weißt, dass ich stolz auf dich bin, Lydia. So seltsam es auch ist, wegen dieser Sache auf dich stolz zu sein, aber ich bin es.«

»Sei es noch nicht. Wir wissen noch nicht mal, ob das funktioniert. Vielleicht endet es damit, dass mich Vince an einen zwielichtigen Geschäftsmann aus Iowa verkauft. Das wissen wir jetzt noch nicht, richtig?«

Ein Räuspern macht mich darauf aufmerksam, dass wir nicht allein sind. Ich drehe mich um und sehe Vince, der hereinspaziert ist, die Hände in den Hosentaschen vergraben und einen – wie ich glaube – amüsierten Ausdruck im Gesicht. Was irgendwie beeindruckend ist, denn demzufolge, was ich bisher von Vince mitbekommen habe, ist er niemand, der sich seine Gefühle anmerken lässt.

»Iowa ist wirklich schön. Es sind die aus Maryland, vor denen du dich in Acht nehmen solltest.«

Oh Scheiße. Er hat das gehört.

»Haha, du Witzbold, du.« Ich versuche, abzulenken, da ich nicht so recht weiß, wie ich mit Vince umgehen soll.

»Ich meine es ernst«, erwidert er und sein Blick wandert zu Payton hinüber. »So ernst wie ein Fallschirmspringer.«

Es entsteht eine kleine Pause, in der Payton ihn mustert, die Brauen zusammengezogen, als würde sie ihn abwägen. Dann lächelt sie. »Ja, der war gut. Die Sicherheit beim Fallschirmspringen ist kein Witz.«

Vince neigt den Kopf, ehe er sich an mich wendet.

»Es hat funktioniert«, sagt er. »Er ist hier.«

Es hat funktioniert. Es hat funktioniert? Es hat funktioniert! Ich bin kurz davor, auf meinen Stripper-High-Heels auf- und abzuspringen ... aber vielleicht ist er ja nicht wegen mir hier? Sondern wegen eines gewöhnlichen Lapdances oder ein paar

Chickenwings? Zu den Chickenwings gibt es hier immerhin zehn verschiedenen Dips, aber ich bin eben nur eine Geschmacksrichtung.

»Er hat ein Vorwegangebot abgegeben.«

Ein Vorwegangebot? Also ... hat er geboten? Ich gehe hier zusammen mit ihm raus? Es hat funktioniert? Es hat wirklich funktioniert?

»Das Angebot ist für mich?« Ich muss es bestätigt haben. Ich brauche diese Worte. Ich brauche die Bestätigung, ehe ich mich zu sehr freue. Ich brauche einhundertprozentige Sicherheit, dass das Angebot für mich ist und nicht für irgendein Kombigericht, bevor ich mich zum Idioten mache.

»Ja, für dich.«

Mit weit aufgerissen Augen drehe ich mich zu Payton um und quietsche, während ich auf- und abhüpfe. Allerdings vorsichtig, da ich normalerweise doch eher ein Mädchen für niedrige Absätze und kein Stiletto-Girl bin und ich mir keinen Gefallen tun würde, wenn ich mir jetzt den Knöchel breche und in der Notaufnahme lande statt im Bett. Wo ich Sex haben werde. Mit Rhys!

»Du hast Ja gesagt, oder? Zu was auch immer er geboten hat. Ich habe dir ja gesagt, dass das Eröffnungsangebot, das ich dir genannt habe, völlig überzogen war.«

Als Vince und ich uns heute Morgen übers Geld unterhalten haben, habe ich zehntausend Dollar vorgeschlagen, aber er hat mir ins Gesicht gelacht. Dann schlug er hundert vor, was ich ein bisschen niedrig fand, bis er klarstellte, dass er hunderttausend Dollar meinte, woraufhin ich so heftig kichern musste, dass ich fast vom Stuhl gefallen wäre, und mir eine Hand vor den Mund halten musste, um mich zusammenzureißen.

Es ist ja nicht so, als wäre ich sonderlich bewandert, versteht ihr? Außerdem habe ich etwas im Internet recherchiert, als ich diesen Plan ausgebrütet habe, und die Durchschnittskosten für Sex in Nevada liegen in etwa zwischen ein paar hundert und ein paar tausend Dollar. Mir ist bewusst, dass Jungfrauen eine seltsame Ausnahme sind, aber einhunderttausend? Ich bitte euch.

»Hat er zehntausend geboten, wie ich vorgeschlagen habe?«, frage ich und halte mich davon ab, die Augen zu verdrehen, weil ich recht hatte. Aber auch nur gerade so. Wenn mir Vince nicht ein wenig Angst machen würde, würde ich definitiv mit den Augen rollen.

»Er hat zwei geboten und mich gebeten, die Auktion abzusagen.«

»Tausend, richtig? Zweitausend Dollar?« Das ist ein bisschen enttäuschend, da ich wirklich auf zehntausend gehofft habe, aber es ging ja nie um das Geld. »Also ist es erledigt, oder? Ich muss da jetzt nicht rausgehen?« Erleichterung überflutet mich bei dem Gedanken, dass ich möglicherweise der Demütigung entgehe, in diesen Dessous auf der Bühne herumzustolzieren. Mich juckt es bereits in den Fingern, wieder in das Outfit zu schlüpfen, in dem ich hier angekommen bin, und ein Paar Schuhe anzuziehen, die mir nicht eine ballerinagleiche Balance abverlangen.

»Zweihunderttausend, Lydia, und ich habe ihm gesagt, dass ein weiteres beleidigendes Angebot wie dieses dazu führen würde, dass er aus meinem Club eskortiert wird.«

Ich höre Vince, aber es dauert einen Moment, um zusammenzuschustern, was er da sagt. Mein Herz pocht wahnsinnig laut, als ich nervös zu Payton hinübersehe. Wie viel hat er gerade gesagt? Und warum hat er abgelehnt? Wo bin ich da nur reingeraten?

»Ähm, Vince.« Ich schlucke hart, ehe ich fortfahre. »Warum hast du ihm eine Abfuhr erteilt? Wir hatten einen Plan.«

»Weil ich meinen eigenen Plan habe, Lydia, und zweihunderttausend sind mir dafür nicht genug. Nicht einmal annähernd.«

Oh Gott. Ich habe einen Deal mit einem Zuhälter und er entwickelt sich genau so, wie man es von einem Deal mit einem Zuhälter erwarten würde.

16. Kapitel

Lydia

»Zeit, den Seidenmantel auszuziehen und eine Runde zu drehen.«

Eine Runde.

Ich ergreife den Gürtel des Seidenmantels, der mich bedeckt, und drehe das Material in meiner Hand hin und her. Er meint die Bühne im VIP-Raum. Staci hat sie mir vorhin gezeigt, ich weiß also, wo ich hingehen muss und was ich zu erwarten habe. Der VIP-Raum ist logischerweise privat. Er wird durch eine Treppe von der Hauptebene abgetrennt. Die Umkleide befindet sich ebenfalls im zweiten Stock und ist über einen kurzen Flur mit dem VIP-Raum verbunden. Oder einen sehr langen Flur, je nachdem, wie man gerade drauf ist.

Es ist ein intimer Raum. Ein Bild davon zieht an meinem inneren Auge vorbei, als ich mir den Mantel von den Schultern streife. Ich drücke ihn Payton in die Hand, ehe ich Vince über den Flur folge, während mein Puls in meinen Ohren rauscht und meine Absätze auf dem Laminatboden klackern.

Im VIP-Raum gibt es eine kleine Bühne und sie ist mehr wie ein Runway angelegt als die im unteren Bereich. Ein wenig mehr so, wie ich mir den Club ursprünglich vorgestellt habe, wenn auch in viel kleinerem Rahmen. Am Anfang des Runways hängt ein Vorhang, durch den die Tänzerinnen kommen – zumindest wurde mir das so gesagt. Den Raum hat niemand verwendet, während mich Staci rumgeführt hat. Sie hat mir gezeigt, wo ich rauskommen würde. Dann sind wir gemeinsam über die Bühne gelaufen, während die Lichter von oben auf uns herabschienen und der Raum noch menschenleer war. Ich hatte eher das Gefühl, mir einen Veranstaltungsort anzusehen, als für die größte Nacht meines Lebens zu proben.

»Er ist definitiv hier?«, frage ich, als wir hinter dem Vorhang stehen und eine Tänzerin auf der Bühne beobachten, die ich vorhin kennengelernt habe. Ich frage mich, ob sie der Eröffnungs-Act ist. Scheint so. Ich habe mir keine Gedanken darüber gemacht, was sie wohl machen würden, bis ich an der Reihe wäre, habe aber nicht angenommen, selbst darauf zu warten, dass jemand von der Bühne kommt. Sie ist eine wirklich talentierte Tänzerin. Durchtrainiert und natürlich sehr gelenkig. Sie legt die Messlatte wirklich hoch für mich und ich bin mir nicht sicher, ob mir das gefällt. Nicht das Tanzen, meine ich logischerweise, sondern die Nummer mit der Gelenkigkeit.

Hinter dem Vorhang ist es laut. Der ganze Club ist laut, die Dezibel sind auf jeden Fall um einiges höher als noch vorhin.

»Er ist hier«, versichert mir Vince.

Ich selbst kann die Kunden von meinem aktuellen Aussichtspunkt hinter dem Vorhang nicht sehen, da die Sitzplätze von hier aus in Schatten getaucht sind. Der Raum ist nicht groß, es gibt nicht viele Plätze. Es roch förmlich nach Exklusivität und Privatsphäre, als ich ihn mir vorhin angesehen habe. Als ich mich selbst davon überzeugen wollte, dass das hier einfach wäre. Ich würde die Bühne mehr als Runway und mich selbst eher als Model statt als Prostituierte betrachten, habe ich gedacht.

Mittlerweile denke ich ein wenig anders.

»Warum müssen Männer so laut sein, um es sich besorgen zu lassen?«, frage ich, da die Geräuschkulisse von unten den Boden zum Beben bringt und ich wünschte, die Lautstärke genauso einfach regulieren zu können wie bei meinem *iPod.*

Vince schüttelt den Kopf und lacht. »Während der Auktion werden wir dafür sorgen, dass es leiser ist. Es wird schnell vorüber sein.«

Schnell für ihn vielleicht.

Der Song endet, die Tänzerin verlässt die Bühne und eilt auf ihrem Weg nach hinten an uns vorbei. Die Musik verändert sich, wie ein Hinweis darauf, dass ich jetzt dran bin, und plötzlich ist mir schlecht. Sie ist tiefer und hypnotisch, sexy und beängstigend.

»Er ist auf der linken Seite«, sagt Vince. »Lass uns gehen.«

Dann drängt er sich durch den Vorhang und hält ihn für mich auf, sodass ich keine andere Wahl habe, als ihm zu folgen. Entweder das oder mich umzudrehen und wie von der Tarantel gestochen die Flucht zu ergreifen.

Ich folge ihm, denn meine High Heels sind definitiv nicht zum Rennen geeignet.

Die Lichter blenden mich für einen Moment, ehe sich meine Augen daran gewöhnen, auch wenn es auf der Bühne eigentlich nicht sonderlich hell ist. Es gibt einen Scheinwerfer, realisiere ich. Ich werde ausgestellt wie etwas Hübsches im Schaufenster. Vince spricht ein paar Worte, aber ich könnte euch nicht sagen, was er da redet. Ich bin zu sehr damit beschäftigt, zu blinzeln, zu atmen und einen Fuß vor den anderen zu setzen.

Konzentrier dich aufs Ziel, Lydia.

Ich sehe nach links und – ich sehe Rhys nicht. Ich sehe den Leiter der Rechtsabteilung des *Windsor*, Lawson McCall. Ich fange an zu stolpern und packe die Polestange, um mich abzufangen. Neben ihm sitzt Canon Reeves, der Leiter der Sicherheitsabteilung. Und dann erblicke ich Rhys doch noch. Warum ist es mir nicht in den Sinn gekommen, dass er Freunde mitbringen würde? Warum nur habe ich einfach nicht richtig nachgedacht? Das sind Männer, die ich wiedersehen muss. Bei der Arbeit. Meine Knie fühlen sich an, als würden sie gleich nachgeben, also stütze ich mich selbst, indem ich die Polestange so fest umklammere, dass meine Fingerknöchel weiß hervortreten.

Vielleicht ist Rhys gar nicht hier, weil er mich will. Vielleicht ist er hier, um mich zu feuern. Ich nehme all meinen Mut zusammen, um meinen Blick zu heben und noch einmal in seine Richtung zu sehen.

Er sieht mich direkt an.

Er sieht nicht glücklich aus.

Er sieht vielmehr wütend aus. Richtig wütend.

Ich werde so was von gefeuert werden.

Eine Stimme zu meiner Rechten ruft etwas und ich drehe meinen Kopf in diese Richtung, da ich soeben daran erinnert wurde, dass ich nicht allein mit Vince, Rhys und seinen Freunden in diesem Raum bin. Da sind auch noch andere Bieter. Oh Gott, der Ausruf, den ich gehört habe, war von jemandem, der für mich geboten hat. Der Mann ist älter. Älter als meine Dads. Er ist gut aussehend, hat ergraute Schläfen und trägt einen maßgeschneiderten Anzug.

Dann sagt Rhys etwas und meine Aufmerksamkeit richtet sich sofort wieder auf ihn. Auch er trägt einen Anzug, wie ich erst jetzt bemerke, denn plötzlich steht er auf und zieht sich sein Jackett aus. Ich frage mich, ob er sich für die Auktion so herausgeputzt hat. Für mich.

Der ältere Mann spricht erneut. Rhys blafft *Genug* und dann hat er auch schon die Bühne betreten und steht neben mir. Er legt mir sein Jackett um die Schultern und dreht mich herum. Seine Hand liegt fest auf meinem Rücken und übt so lange Druck aus, bis ich meine Füße in Bewegung setze. Bis ich von der Bühne bin. Bis der Vorhang hinter uns zugefallen ist.

»Zieh dich an«, ist alles, was Rhys hervorbringt, ehe der Vorhang erneut raschelt und Vince und Canon hinter uns auftauchen. »Jetzt sofort«, ergänzt Rhys, seine Augen blitzen gefährlich auf, als ich einfach nur weiter dastehe und ihn anstarre.

Der Flur zum Umkleideraum kommt mir auf dem Rückweg viel kürzer vor als auf dem Weg zur Bühne, aber das mag vielleicht daran liegen, dass ich ihn beinah entlanggerannt bin, ohne über meine High Heels oder meine Knöchel nachzudenken. Ich drücke die Tür zur Ankleide auf und lasse mich dagegen sinken, nachdem sie hinter mir ins Schloss gefallen ist.

»Schickes Jackett.« Payton sitzt etwas abseits in einem Ledersessel, ihre Beine hängen von der einen Seite herunter, ihre blonden Haare von der anderen, und sie hat ein paar Trauben in der Hand, die sie über ihrem Mund baumeln lässt. Sie beißt ein paar davon ab und zieht dann ihre Brauen in die Höhe. »Das ging schnell.«

»Payton.« Ich stoße mich von der Tür ab, noch immer ein wenig am Zittern, ehe ich mir die High Heels von den Füßen kicke, die mit einem dumpfen Geräusch nacheinander auf dem Boden landen. »Das war schrecklich.«

»Was ist passiert?« Sie setzt sich auf, die Augen weit aufgerissen.

»Lawson ist da draußen. Und Canon!«

»Oh.« Sie lehnt sich in ihrem Sessel zurück. »Nun, ja. Sie sind Freunde, das macht also Sinn.«

»Warum ist es mir nicht durch den Kopf gegangen, dass sie möglicherweise hier sein würden? Ich schäme mich so.« Ich ziehe Rhys' Jackett enger um mich, ehe ich mich an seine Anweisung erinnere, mich anzuziehen. Aber das Jackett riecht nach ihm und ich will es nur ungern ablegen.

»Hat Rhys dich bekommen, oder wie?«

»Ich weiß nicht.«

»Wie kannst du das nicht wissen?«

»Weil ich es nicht weiß. Eben noch stand ich mitten im Scheinwerferlicht auf der Bühne und plötzlich wickelt er mich in sein Jackett und befiehlt mir, mich anzuziehen.«

»Klingt, als würdest du mit Rhys gehen.«

»Vielleicht«, stimme ich zu und ziehe mir meine Jeans über die Hüften. »Ich bin so verkorkst, Payton.«

»Da stimme ich dir zu. Aber erzähl mir, weswegen genau, damit ich dir folgen kann.«

Ich bedenke sie mit einem bösen Blick, ehe ich mich umdrehe, um mein Seidennegligé abzustreifen und den schicken Spitzen-BH anzuziehen, der zu meinem Höschen passt. Ich glaube nicht, dass ich schon jemals zuvor zusammenpassende Unterwäsche besessen habe. Richtig zusammenpassend, meine ich. Normalerweise heißt zusammenpassend bei mir ein weißer BH und ein Slip, der weiß gepunktet ist oder weiße Streifen hat oder Ähnliches. Ich ziehe mir ein Shirt über den Kopf, bevor ich mich wieder zu Payton umdrehe und meine Haare aus dem Kragen ziehe.

»Weil es mich anmacht. Die Vorstellung, diesen Ort hier mit ihm zu verlassen, wenn er für dieses Recht bezahlt hat. Auch wenn ich es gehasst habe, auf dieser Bühne zu sein, hat es mir gefallen, als er mich da runtergezogen und mir befohlen hat, mich anzuziehen. Aber jetzt mal im Ernst, wer zur Hölle glaubt er zu sein, dass er mir befehlen kann, ich solle mich anziehen? Ich allein verfüge über mich. Ich kann ein Negligé in der Öffentlichkeit tragen, wenn ich das möchte. Ich kann Sex haben, mit wem auch immer ich will und wo auch immer ich will. Ich weiß, dass ich mich nicht dafür rechtfertigen muss, dass ich darauf aus bin, dass Rhys die Kontrolle an sich reißt, mich herumkommandiert und den dominanten Part übernimmt. Aber trage ich damit nicht zu einem überholten patriarchalen Modell von Sex bei, weil ich es mag?«

»Ach du meine Güte.«

»Ja, oder?«

»Nein«, sagt sie und seufzt heftig. »Und ich dachte, wir würden über die Pyjamas aus alten Betttüchern reden.«

Die Tür öffnet sich und wir beide drehen uns um. Es ist Vince. Vince, der tatsächlich ein echtes Lächeln im Gesicht hat.

»Nach einem kleinen Bietergefecht habe ich ihn auf fünf hochgehandelt.«

»Wen auf fünf hochgehandelt?«

»Rhys«, sagt Vince und sieht mich an, als sei ich verrückt. »Ging es nicht genau darum, Lydia?«

In Gedanken wiederhole ich noch einmal seine Worte, während ich mich in einen der Ledersessel fallen lasse, die hier in der Ankleide stehen. Diese Sessel waren eine weitere Sache, die ich nicht erwartet hatte, genau wie die Platte mit frischem Obst, an der sich Payton bedient hat, doch jetzt ist nicht der richtige Zeitpunkt, um sich auf diese Details zu konzentrieren. »Fünfhunderttausend Dollar, Vince?«

»Ich hätte ihn auch leicht auf eine Million hochhandeln können, aber da ich ihn als eine Art Freund betrachte, habe ich ihn bei der Hälfte vom Haken gelassen.« Vince zuckt mit den Schultern, ein Schmunzeln umspielt seine Lippen, als würde ihn entweder der Gedanke an ihre Freundschaft oder aber der an die halbe Million erfreuen, ich bin mir nicht sicher, was es ist. »Du hast ihn wirklich bei den Eiern, was?«

»Ich habe ihn bei gar nichts«, sage ich protestierend. »Wenn ich auch nur irgendeine Ahnung hätte, wie ich ihn für mich gewinnen könnte, wäre ich nicht hier und würde mit dir reden.« Ich atme einmal tief ein, ehe ich fortfahre. »Er weiß, dass ich keine besonderen sexuellen Fähigkeiten habe, nicht wahr? Du hast mich nicht zu sehr angepriesen, oder? Was hast du ihm versprochen? Welches Bietergefecht? Was glaubt er, bekommt er für eine halbe Million Dollar?« Meine Stimme wird lauter, als ich die Summe wiederhole, denn sie ist wahnsinnig und jetzt bekomme ich Panik. »Denkt er, er bekommt dafür eine Sexparty? Denn ich werde es nicht mit seinen Freunden treiben oder so etwas Komisches. Unter keinen Umständen.«

»Ich würde es tun«, flötet Payton in meinen Wortschwall hinein. »Man lebt ja nur einmal, habe ich recht?«

»Ich habe keine Ahnung, worauf der Mann abfährt«, sagt Vince. »Du bist diejenige, die ihn unbedingt haben wollte.« Er zuckt wieder mit den Schultern, so als sei das, worauf Rhys steht oder nicht, keine große Sache. »Lydia, entspann dich. Für welches Monster hältst du mich?«

Auf seine Frage hin entsteht eine lange, unangenehme Pause, da ich darauf nicht wirklich eine Antwort habe. Ich habe keine Ahnung, welches Monster Vince ist oder auch nicht.

Angesichts meines Schweigens zieht er eine Augenbraue hoch und schüttelt den Kopf. »Soll ich es aussprechen? Pussy. Arsch. Mund. Ich habe ihm gesagt, dass du die Pille nimmst. Was den Rest angeht, wirst du ihm mitteilen, wenn etwas zu viel ist oder du dich nicht wohlfühlst. Ich bin kein verdammter Sexvermittler, verflucht noch mal. Ich tue dir einen Gefallen.«

Er hat nicht unrecht. Dann sagt er drei weitere Worte, die mich völlig aus der Bahn werfen.

»Einen Monat lang.«

Einen Monat? Ich kaue auf meiner Unterlippe herum, scheiß auf den Lippenstift, und starre Vince schweigend an. Ich wippe mit den Beinen und fummle am Saum meines Negligés herum, während ich nachdenke. Einen Monat lang? Wir haben nie über einen Zeitraum geredet, da ich annahm, dass bei Sex für Geld in Stunden gerechnet wird.

Aber scheinbar ist das verhandelbar.

Und logisch betrachtet, ist ein Monat ein Riesengewinn für mich.

»Ich dachte, es ginge nur um eine Nacht«, sage ich schließlich und lege meinen Kopf in den Nacken, um Vince anzusehen. »Woher kommt der Monat?«

»Du musst geben und nehmen, wenn du verhandelst, Lydia. Wir haben einen Monat gegeben und dafür eine halbe Million bekommen.«

Die blöde halbe Million. Sie ist lächerlich und bringt meinen Magen zum Rebellieren. Geteilt ist die Summe aber vielleicht nicht so schlimm? Ich rechne kurz durch und komme auf etwa fünfzehn- bis sechszehntausend die Nacht. Was noch immer zu viel ist, viel zu viel. Ich hoffe, dass Rhys nicht immer so verantwortungslos ist, was seine Finanzen angeht. Andererseits nutze ich noch immer den *Netflix*-Account meiner Eltern, also sollte ich wohl lieber ruhig sein.

»Reden wir ernsthaft darüber? Findet diese Unterhaltung gerade wirklich statt?« Payton sieht mit einem ungläubigen Gesichtsausdruck zwischen Vince und mir hin und her. »Sie akzeptiert das natürlich«, sagt Payton zu ihm und dreht sich dann zu mir um. »Du akzeptierst die Bedingungen. Es ist an der Zeit, dass du dir dein Rhys-Abzeichen verdienst.«

17. Kapitel

Lydia

Rhys wartet draußen auf mich. Das heißt, er fährt mit seinem Auto am Hintereingang vor.

Mir ist nicht ganz klar, ob ich von dieser Benutzung des Hintereingangs beleidigt sein soll oder ob er all seine Frauen so abholt.

Vince und Payton begleiten mich zur Tür. Vince öffnet sie und hält sie mir auf, damit ich hindurchgehen kann. »Habt Spaß«, sagt er und Payton fügt hinzu: »Toi, toi, toi!«

Direkt vor mir steht Rhys' sportlicher Wagen, der Motor schnurrt und die Scheinwerfer tauchen einen großen Teil des Parkplatzes in helles Licht. Die Beifahrertür ist auf meiner Seite der Straße, ich muss also nicht weit laufen, wofür ich dankbar bin, denn obwohl ich flache Schuhe anhabe, fühlen sich meine Knie immer noch etwas wackelig an.

Draußen ist es kühl, was für Vegas bedeutet, dass das Thermometer unter sechzehn Grad Celsius gefallen ist. Die einzige Jacke, die ich dabeihabe, ist Rhys' Jackett. Ich hoffe, dass er nicht noch irgendwo hinmöchte, da ich keine eigene Jacke mithabe. Aber es ist bereits spät und ich kann mir nicht vorstellen, dass er für heute Abend einen Spaziergang im Park geplant hat. Zumindest hoffe ich das.

Am Auto angekommen, öffne ich die Beifahrertür und beuge mich vor, um hineinzusehen und sicherzugehen, dass es sich beim Fahrer um Rhys handelt, ehe ich einsteige. Könnt ihr euch vorstellen, wenn ich nach all dem in das falsche Auto springen würde?

Aber es ist Rhys.

Ich schiebe mich auf den Sitz und ziehe die Autotür hinter mir zu. Er sieht starr geradeaus und das Auto fährt bereits los, ehe ich auch nur die Chance habe, den Gurt zu schließen. Ich lasse meine Tasche auf den Boden fallen, sein Jackett liegt zusammengedrückt auf meinem Schoß. Rasch schnappe ich mir den Gurt und lasse ihn einrasten, während er Gas gibt, vom Parkplatz fährt und sich in den Verkehr einfädelt.

Er hat mich noch immer nicht angesehen.

»Hi«, sage ich, da ich nicht weiß, was ich sonst sagen soll, und er sich komisch verhält.

Er knurrt nur etwas Unverständliches.

Ich entknittere sein Jackett wieder und falte es ordentlich auf meinem Schoß zusammen, damit es keine bleibenden Falten davonträgt. Dann spiele ich mit dem Saum meines Shirts und knülle den Stoff nervös zwischen meinen Fingern zusammen, da mir Falten in meiner eigenen Kleidung egal sind. Als ich zu zittern beginne, drückt Rhys einen Knopf am Armaturenbrett, woraufhin mir warme Luft entgegenströmt.

»Was denkst du gerade, Lydia?«

Okay, jetzt reden wir also.

»Verdammt noch mal, was denkst du?«

Und er ist wütend. Richtig wütend.

»Ist es das Geld?«, frage ich. »Weil ...« Ich komme nicht sonderlich weit, da er mich unterbricht.

»Nein, es geht nicht ums Geld. Eine halbe Million würde nicht einmal die Werbe- und Gratispräsente bei der Eröffnung des Casinos abdecken. Du kostest weniger als die Partygeschenke, also mach dir keine Sorgen wegen des Geldes.«

Wow.

Er hat seine Hemdsärmel bis zu den Ellenbogen aufgerollt und die Muskeln an seinem Unterarm spannen sich an, während er das Lenkrad bedient. Sein Kiefer ist ebenfalls verkrampft und er sieht mich immer noch nicht an.

»Sag mir einfach nur, ob das schon die ganze Zeit dein Plan war?«

Was? »Nein, natürlich nicht.« Dieser Plan ist weniger als zwei Tage alt, also nein. Es war ja nicht mal ein Plan, sondern vielmehr eine irrationale und durchgeknallte Idee.

»Eine gottverdammte Jungfrau. Ich dachte, du wärst anders, aber *fuck*, Lydia.«

»Warte – bist du sauer auf mich, für etwas, was ich nicht getan habe? Das ist nicht fair. Es ist diskriminierend. Du kannst mich nicht wegen meiner Unerfahrenheit diskriminieren.«

»Du lässt mich Sauereien in dein Ohr flüstern, in dem Gedanken, dass du weißt, wovon zur Hölle ich geredet habe.«

»Ich mochte die Sauereien!«

»Heiliger.« Er nimmt eine Hand vom Steuer und reibt sich über das Kinn.

»Okay.« Meine Stimme stockt und ich muss mich zusammenreißen, um nicht loszuweinen. »Du bist sauer. Es tut mir leid. Ich dachte nur ...« Ich halte mich davon ab, den Satz zu beenden. »Bring mich einfach zurück. Du hast offensichtlich kein Interesse an mir. Ich weiß nicht, warum du für mich geboten hast. Fahr mich einfach zurück.«

Vince wird mich umbringen. Vielleicht im wahrsten Sinne des Wortes, ich weiß es nicht. Er wird Rhys sein Geld zurückgeben müssen und er wird mich wahrscheinlich dazu zwingen, ihn für das Geld, das er verloren hat, zu entschädigen, was ich niemals, wirklich niemals können werde. Er wird mir Zinsen berechnen und mein Saldo wird größer und größer werden – wie es auch bei der Mafia ist, wenn du dir Geld von ihr leihst –, bis ich gezwungen sein werde, auf einen Deal einzugehen, der beinhaltet, dass ich eine Leiche verschwinden lasse oder das FBI belüge.

Ich kann absolut nicht glauben, welchen Aufwand ich wegen dieses Idioten betrieben habe.

»Dich zurückbringen?« Er lacht, aber mir ist sein Ton gerade ziemlich egal. »Ich habe die volle Summe für dich auf den Tisch gelegt, also werde ich dich behalten.«

»Wie auch immer! Gut, wenn du willst.«

»Wenn ich will?« Er atmet so laut aus, als hätte ich ihn in den wenigen Minuten, die wir zusammen im Auto sitzen, bereits erschöpft. »Ich habe dafür jetzt keine Zeit, Lydia. Falls du es noch nicht bemerkt haben solltest, ich habe gerade echt viel am Hals.«

»Ich weiß, aber ich habe im Internet recherchiert und gelesen, dass die meisten Paare im Durchschnitt sieben bis dreizehn Minuten Sex haben, wobei ich nicht weiß, ob es nicht eher Richtung sieben tendiert. Wir können schnell sein.«

Wir stehen an einer Ampel und endlich dreht er sich zu mir um.

»Was?« Seine Augen funkeln fragend im Halbdunkel des Wagens, die kleinen Fältchen an seinen Augen vertiefen sich, als er den Kopf ein wenig in meine Richtung neigt.

»Du hast gesagt, dass du unter Zeitdruck stehst«, sage ich langsam, weil mir nicht so recht klar ist, was er nicht versteht. »Aber es wird nur sieben Minuten dauern.« Da er daraufhin nichts sagt, rede ich weiter und frage mich, ob ich das, was ich gelesen habe, falsch verstanden habe. »Vielleicht könntest du heute Nacht einfach sieben Minuten deines Schlafpensums opfern und dann bist du wieder im Zeitplan.« Ich bin der Ansicht, dass das nach einer sehr vernünftigen Lösung klingt, aber er beugt sich über das Lenkrad und lacht so heftig, dass ich Angst habe, dass er das Umschalten der Ampel auf Grün nicht mitbekommen wird. »Wir können sonst auch bis nach der Eröffnung warten«, biete ich an und zucke mit den Schultern, in dem Versuch, nicht enttäuscht zu wirken und so zu tun, als sei das nicht weiter von Bedeutung. Auch wenn es das natürlich ist. Ich werde meine Jungfräulichkeit scheinbar nie verlieren. Niemals.

»Das ist vielleicht die beste halbe Million, die ich jemals ausgegeben habe«, murmelt er, ich bin mir allerdings nicht sicher, ob er mit mir redet. »Was wirst du damit überhaupt machen? Mit dem Geld?« Mit den Fingern seiner rechten Hand klopft er in schnellem Takt auf dem Lenkrad herum, als wäre er aufgewühlt. Ich weiß nicht so recht, ob das an mir oder an der immer noch roten Ampel liegt.

»Abzahlung meiner Studienschulden«, lüge ich und verschränke die Arme. Ich möchte nicht mit ihm über Geld reden. Ich wollte nie sein Geld, sondern immer nur Rhys. Eine Gelegenheit, um ihn ein bisschen besser zu verstehen, um die Verbindung, die ich zu ihm in der Bar verspürte, zu erforschen, von der ich weiß, dass er sie auch gespürt hat. Vielleicht habe ich ihn nicht ganz so umgehauen wie er mich, aber ich weiß, dass er etwas gefühlt hat.

Außerdem waren meine Pläne, was ich mit dem Geld anstelle, wirklich klein. Mein Deal mit Vince besah, dass wir jeder die Hälfte bekommen würden. Dabei dachte ich, dass wir hier von der Hälfte von zehntausend reden und nicht von der Hälfte von fünfhunderttausend. Ich werde meine Pläne überdenken müssen.

»Du weiß schon, wie das ist. Diese Zinssätze sind kein Witz«, ergänze ich und schaue aus dem Fenster, um ihn nicht ansehen zu müssen.

»Okay«, sagt er, aber sein Ton deutet darauf hin, dass er mir nicht glaubt. Dass er mich für eine hinterhältige, geldgierige Schlampe hält.

Als wir das *Windsor* erreichen, fährt er das Auto in den Parkbereich für die Mitarbeiter, allerdings in einen Bereich, in dem ich noch nie zuvor war. Wir gelangen dorthin, indem wir durch eine Schranke fahren, auf der *privat* steht. Er parkt auf einem nummerierten Parkplatz und stellt den Motor ab. Für ein paar Sekunden sitzen wir schweigend im Auto, Rhys starrt geradeaus auf die Betonmauer und ich werfe ihm vom Beifahrersitz immer wieder einen Seitenblick zu.

»Okay, nun.« Ich schnalle mich ab und mache die Autotür auf. Rhys folgt meinem Beispiel und wir treffen vorm Kofferraum des Wagens aufeinander und bleiben ganz dicht voreinander stehen. Ich blicke vorsichtig zu ihm hoch, aber er hat sich schon abgewendet und geht auf die Aufzüge zu.

Er hämmert eine Reihe von Zahlen auf einem Keypad ein und die Fahrstuhltür öffnet sich. Wir betreten den Lift und ich bemerke, dass er nur in wenigen ausgewählten Etagen hält. Der Parkgarage, im zweiten bis vierten Stockwerk und auf der vierunddreißigsten Etage, wo sich die Wohnsuiten der führenden Geschäftsmitarbeiter befinden. Ich weiß nicht einmal, wo der Fahrstuhl einen auf der vierten Etage rauslässt. Ganz offensichtlich ist er als persönlicher Fahrstuhl für die Mitarbeiter der

Führungsebene gedacht.

Die Lifttüren öffnen sich schließlich im vierunddreißigsten Stock, aber hier sieht alles noch sehr ähnlich wie auf den anderen Fluren aus, die ich bisher gesehen habe. Rhys weist uns den Weg, seine Schritte sind auf dem weichen Plüschteppich kaum zu hören, bis wir schließlich zu einer Doppeltür kommen. Wir gehen hindurch und stehen dann in einem großen marmornen Foyer. Geradeaus, vorbei an einer ausladenden Sofaecke, befinden sich bodentiefe Fenster mit Ausblick auf den Strip. Es ist schön. Aber auch ein bisschen traurig. Denn es sieht aus wie eine Kombination aus einem Musterhaus und einer Hotelsuite. Es wirkt nicht sonderlich bewohnt.

»Wie lang wohnst du schon hier?«, frage ich.

»Etwas weniger als ein Jahr.«

»Wo sind deine ganzen Sachen?«

»Was für Sachen?«

»Bücher? Krimskrams? Etwas, das dir gehört?«

»Alles hier gehört mir. Ich besitze das Hotel.«

Das ist eine Möglichkeit, es zu betrachten, nehme ich an.

»Danke dir für das Jackett«, sage ich und halte es ihm entgegen, damit er es wieder an sich nehmen kann. Sein Blick wandert nach unten zu dem Stoff in meinen Händen, als hätte er gar nicht bemerkt, dass ich etwas dabeihabe. Er nimmt mir das Jackett ab, zusammen mit meiner Handtasche, und verschwindet den Flur hinunter, der vermutlich zu seinem Schlafzimmer führt.

Ich bleibe wie angewurzelt an Ort und Stelle stehen, da ich noch nie zuvor meine Jungfräulichkeit verkauft habe und mir darum nicht sicher bin, wie das adäquate Protokoll für einen solchen Anlass aussieht oder was ich machen soll.

Rhys kommt zurück und geht mit einem Seitenblick in meine Richtung an mir vorbei zu einer Bar am anderen Ende des Wohnbereichs. Langsam folge ich ihm, bleibe jedoch auf der anderen Seite der Bar stehen, während er sich einen Drink einschenkt. Irgendeinen Kurzen, keine Ahnung, was genau. Ich bin auch nicht mit Alkohol vertraut, um ehrlich zu sein. Ich bin zweiundzwanzig und ich habe als Minderjährige nicht viel Alkohol getrunken – und mit nicht viel meine ich nie.

»Kann ich auch einen haben?«

»Brauchst du einen?«

Seine Antwort ist schroff, die Augen hat er auf mich gerichtet, während er seinen Drink runterkippt.

»Warum bist du so gemein zu mir?«

»Gemein?« Überrascht zieht er die Brauen in die Höhe. »Gemein?«, wiederholt er lachend. »Ich habe dich gerade vor Creepy-Stan gerettet und ich bin gemein?« Er schüttelt den Kopf. »Jetzt steckst du stattdessen beim creepigen Rhys fest«, murmelt er an sich selbst gerichtet.

»Ich finde nicht, dass du creepy bist«, sage ich und schüttle verneinend den Kopf. Auch Stan fand ich nicht creepy, falls er den älteren Herrn meinen sollte, der ebenfalls für mich geboten hat. Ich glaube jedoch nicht, dass es im Moment richtig wäre, das zu erwähnen. Er war echt alt und ich wollte keinen Sex mit ihm, aber er sah nett aus.

»Ich habe dich gerade gekauft, Lydia. Für Sex.«

»Du hast schon viele Frauen für Sex bezahlt«, erwidere ich, da ich nicht verstehe, warum es so eine große Sache ist, dass er für mich bezahlt hat. Es ist ja nicht so, als hätte er so etwas davor noch nie gemacht. Dennoch verengt er die Augen zu Schlitzen und scheint wegen irgendwas verärgert zu sein. »Es war nicht gegen meinen Willen«, füge ich hinzu, für den Fall, dass ihm das nicht klar gewesen sein sollte. »Es war meine Idee. Die Auktion meine ich. Ich schulde der Mafia kein Geld oder so was. Zumindest noch nicht.«

Er stellt ein weiteres Glas auf dem Bartresen ab und füllt dann beide Gläser, ehe er mir eins rüberschiebt. Ich nehme es hoch und halte es mir an die Lippen. Auch wenn nicht viel drin ist, nippe ich daran, anstatt es in einem Zug zu leeren.

»Das ist fürchterlich«, sage ich eilig und stelle das Glas ab.

»Das ist Scotch«, antwortet er. »Willst du immer Dinge, die dir am Ende dann doch nicht gefallen, Lydia?«

»Normalerweise nicht, nein. Einmal habe ich allerdings doch

ein hässliches Betttuch bei *Goodwill* gekauft, weil ich dachte, dass es am Ende süß aussehen würde, wenn ich es in eine Pyjamahose verwandelt hätte, aber ich lag falsch.« Ich halte ergeben die Hände hoch. »Die Hose war genauso hässlich wie das Betttuch selbst. Ich bin mir jedoch nicht sicher, ob das als etwas zählt, was ich wollte. Es handelte sich mehr um einen schlechten Einkauf, aber ich habe sie immerhin zum halben Preis bekommen, weil sie mit einem pinken Schildchen versehen war und an diesem Tag alles mit pinkem Schildchen fünfzig Prozent weniger kostete, daher war es mehr eine Erfahrung als nur ein schlechter Einkauf.« Die letzten Worte sprudeln nur so aus mir heraus. Ich glaube, ich bin nervös. Daher frage ich mich, ob ich vielleicht einen weiteren Schluck von diesem grauenvollen Scotch probieren sollte. Während ich darüber nachdenke, schießt mir etwas anderes durch den Kopf. »Vielleicht bin ich ja ein schlechter Einkauf? Warum bin ich überhaupt hier? Ich dachte, du wärst zu beschäftigt für Sex? Ich hätte einfach mit meiner Mitbewohnerin nach Hause fahren können.«

Rhys hat die Bar umrundet, während ich vor mich hingeplappert habe, und steht nun direkt vor mir. Er legt einen Finger unter mein Kinn und hebt meinen Kopf an, ehe er mir einen sanften Kuss auf meine Lippen drückt.

»Warum tust du mir das an?«, flüstert er an meinem Ohr. Er scheint nicht länger wütend zu sein.

»Passiert es jetzt? Haben wir jetzt Sex?«

»Wir werden definitiv Sex haben«, bestätigt er und nimmt meine Hand in seine.

18. Kapitel

Lydia

»Ist es das, was du möchtest?«

»Ja.« Ich nicke und wiederhole: »Ja, ja, ja.«

Wir sind mittlerweile in seinem Schlafzimmer, auch hier sind die Fenster wieder bodentief und man hat einen unbezahlbaren Blick auf den Strip. Im Raum steht ein Kingsize-Bett, ordentlich für die Nacht vorbereitet, was in mir die Frage aufkommen lässt, ob er die Zimmerreinigung nutzt oder sein Bett jeden Tag selbst macht.

Er küsst mich wieder, drückt zärtlich seine Lippen auf meine. Dann geht er durch den Raum, während ich erneut wie angewurzelt stehen bleibe, kurz hinter der Türschwelle. Er öffnet das Armband seiner Uhr, lässt sie von seinem Handgelenk gleiten und verstaut sie in der oberen Schublade der Kommode. Sein Portemonnaie folgt, dann entrollt er seine Hemdsärmel.

»Angst gehört nicht wirklich zu meinen Vorlieben, Lydia.«

Ich habe keine Angst, ich bin nur unsicher. Unsicher, was er will. Unsicher, ob ich mich komplett ausziehen und aufs Bett legen oder mich nur bis zu meiner neuen Unterwäsche entkleiden soll, damit er mir BH und Höschen selbst ausziehen kann. »Ich habe keine Angst, ich habe nur keine Ahnung, was ich machen soll. Und die Zügel in der Hand zu haben, gehört nicht zu meinen Vorlieben, Rhys.«

»Also möchtest du, dass ich dir sage, was du tun sollst?«

»Würdest du das machen?« Ich atme erleichtert auf. Endlich versteht er mich. »Mich herumkommandieren? Mich lehren? Schmutzige Dinge zu mir sagen? All das mag ich. Ich bin gut, wenn es um Anweisungen geht. Und Regeln. Ich liebe Regeln. Sie sind so eindeutig und unmissverständlich und sexy.«

Er kommt zu mir und stellt sich so dicht vor mich, dass ich den Kopf in den Nacken legen muss, um ihn anzusehen. »Wir können nicht mehr sein als das hier, Lydia. Ein Monat. Ich suche nichts anderes als das. Das hier wird keine Happy-End-Fantasie.« Er streichelt meinen Arm hinunter und ich erschauere. Sein Blick ist unverwandt auf mich gerichtet und stellt sicher, dass ich ihm genau zuhöre. »Nur Sex. Das ist die Regel.«

»Entspann dich, Rhys. Ich werde mich nicht in dich verlieben, nur weil du mein Erster bist.« Glaube ich zumindest nicht. Vielleicht. Es gibt wahrscheinlich nur eine Fünfzehn-Prozent-Chance, dass das passieren wird. Wenn überhaupt.

»Dein Erster«, wiederholt er meine Worte langsam, seinen Atem spüre ich dabei an der Schläfe. »Ich werde dich für jeden anderen ruinieren«, sagt er sanft und ich weiß nicht, ob das ein Versprechen oder eine Warnung ist.

Er drängt mich rückwärts zu seinem Bett, seine Hände an meinen Hüften führen mich. Sein Mund liegt auf meinem, wandert über meinen Kiefer und dann meinen Hals hinunter. Rhys zieht mir das Oberteil hoch. Ich hebe die Arme und er streift es mir über den Kopf, als ich mit den Rückseiten meiner Oberschenkel gegen das Möbelstück stoße. Er knöpft meine Jeans auf und zieht den Reißverschluss hinunter. Ich glaube, dass ich jetzt doch etwas Angst verspüre. Aber auf gute Art und Weise, ähnlich dem Gefühl, wenn man in einer Achterbahn sitzt, die einen ganz langsam nach oben fährt, und man den Punkt nicht sehen kann, an dem es abwärts geht. Du weißt aber, dass er gleich kommt. Weißt, dass du in jedem Moment den Scheitelpunkt erreichen wirst. Die Zeit steht für eine Sekunde still. Eine Sekunde, die sich wie zehn anfühlt. Und dann fliegt man und dreht sich und fährt mit so hoher Geschwindigkeit, dass man sich nur noch am Sicherheitsgurt festklammern und die Fahrt genießen kann, auch wenn sie beängstigend ist und du nicht gänzlich sicher bist, ob du nicht sterben wirst.

So in der Art.

Er schiebt meine Jeans meine Beine hinunter und bückt sich, um meine Knöchel daraus zu befreien. Ich halte mich mit einer Hand an seiner Schulter fest und steige, ein Fuß nach dem anderen, aus der Hose.

»Setz dich hin«, sagt er und ich befolge seine Anweisung. Er kniet auf dem Boden am Fußende des Betts und ich sitze mit weit auseinandergespreizten Knien vor ihm.

»Der ist hübsch«, meint er und fährt mit einer Fingerspitze über die Rundung meiner Brüste, wo sich der neue Spitzen-BH an meine Haut schmiegt.

»Danke«, sage ich und verfolge seinen Finger, der in meinem Ausschnitt verschwindet, eher er die Reise über die andere Brust fortsetzt. »Das Höschen passt dazu«, ergänze ich, für den Fall, dass es ihm entgangen sein sollte, und weil es für mich irgendwie von Bedeutung ist.

»Das stimmt«, murmelt er zustimmend und küsst die Stelle unter meinem rechten Ohr. Rhys' Atem streichelt über meinen Nacken und seine Bartstoppeln kratzen leicht – eine Kombination, die mich auf alle möglichen Arten verrückt macht. »Schauen wir uns das mal genauer an.« Er drückt mich sanft zurück, bis ich mich auf meinen Ellenbogen abstütze, und wandert mit seinem Finger meinen Bauch hinunter, bis er sein Ziel erreicht hat. »Sehr hübsch.«

Er hat nicht unrecht. Das Höschen ist ebenfalls wirklich hübsch.

Dann beugt er sich nach vorn und küsst mich. Genau dort. Direkt auf meine von der schicken Spitze bedeckten Mitte und ich denke, dass ich vielleicht gleich sterben werde. Weil es peinlich ist. Weil es sich gut anfühlt. Weil ich möchte, dass er es wieder und wieder tut.

Rhys drückt seine Nase gegen mein Höschen und atmet ein, seine Augen auf mich gerichtet und – oh mein Gott, machen Männer so etwas?

Dieser hier schon. Ich wette, dass Rhys eine Menge Dinge macht, und er wird sie alle mit mir machen. Ich beiße mir auf die Unterlippe, als er seinen Daumen unter den Saum des Materials hakt und mir das Höschen nach unten zieht. Ich spüre seine Finger an den sensiblen Stellen unter meinen Knien und an meinen Waden, ehe er mich gänzlich von dem Stück Stoff befreit.

»Du bist ganz rasiert«, stellt er fest und streichelt über meinen Venushügel. »Das warst du vorher nicht.«

»Du hast das Outfit gesehen, das ich anhatte. Ich dachte, dass es besser wäre, alles zu entfernen, wegen des Lichts und so. Auf der Bühne meine ich.«

Sein Kiefer zuckt.

»Hast du es rasiert oder warst du beim Waxing?«

»Ich habe es rasiert«, antworte ich und wundere mich, dass es so schwierig ist, diese paar Worte über die Lippen zu bekommen, aber irgendwie bin ich ein wenig atemlos und mein Herz pocht schneller als gewöhnlich.

»Nächstes Mal wirst du mich das machen lassen«, sagt er und erforscht mich weiter mit seinem Daumen.

»Warum? Habe ich eine Stelle vergessen?« Ich versuche, meine Oberschenkel zusammenzupressen, aber er ist zwischen ihnen und seine Schultern sind verdammt breit, daher ist mein Versuch zum Scheitern verurteilt.

»Nein.« Mit seinem anderen Daumen spreizt er meine Schamlippen auseinander – und dann leckt er mich und – oh mein Gott. Stöhnend lasse ich den Kopf zurückfallen und drücke die Oberschenkel wieder fester zusammen.

»Warum möchtest du es dann?«

»Weil es mich anmachen wird. Deine süßen Beine auseinanderzuspreizen. Rasiercreme auf dir zu verteilen. Mit einem Rasierer vorsichtig jeden Zentimeter deiner Pussy entlangzufahren, während du von Kopf bis Fuß errötest.«

Er leckt mich erneut, fährt mit seiner Zunge einmal langsam von unten nach oben und saugt schließlich meine Klit zwischen seine Lippen. Ich kralle mich am Bettüberwurf fest und versuche, ihm nicht mein Becken ins Gesicht zu drücken. Heiliger, ich weiß nicht, wie sich das anfühlen soll, aber – oh mein Gott. Seine Zunge ist so verdammt warm und weich und seine Bartstoppeln kratzen wieder leicht über meine Haut – diese Mischung aus Empfindungen stellt allerlei Dinge mit mir an.

»Ich werde mir dabei Zeit lassen«, fährt er fort, presst seine Nase gegen die Innenseite meines Oberschenkels und küsst sich einen Weg zurück zu meinem Lustzentrum. »Ich werde hier und da verweilen und jeden Zentimeter von dir erforschen. Ich werde dafür sorgen, dass du dich nie wieder selbst rasieren können wirst, ohne von der Erinnerung daran erregt zu werden, wie ich das für dich getan habe.«

Ich kann ihm nicht antworten, da ich viel zu heftig atme. Mit gefällt diese Vorstellung verdammt gut.

»Mein gutes Mädchen hat eine sehr feuchte Pussy, nicht wahr? Möchtest du, dass ich damit spiele? Mir die Finger feucht machen lassen?«

Ja. Oh Gott, ja.

Er umkreist mit dem Finger immer wieder meinen Eingang, dann schnippt er leicht gegen meine Klit, was mich fast zum Kommen bringt. Das wiederholt er wieder und wieder. Als er schließlich mit einem Finger in mich eindringt, bin ich mehr als feucht genug. Das Gefühl ist dennoch fremd für mich und ich verspanne mich. Die Hände in der Tagesdecke vergraben, verkrampft mein ganzer Körper, aber ganz besonders dort, wo sein Finger ist. Rhys hört dennoch nicht auf, sondern saugt an meiner Klit, bis ich mich wieder entspanne, ehe er mich mit magischen Streicheleinheiten zum Orgasmus bringt. Ich kann spüren, wie sich die Muskeln in meinem Inneren zusammenziehen. Oh Heiliger, auf diese Weise fühlt sich ein Orgasmus so viel anders an. Ich will mehr. Ich will *ihn*. Ich fühle mich leer und schmerzlich unausgefüllt, als er seinen Finger zurückzieht.

Rhys stellt mich auf die Füße und küsst mich. Er schmeckt nach mir, was sich verdorben und schockierend zugleich anfühlt, und mich irgendwie seltsam erregt. Er öffnet den Verschluss meines BHs. Die Träger rutschen meine Arme hinab, bis er schließlich zu Boden fällt und ich nackt bin. Nackt in Rhys' Gegenwart. Das ist der beste Tag meines Lebens, bis auf die Tatsache, dass er nicht nackt ist.

»Du bist noch immer angezogen. Soll ich ...«, ich deute auf sein Hemd, »... soll ich oder ist das deine Aufgabe? Oder behältst du deine Klamotten lieber an, während wir Sex haben?«

Er lacht. Seine Augen leuchten amüsiert auf, während er sich das Hemd aufknöpft und es sich auszieht. »Nein, ich werde es dir nicht angezogen besorgen, Lydia.«

»Oh, Gott sei Dank. Ich wollte dich nämlich schon lang nackt sehen. Wirklich lang. Seit Wochen. Seit dem ersten Abend in der Bar. Darf ich ...?« Meine Finger schweben über dem Bund seiner Hose, bereit, sie aufzuknöpfen und den Reißverschluss runterzuziehen, aber dafür brauche ich seine Erlaubnis.

»Nur zu«, sagt er und ich mache mich an die Arbeit.

Es ist schwieriger, das bei jemand anderem zu machen, aber ich schaffe es. Ich hätte es auch geschafft, wenn es sich um ein Puzzle mit tausend Teilen gehandelt hätte statt um einen simplen Reißverschluss und einen Knopf. Ich will ihn unbedingt nackt vor mir haben.

Seine Hose fällt zu Boden, dann folgen seine Boxershorts.

Rhys ist wunderschön. Von Kopf bis Fuß. Ich könnte die ganze Nacht, einen Monat oder auch für immer damit verbringen, ihn anzusehen. Aber ich habe nicht für immer Zeit. Nicht mal die ganze Nacht, weil Rhys wegen seines Zeitplans besorgt ist, daher nehme ich so schnell wie möglich so viel von seinem Anblick in mich auf, wie ich kann.

Heilige Scheiße, endlich weiß ich, wie Rhys Dalton nackt aussieht. Seine Brust ist von wenigen Haaren bedeckt, er hat definierte Bauchmuskeln und einen flachen Bauch. Außerdem zieht sich eine Spur von Haaren von seinem Bauchnabel hinunter bis zu seinem Schwanz und auf der linken Hüfte hat er ein Muttermal. Ich schicke ein stummes Stoßgebet gen Himmel, dass ich einen guten Blick auf seinen Hintern erwische, ehe das hier vorbei ist. Ich muss unbedingt wissen, wie er unter diesen Anzughosen aussieht, die er täglich trägt. Allerdings drängt er mich viel zu schnell zurück aufs Bett.

Nun ist es so weit.

Ich habe Sex.

Nur, dass genau das nicht passiert.

19. Kapitel

Lydia

Stattdessen verbringt er eine Ewigkeit damit, mich zu küssen. Zu küssen und zu liebkosen. Meinen Hals, meine Brüste, meine Hüften, meine Oberschenkel. Süße Streicheleinheiten, sanfte Berührungen, bis er sich meinen Körper hinuntergearbeitet und sich wieder zwischen meinen Beinen positioniert hat. Dann bearbeitet er mich erneut mit Zunge und Fingern, und dringt mit einem zweiten Finger in mich ein. Es fühlt sich verdammt eng an. Ich habe gesehen, dass er eindeutig größer als zwei Finger ist. Ich bin nicht sicher, wie das funktionieren soll. »Du bist wirklich gut mit der Zunge«, murmle ich, nachdem ich ein zweites Mal gekommen bin und Rhys einen Kuss auf die Innenseite meines Oberschenkels haucht.

»Hat dich schon mal jemand oral befriedigt, Lydia?«

»Nein. Habe ich etwas falsch gemacht?« Komme ich zu schnell? Zu langsam? Zu laut? Zu leise? Sorge nagt an mir. Ich frage mich, ob andere Frauen besser in dieser Sache sind als ich, was irgendwie dumm ist. Allerdings habe ich keine Vergleichsmöglichkeiten.

Dann spüre ich an meinem Bein, wie Rhys lächelt, was einerseits seltsam, andererseits aber auch sehr schön ist. »Du bist perfekt«, sagt er, haucht einen weiteren Kuss auf meinen Oberschenkel und zieht dabei mit seinen Lippen eine heiße Spur über meine Haut. Das Kratzen seiner Bartstoppel hat einen bizarren Effekt auf mich und meinen Körper.

Rhys platziert einen weiteren Kuss direkt unterhalb meines Bauchnabels und sagt mir erneut, dass ich perfekt sei. Langsam glaube ich ihm. Dass sich sein Schwanz hart gegen mein Bein presst, hilft mir dabei. Auch überall sonst ist er hart. Sein Körper ist so muskulös, straff und warm und fühlt sich perfekt auf meinem an.

Er arbeitet sich wieder meinen Körper hoch, küssend und

streichelnd, und lässt mich so erwartungsvoll zurück, wie es ein ganzer Freizeitpark voller Achterbahnen niemals könnte. Als er mich erneut küsst, während unsere Beine miteinander verschlungen sind und ich seine Erektion an meinem Bauch spüre, möchte ich ihn ebenfalls berühren. »Sag mir, was ich machen soll«, bitte ich ihn und reibe mit den Händen seine Arme rauf und runter.

»Mach alles, was du möchtest«, antwortet er, ehe er mir einen weiteren zärtlichen Kuss auf den Mund gibt.

Er ist mir so nah, dass ich die kleinen Fältchen um seine Augen erkennen und seinen Puls an seinem Hals schlagen sehen kann. Ich zeichne mit dem Finger die Kontur seiner Augenbraue nach, einfach nur, weil ich es kann und er hier bei mir im Bett ist, ehe ich mit der Hand zwischen uns schlüpfe und seine Erektion entlangstreichle. Seine Lider flattern zu und sein Kiefer spannt sich an, außerdem entweicht ihm ein kleines Aufkeuchen, als ich ihn berühre, was mich ermutigt, weiterzumachen. Ich umfasse ihn mit meiner Hand – so gut ich kann – und bewege sie auf und ab. Sein Schwanz fühlt sich unglaublich lang und dick an, was meine Sorge verstärkt, wie er in mich hineinpassen soll. Gleichzeitig sehne ich mich aber auch danach. Ich bin unglaublich feucht und erregt, verzweifelt und begierig. Und ziemlich nervös.

»Mache ich das richtig?« Ich streichle ihn langsam, aber mit festem Druck. Mich fasziniert die Spitze, dort, wo sich die Haut ein bisschen glatter und weicher anfühlt. Der schmale Schlitz, der Lusttropfen, der daraus hervordringt und den ich zwischen meinen Fingern zerreibe, ehe ich ihn dazu nutze, seine Eichel zu massieren.

»Perfekt«, flüstert Rhys.

Ich sehe ihn verstohlen an, dann beuge ich mich vor, um ihm einen Kuss auf die Brust zu drücken. »Soll ich auch meinen Mund benutzen?«

»Fuck, nein«, sagt er und sein Schwanz zuckt in meiner Hand.

Oh. Ich halte inne, unsicher, bis er seine Hand auf meine legt und den Druck verstärkt, die rotierenden Bewegungen fortsetzt. Noch fester zudrückt, einen noch schnelleren Rhythmus vorgibt.

»Nicht jetzt. Sonst jederzeit, aber nicht in diesem Moment.«

»Okay.« Ich lächle Rhys an. Wenn ich ehrlich sein soll, ist es mir im Augenblick lieber, ihn nicht mit dem Mund zu verwöhnen. Ich möchte, dass wir zum nächsten Schritt übergehen.

Und dieses Mal macht er das auch.

Er spreizt meine Beine und kniet sich dazwischen, ehe er mir ein Kissen unters Becken schiebt.

Oh Gott, es passiert wirklich. Meine Brust hebt und senkt sich heftig unter meinen Atemzügen. Rhys streichelt über die Innenseiten meiner Oberschenkel, dann positioniert er sich an meinem Eingang. Ich kann die Spitze seines Schwanzes spüren und sie dank meiner Position auch sehen. Ich kneife die Augen zu und halte den Atem an, als Rhys ein Geräusch ausstößt – eine Mischung aus einem Lachen und einem Ausatmen.

»Entspann dich, Lydia.«

»Ja, okay.« Ich lasse die Luft aus meiner Lunge entweichen und bewege mein Becken auf dem Kissen hin und her. Ich bin entspannt.

Rhys lässt seinen Schwanz gegen meine Pussy schnellen, wie einen Klaps. Was mir gefällt. Meine inneren Muskeln krampfen sich zusammen, was wiederum ihm zu gefallen scheint, da er stöhnt, den Blick auf die Stelle gerichtet, an der wir gleich eins werden. Noch einmal streichelt er mir beruhigend über die Oberschenkel, ehe er meine Klit mit dem Daumen umkreist, was sich wahnsinnig gut anfühlt. Das wunderbare Gefühl hält an, bis er die Spitze seiner Männlichkeit in mich hineinschiebt. Ich verspanne mich wieder und halte den Atem an.

»Entspann dich, Lydia«, wiederholt Rhys, sein Kiefer und die Muskeln im Nacken sind angespannt.

Die Sache ist, dass ich das hier möchte. Wirklich. Aber ich habe mich noch niemals mit Absicht Schmerzen ausgesetzt, sehe aber keinen Weg daran vorbei.

Rhys schiebt die Spitze seines Schwanzes immer wieder in

mich hinein. Ich bin so feucht und bereit, und es tut kein bisschen weh. Stattdessen möchte ich mehr, doch als er ein Stück weiter in mich eindringt, verkrampfe ich mich erneut. Himmel, ich bin die schlechteste Prostituierte in der Geschichte des bezahlten Sex. »Es ...« *Es tut mir leid*, möchte ich sagen, aber so weit komme ich gar nicht, denn Rhys kneift mir äußerst unsanft in die Innenseite meines Oberschenkels. Dabei scheinen sich all meinen Nervenenden nur auf diese eine Stelle zu konzentrieren. In diesem Moment der Ablenkung stößt er mit einer schnellen Bewegung in mich hinein. Abgelenkt oder nicht, es tut weh. Als würde ich auseinandergerissen werden.

Angespannt verharrt Rhys über mir, ohne sich zu bewegen, schwer atmend, darauf wartend, dass ich etwas mache, nehme ich an. Ich bin allerdings nicht sicher, was und wie ich mich fühle. Ich glaube, dass ich gleich weinen werde, daher bedecke ich mein Gesicht mit den Händen.

Er lehnt sich über mich und stützt sich auf seinen Ellenbogen ab. Die Bewegung verändert den Winkel meiner Hüften und das Empfinden, wie er sich in mir anfühlt und – oh Gott, ist das besser oder schlimmer? Ich bin mir nicht sicher.

Rhys nimmt meine Hände weg und küsst meine Schläfe. »Geht es dir gut?«

»Ich weiß es nicht.« Vielleicht.

»Tue ich dir weh?«

»Ja!« Was denn sonst?

»Fuck.« Er beginnt, sich zu bewegen und sich von mir loszumachen, aus mir herauszugleiten.

»Nein!« Ich schlinge beide Arme um seinen Nacken und ziehe ihn wieder an mich. »Geh nicht weg. Der Schmerz ist normal. Glaube ich. Ich habe keine Ahnung.«

Seine Lippen verziehen sich zu einem Lächeln, doch die Züge um seine Augen sind nicht entspannt, als täte es im körperlich weh, sich so langsam heranzutasten, stillzuhalten. »Sag mir, wie es sich anfühlt.«

»Wie es sich anfühlt? Jetzt, in diesem Moment?«

»Ja. Bitte«, fügt er hinzu. Es ist sowohl eine Anweisung als auch eine Bitte. Er küsst mein Kinn und die Bewegung verursacht wieder eine kleine Positionsveränderung und eine neue Empfindung, an die ich mich gewöhnen muss.

»Wie es sich anfühlt, dich in mir zu haben?« Ich werde rot, als ich das sage. Als die Worte meinen Mund verlassen, kann ich förmlich die Hitze auf meinem Gesicht spüren.

»Ja, genau das. Sag es mir.«

»Als würdest du mich zerreißen, aber auch so, als würde es mir möglicherweise gefallen.«

Er wirkt fasziniert von meiner Antwort. Sein intensiver Blick flackert über mein Gesicht.

»Ich fühle mich ausgefüllt«, füge ich hinzu. »Heiß und eng. Es ist ein bisschen so, als würde man sich nach einem langen Lauf dehnen. Es tut ein bisschen weh und zugleich fühlt es sich auch gut an. Sehr angenehm, als könnte ich mir nicht mehr vorstellen, jemals ohne dieses Gefühl gelebt zu haben.« Ich wandere mit den Händen zu seinen Hüften. Streichle über seine Haut und packe seinen Hintern, während ich mich unter ihm bewege und feststelle, dass der Schmerz abgeklungen ist. Er ist jetzt nur noch ein dumpfes Echo, während ich gleichzeitig ein begieriges Verlangen spüre. Als würde ich vielleicht mehr wollen.

»Was noch?«, drängt Rhys und küsst meinen Mundwinkel. Er streicht nur sanft mit den Lippen darüber, aber es macht mich unglaublich an.

»Es fühlt sich wie ein Druck an. Als würde der ganze Druck dort immer mehr werden oder pulsieren. Kann ich pulsieren sagen? Vielleicht möchte ich, dass du dich bewegst?« Letzteres sage ich halb fragend, halb bestätigend, da ich mir nicht sicher bin. »Nicht von mir runter!«, ergänze ich und packe seine Hüften fester, in der Angst, dass ich ihm gerade einen schlechten Hinweis gegeben habe. »Nicht von mir runter, sondern in mir.« Ich wölbe ihm, so gut ich das in meiner Position unter ihm kann, mein Becken entgegen.

Rhys hält meinen Kopf fest, küsst mich – ein langer, feuchter Kuss mit viel Zunge und kleinen Bissen entlang meiner Unterlippe –, dann positioniert er mich wieder so, dass er zwischen meinen gespreizten Oberschenkeln kniet und meine Beine über seinen Armen liegen.

Ich kann aus diesem Winkel die Stelle sehen, an der wir miteinander verbunden sind. Mein Becken reckt sich ihm entgegen und meine Hände habe ich wieder in der Decke vergraben.

Rhys zieht sich aus mir zurück und ich spüre diesen Verlust sofort. Sein langsames Hinausgleiten aus meinem Körper, das zu einer seltsamen Leere wird. Er hält inne, nur noch die Spitze seines Schwanzes ist in mir. Dann dringt er wieder in mich ein. Er wiederholt die Bewegung, zieht sich langsam aus mir heraus und gleitet dann wieder tief in mich hinein, was mich zu der Entscheidung bringt, dass ich Sex wirklich mag.

»Gutes Mädchen«, lobt er mich, als ich seinen Stößen mit meinem Becken entgegenkomme.

Seine Worte höre ich fast genauso gern, wie ich Sex zu mögen glaube. Positive Verstärkung bewirkt Wunder bei mir und ein gutes Mädchen genannt zu werden, während sein Schwanz in mir ist, ist diesbezüglich ein verdorbener kleiner Twist, der, wie ich finde, prima zu mir passt.

»Ich bin froh, dass du derjenige bist«, sage ich zärtlich. »Ich bin froh, dass ich das hier mit dir erleben darf.«

Rhys schließt für einen Moment die Augen und schluckt heftig. Ein Schweißtropfen rinnt seine Brust hinab und ich spanne probeweise meine inneren Muskeln an, was alles noch viel enger macht und den Druck und diese Hitze ebenfalls erhöht.

»Das ist gut«, sagt er stöhnend und öffnet die Augen, sein Blick ist verschleiert. Dann lehnt er sich weiter über mich, stützt sich mit einer Hand ab und nutzt die andere, um mein Knie in Richtung meiner Brust zu beugen.

Die Position fühlt sich anders an, aber ich habe keine Zeit, um darüber nachzudenken oder mich darauf einzustellen, da er sich nun schneller bewegt. Schnell und tief. Meine Brüste wippen auf und ab, und das Geräusch von Haut auf Haut echot durch den Raum. Hinter den Fenstern blitzen und blinken die Lichter des Strips und ich habe das Gefühl, dass auch ich gleich in einem Meer aus Licht versinken werde. Ich bin so kurz davor, zu kommen.

Rhys krümmt mein Bein noch mehr, sodass mein Knie praktisch auf Höhe meiner Ohren ist und oh mein Gott, so fühlt er sich in mir noch tiefer, härter und größer an. Plötzlich spüre ich wieder seinen Daumen auf meiner Klitoris. Oh ja, ein ganz klares *Ja*, ich mag Sex. Ich biege den Rücken durch und bohre meine Finger in Rhys' Unterarme, während er mir wieder zuflüstert, dass ich ein gutes Mädchen bin. All der Druck und all die Spannung entzünden sich, meine Beine verkrampfen sich und ich komme. Alles ist so eng und heiß und ich schließe meine Augen, ehe ich aufschreie.

Rhys stöhnt ebenfalls, als ich mich um ihn zusammenziehe, und hält kurz inne, ehe er mich mit kurzen Stößen nimmt und ebenfalls zum Orgasmus kommt. All die Anspannung verschwindet aus seinem Kiefer und er ist so wunderschön anzusehen. Ich kann nicht glauben, dass ich das hier mit ihm teilen darf.

»Es fühlte sich wie eine Welle an«, sage ich, als er schwer atmend auf mir liegt. »Wie eine warme, intensive Welle oder vielleicht auch wie der beste Teil einer Achterbahnfahrt oder Fliegen.« Ich streichle Rhys über den Rücken, erforsche jede Kontur mit meinen Fingerspitzen und fahre mit den Nägeln leicht über seine Haut. »Wenn du in mir bist, fühlt sich das Kommen anders an. Anders, als wenn du deine Finger oder deine Zunge benutzt. Außerdem feucht. Wahrscheinlich, weil du in mir gekommen bist. Es fühlt sich auch ein wenig schmutzig an, aber eher im Sinne eines Durcheinanders nach einer guten Party, das du noch nicht sofort beseitigen möchtest.« Er schweigt, nur sein Atem ist zu hören. »Entschuldige, ich bin nicht gut, was Dirty Talk angeht.«

»Versuchst du, mich umzubringen?« Er keucht die Frage in mein Ohr.

»Nein.« Ich schüttle den Kopf. »Natürlich will ich das nicht.«

Er zieht sich aus mir zurück und ich empfinde sofort ein Gefühl der Leere. Außerdem fühle ich mich wund, entblößt und verletzlich. Rhys steht auf und geht durch eine offene Tür ins Badezimmer, wo er das Licht einschaltet. Sein Hintern ist perfekt, genau so, wie ich es mir gedacht habe. Fest und muskulös und mit einem kleinen Grübchen, das ich nächstes Mal näher erforschen muss.

Ich setze mich auf, unsicher, was ich jetzt tun soll. Soll ich gehen? Dafür hat er mich doch schließlich bezahlt, oder? Damit ich verschwinde, sobald er fertig ist. Darf ich vorweg noch das Badezimmer benutzen? Normalerweise verschwinden seine Frauen wahrscheinlich ruckzuck, nicht wahr? Ich entdecke meine Tasche auf einem Sessel auf der anderen Seite des Raums, also stehe ich auf und zucke dabei vor Schmerz zusammen. Ja, das werde ich morgen noch spüren. Ich nehme ein T-Shirt aus meiner Tasche, als Rhys zurückkommt.

»Was machst du da?«

»Ich dachte, das wäre jetzt der Teil, wo du mir auf den Arsch haust und zu mir sagst: *Es ist an der Zeit zu gehen, Süße.*«

»Setz dich hin«, sagt er und nickt in Richtung des Betts. Er sieht nicht sonderlich erheitert von meiner Einschätzung aus, wie die Nacht zu Ende gehen wird, also lasse ich das T-Shirt wieder in die Tasche fallen und kehre ins Bett zurück. In dem Moment realisiere ich, dass ich soeben meine Jungfräulichkeit auf einem weichen weißen Bettbezug verloren habe und es für die Decke nun zu spät ist. Ich schäme mich unglaublich. Fünfhunderttausend Dollar und ich ruiniere seine Bettwäsche.

Ich bin eine wirklich furchtbare, furchtbare Prostituierte.

Ich beginne, den Bettbezug abzuziehen, doch Rhys stoppt mich. »Was machst du da?«, fragt er wieder und legt mir eine Hand auf den Arm. Er wirkt verwirrt, weshalb ich mich frage, ob ich mich rational verhalte.

»Ich habe dein Bett ruiniert.«

»Lydia, wen kümmert das?«

Mich. Dieses ganze Apartment ist makellos und perfekt, und ich bin wie ein kleines schmuddeliges Hündchen aus dem Tierheim.

»Ich werde das Housekeeping anrufen und sie neues Bettzeug hochschicken lassen«, sagt er sanft und lässt seine Hand meinen Arm hinabgleiten. »Geh duschen.«

»Wenn du sagst, dass du das Housekeeping anrufst, meinst du, dass du die Person an der Tür empfangen und im Anschluss dieses Bettzeug selbst entsorgen wirst, und nicht, dass du es jemandem in die Hand drücken wirst, dem ich am Montag in der Angestelltencafeteria begegnen werde, oder?«

»Ich kümmere mich darum.«

»Okay.« Ich nicke ein paarmal, dann schiebt mich Rhys sanft in Richtung des Badezimmers, also gehe ich. Ich nehme eine obszön lange Dusche und denke über meine Gefühle nach, während ich sein Shampoo und sein Duschgel benutze, denn das ist alles, was er in der Dusche hat.

Als ich ins Schlafzimmer zurückkomme, sitzt Rhys auf dem Bett, den Rücken ans Kopfende gelehnt und einen Laptop auf dem Schoß. Das ganze Apartment ist dunkel, bis auf das Licht einer Nachttischlampe und das seines Laptops. Der Ausblick auf den Strip wird jetzt von einem verdunkelnden Rollladen-System ausgeblendet. Das Bettzeug wurde gewechselt, glatt gezogen und aufgeschüttelt. Ich frage mich, ob er normalerweise selbst sein Bett macht oder ob das Housekeeping jeden Tag kommt.

Da ich nicht daran gedacht habe, irgendetwas anderes mit ins Badezimmer zu nehmen, habe ich nicht mehr als ein Handtuch am Leib, dessen Ecken ich fester als nötig umklammere. Immerhin hat mich Rhys bereits nackt gesehenen.

Er trägt eine Schlafanzughose aus Baumwolle, hat die Beine ausgestreckt und obenrum ist er nackt. Er sieht nicht so als, als habe er vor, mich nach Hause zu fahren, aber das ist ja auch nicht sein Job, richtig?

»Soll ich mir ein Uber rufen?«, frage ich und bewege mich langsam auf meine Tasche zu.

»Was?« Er sieht von seinem Laptop auf, seine Miene drückt Verwirrung aus.

»Ein Uber«, wiederhole ich. »Oder ein Taxi?«

»Du kannst bleiben«, sagt er und deutet mit dem Kopf auf die Bettseite neben sich.

»Was soll ich anziehen?«, frage ich, öffne meine Tasche und hole das weiße Negligé hervor, das ich vorhin auf der Bühne getragen habe. »Ist dir das hier recht?« Ich bemerke, dass meine Klamotten vom Boden aufgehoben, zusammengefaltet und über den Stuhl gehängt wurden, auf dem meine Tasche steht.

»Nein«, antwortet er. »Nicht das.« Ich glaube, ich gehe ihm auf die Nerven. »Was trägst du normalerweise im Bett?«

Pyjamas aus alten Betttüchern, denke ich im Stillen. Nichts, was er sehen wollen würde. »Ich habe nichts dabei, was ich normalweise zum Schlafen anziehen würde«, sage ich stattdessen, das Negligé noch immer in der Hand. Sein Blick wandert kurz dorthin, dann wieder zurück zu seinem Laptop.

»Nimm ein Shirt aus der mittleren Schublade«, erwidert er und ist dabei schon wieder am Tippen.

In der mittleren Schublade ist, wie ich herausfinde, das Nirvana weicher T-Shirts. Ich wähle ein blaues und schlüpfe ins Badezimmer zurück, weil ich ein Verlangen nach Privatsphäre verspüre, das völlig fehl am Platz ist.

Dann krabble ich unter die Bettdecke, meine Lider bereits schwer vor Müdigkeit. Wahrscheinlich werde ich in wenigen Minuten eingeschlafen sein, was ziemlich schwach ist, da ich in Rhys' Bett schlafe und diese Erfahrung auskosten sollte. Aber ich habe heute jede Menge getan und Rhys arbeitet, von daher nehme ich nicht an, dass er kuscheln möchte oder etwas dergleichen.

Ich bin schon dabei, unter den seltsam beruhigenden Tippgeräuschen wegzudösen, die Rhys auf der Tastatur seines Laptops macht, als mir noch etwas einfällt. »Sorry, dass es etwa zehn Minuten länger als sieben Minuten gedauert hat«, sage ich zu ihm und dann bin ich weg.

20. Kapitel

Rhys

Als ich aufwache, habe ich eine Mörderlatte und Lydias Arsch presst sich an meinen Schwanz. Meinen Arm habe ich um ihre Taille geschlungen und wir liegen in Löffelchenstellung aneinandergekuschelt da.

Fuck.

Ich rolle mich auf den Rücken, angewidert von mir selbst.

Aus so vielen verschiedenen Gründen.

Gott, ihr Blick gestern Abend, als sie die Decke gesehen hat. Als würde ich mich um die Bettwäsche scheren. Verdammte Jungfrauen.

Ich habe zuvor noch nie mit einer Jungfrau geschlafen. Ich war noch nie der Erste für eine Frau und ich frage mich, ob das ein Fehler war. Ein verfluchter Riesenfehler. Ich reibe mir mit den Händen übers Gesicht und starre an die Decke. Sie ist das einzig Perfekte hier in meinem Apartment und sie macht sich Sorgen, dass sie meine Bettwäsche ruiniert haben könnte? Scheiß auf die Bettwäsche. Die Einzige, die in diesem Apartment ruiniert werden wird, ist sie, weil ich ein verdorbenes Arschloch bin, das für eine Jungfrau bezahlt hat.

Die Erinnerung an ihre Unschuld lässt mich schmerzlich hart werden. Diese süße Röte auf ihren Wangen. Heiliger. Sollte mich das anmachen? Denn das tut es. Ihr die Unschuld zu rauben, hat mich angemacht. Zu wissen, dass das hier alles neu für sie ist. Ihre zaghaften Finger, die um Anleitung gebettelt haben. Ihre Bitte, ihr alles beizubringen.

Gott möge mir beistehen.

Mir fallen hundert verschiedene Dinge ein, die ich ihr gern beibringen würde, denn die Wahrheit ist, ich bin die Hure von uns beiden hier, nicht sie.

Warum hat sie sich selbst verkauft?

Ich nehme an, Leute machen für Geld alles. Vielleicht kann

ich das nicht nachvollziehen, da es mir nie daran gefehlt hat. Ich wurde praktisch damit geboren und habe mir immer mehr davon verdient. Ich musste niemals harte Entscheidungen fällen, um es zu bekommen. Ich hatte es nie nötig. Lydia schon? Ich drehe meinen Kopf und sehe ihr beim Schlafen zu. Ihr Haar riecht nach meinem Shampoo.

Wie viele Frauen haben mich wegen meines Geldes gewollt? Genug von ihnen, dass sich, für Sex zu bezahlen, wie der ehrlichste Weg anfühlte, eine Beziehung zu betreiben. Was auch der Grund ist, weshalb ich jetzt hier bin, nicht wahr?

Was zur Hölle soll ich dreißig Tage lang mit ihr machen? Ich dachte, dieses Arrangement wäre für eine Nacht, dann hat mir Vince gesagt, ich solle sie in dreißig Tagen zurückbringen, als wäre sie ein Mietwagen. Sie wohin zurückbringen? Sie hat einen Job, einen richtigen Job, bei mir im *Windsor*. Plant sie, diesen Nebenjob nach mir weiter auszuführen? Einen anderen ... Kunden anzunehmen? Ist ihr Anteil an den Fünfhunderttausend nicht genug für das, was auch immer sie braucht?

Verficktes Geld.

Canon muss sie für mich durchleuchten und herausfinden, was für Schulden sie hat. Es kann sich wohl kaum um unüberwindbare Summen handeln. Wenn die Fünfhunderttausend nicht ausreichen, um sie zu tilgen, werde ich den Rest abbezahlen. Außer – das ist verrückt. Sie gehört nicht zu mir und es ist nicht meine Aufgabe, mich um sie zu kümmern. Ich habe sie nur für eine begrenzte Zeit. Diese ganze Sache zwischen uns ist nur vorübergehend. Dennoch bin ich neugierig.

Ich frage mich, wie hoch ihr Anteil ist.

Wie viel mehr sie noch braucht.

Ob es zu früh ist, sie erneut zu ficken.

Wahrscheinlich schon. Sie ist vermutlich wund. Nehme ich an? Zur Hölle mit diesen verdammten Jungfrauen. Warum habe ich sie gebeten, mir zu sagen, wie es sich anfühlt? Ich werde mich den Rest meines Lebens damit quälen, es mir wieder und wieder vor Augen zu führen.

Als würdest du mich zerreißen, aber auch so, als würde es mir möglich-

erweise gefallen. Ich bin froh, dass ich das hier mit dir erleben darf. Entschuldige, ich bin nicht gut, was Dirty Talk angeht.

Jesus. Christus.

Ich muss von ihr wegkommen. Also werfe ich die Bettdecke beiseite, in der Absicht, mich im Fitnesscenter des Hotels zu verausgaben, bis ich genug Dampf abgelassen habe, um mich davon abzuhalten, wie ein Tier über Lydia herzufallen. In weniger als sieben Minuten bin ich angezogen, aus der Tür und auf dem Laufband im Fitnesscenter – einer der Vorteile, wenn man in einem Hotel lebt. Im Fitnesscenter ist es bei meiner Ankunft absolut leer, was es wahrscheinlich auch bleiben wird, da das Hotel noch nicht geöffnet hat und aktuell weniger als zwanzig Angestellte hier leben – und ich erwarte hier keinen von denen so früh an einem Sonntagmorgen.

Nachdem ich ein Laufband ausgewählt habe, laufe ich, bis ich schweißbedeckt bin, und steigere dabei stetig das Gefälle und die Geschwindigkeit. Ein jämmerlicher Versuch, meinen Körper zu erschöpfen, um einen klaren Kopf zu bekommen.

Dreißig Tage.

Wann habe ich das letzte Mal einen Monat lang mit ein und derselben Frau geschlafen? Das ist eine rhetorische Frage, da ich ganz genau weiß, wann das letzte Mal war – und das war nicht erst vor kurzem. Mir ist bewusst, dass mein Sexleben zu einem vielfältigen Fließband geworden ist. Ich weiß, dass ich nahezu jede Frau ficken konnte, die ich ficken wollte – und ich wollte.

Lydia hat letzte Nacht angenommen, dass sie gehen sollte. Bisher ist noch keine einzige Frau über Nacht geblieben, seit ich nach Vegas gezogen bin, daher hat sie mit ihrer Annahme, dass ich wollte, dass sie sich vom Acker macht, durchaus richtig gelegen. Es hat mich maßlos irritiert, dass ich gleichzeitig jedoch auch wollte, dass sie dableibt. Dieser Zwiespalt hat mich erst recht wahnsinnig gemacht.

Ich laufe weiter und mache dabei nichts anderes, als den stetig steigenden Stand der gelaufenen Kilometer auf dem Smartscreen des Laufbands zu beobachten und die kommende

Woche in meinem Kopf durchzugehen. Gedanklich hake ich meine To-do-Liste ab und suche nach Dingen, die ich möglicherweise vergessen habe. Begrenzungen, Genehmigungen, Personal, Entertainment, Essen, Spirituosen. Elektrizität. Ich musste letzte Woche ein Meeting über die verdammte Elektrizität über mich ergehen lassen, weil ich über den Notfallplan für einen potenziellen Stromausfall auf den aktuellsten Stand gebracht werden musste. Für den Fall, dass zwei voneinander getrennte Backup-Systeme ebenfalls nicht funktionieren sollten, haben wir einen Notfallplan. Und habe ich diesen verfluchten Plan auch nur rudimentär verstanden, sollte er jemals ausgeführt werden müssen?

Jetzt auf jeden Fall.

Ich beobachte, wie ein weiterer Kilometer in Zehn-Meter-Schritten verstreicht.

Ich bin derjenige, der hier das Sagen hat, rufe ich mir in Erinnerung. Es ist ja nicht so, dass ich sie für die ganzen dreißig Tage behalten muss. Ich könnte die ganze Sache heute beenden, wenn ich wollte – diesen Gedanken verbanne ich, sobald er mir in den Kopf gekommen ist. Als ob ich sie nicht noch einmal ficken würde. Also bitte. Ich werde heute erneut mit ihr schlafen, wahrscheinlich mehrere Male. Entscheidend bei der ganzen Sache ist, dass ich sie während unseres Monats so viel oder so wenig sehen kann, wie ich möchte. Ich bin derjenige, der Geld für diese Sache hingelegt hat. Ich habe hier die Kontrolle. Ich werde sie heute nach Hause schicken. Später irgendwann. Wenn ich sie erneut in meinem Bett haben will, werde ich sie bitten, sich nach der Arbeit mit mir in meiner Suite zu treffen – und ich sollte mir deswegen nicht den kleinsten Gedanken machen, da ich dafür bezahlt habe, ihre Zeit und ihren Körper meinem Terminkalender entsprechend in Anspruch nehmen zu können.

Ich laufe noch zwei weitere Kilometer, bis ich erschöpft genug bin, um endlich nicht mehr an Lydia denken zu müssen – zumindest vor dem Mittagessen. Auf dem Weg zurück in meine Suite trockne ich mir das Gesicht ab. Als ich eintrete, sitzt sie angezogen auf dem Sofa und spielt an ihren Daumen herum. Ernsthaft, sie sitzt einfach nur da und dreht ihre Daumen hin und her. Kein Handy. Kein Fernsehen. Sie sitzt einfach nur da. Ihre Tasche steht neben ihr auf dem Sofa, fertig gepackt und geschlossen, als sei sie bereit, jederzeit zu gehen. Das ist alles verdammt seltsam.

»Was machst du da?«

Ich habe eine nahezu ungenutzte, aber voll ausgestattete Küche in meiner Suite, wobei sich im Kühlschrank hauptsächlich Getränke befinden. Sie ist zum Wohnzimmer hin offen, also betrete ich den Küchenbereich und hole mir eine Flasche kaltes Wasser aus dem Kühlschrank, ehe ich mich gegen die Anrichte lehne und Lydia beobachte, während ich die halbe Flasche in nur einem Zug leere.

Sie lässt ihre Hände sinken und wischt sie an ihrer Hose ab, bevor sie antwortet: »Ich war mir nicht sicher, ob es in Ordnung gewesen wäre, zu gehen, oder eher nicht.«

Natürlich war sie sich nicht sicher. Da ich sie dafür bezahlt habe, hier zu sein, und ich außerdem ein Arsch war und ihr keine Nachricht hinterlassen habe, bevor ich ins Fitnesscenter gegangen bin. »Hast du lang gewartet?«

»Ähm, ein wenig.« Sie wippt mit den Beinen, bevor sie weiterspricht. Mache ich sie nervös oder ist es nur die Situation? »Mein Akku ist tot und ich habe das Ladegerät nicht hier. Wie dein Fernseher funktioniert, habe ich leider auch nicht herausgefunden. Das Programm hing bei irgendeinem Basketballspiel fest und ich habe nicht herausgefunden, wie man umschalten kann, also habe ich einfach gewartet«, beendet sie schließlich ihre Erklärung, wippt ein weiteres Mal mit den Beinen und reibt ihre Hände erneut an ihrer Jeans ab.

»Was machst du normalerweise an einem Sonntag?«, frage ich, weil ich auf einmal neugierig bin. Neugierig darauf, was sie tun würde, wenn ich kein Arsch wäre und sie nicht zu Tode gelangweilt in meinem Apartment auf mich gewartet hätte.

»Oh.« Sie blinzelt, scheinbar überrascht von der Frage. »Normale Sachen. Wäsche oder am Pool liegen. Ich würde mir einen Eiskaffee von *Del Taco* holen oder zu *Goodwill* fahren.«

»Was ist *Goodwill*?«

»Ein Laden.«

»Okay. Ich gehe duschen, dann fahren wir hin«, sage ich leichthin, als ich die leere Flasche in die Recyclingtonne werfe. Wenn ich mehr über sie lerne, kann ich vielleicht herausfinden, wofür sie ihr Geld ausgibt, und auf diese Weise durchschauen, was für eine Person sie ist. Vielleicht hat sie ja eine *Goodwill*-Karte mit einem hohen Saldo. Vielleicht kann ich auf diese Weise auch herausfinden, warum ich mir wegen ihr so viele Gedanken mache und warum ich so neugierig bin, was ihre Person betrifft. »Wir müssen ohnehin noch deine Sachen holen«, füge ich hinzu, da mir soeben eine noch viel bessere Idee gekommen ist.

»Was für Sachen?« Sie hört auf, mit den Beinen zu wippen, ihre Finger halten ebenfalls in der Bewegung inne.

»Deine Sache. Klamotten und so? Was auch immer du brauchst.«

»Wofür? Heute?« Sie hat die Brauen zusammengezogen, entweder besorgt oder verwirrt oder beides.

»Für einen Monat. Du bleibst hier.«

»Was?« Angesichts der Vorstellung, einen Monat bei mir zu leben, sieht sie etwas entsetzt aus, und ich kann nichts dagegen tun, gekränkt zu sein. Ich könnte mindestens zwanzig Stripperinnen aufzählen, die allzu gern einen Monat hier verbringen würden. Ich wäge diesen Gedanken ab, als Lydia bereits weiterspricht.

»Im Sinne von ganz hierbleiben? Also hier leben? Niemand hat etwas von ...«

»Du solltest wahrscheinlich das Kleingedruckte lesen, ehe du einen Pakt mit dem Teufel eingehst, Lydia«, unterbreche ich sie und klinge dabei schnippischer, als ich wollte. Ich schüttle den Kopf – ein wenig verärgert von mir, aber auch von ihr, obwohl das völlig unangebracht ist. Dann überbrücke ich die Distanz zwischen uns und schnappe mir die Fernbedienung.

Ich schalte den Fernseher an, wechsle aufs reguläre Kabelfernsehen und drücke Lydia die Fernbedienung in die Hand, mit der Info, dass ich in zwanzig Minuten wieder da bin. Ich könnte in sieben Minuten fertig sein, aber ich brauche etwas Extrazeit, denn nachdem ich gesehen habe, wie sie mit den Beinen wippt und sich nervös an der Jeans herumfummelt, bin ich schon wieder hart.

Als ich zurückkomme, hat sie es sich auf dem Sofa gemütlich gemacht, die Beine untergeschlagen und schaut eine Wohnsendung an. Als ich mich ihr nähere, wirft sie mir einen Blick zu und mustert mich auf eine sehr offensichtliche Art und Weise von Kopf bis Fuß. Es wirkt, als wäre sie sich dessen überhaupt nicht bewusst.

»Hast du einen DVR?«, fragt sie und wendet sich wieder der Sendung zu. »Ich möchte unbedingt sehen, wie diese Renovierung am Ende ausgegangen ist. Vielleicht könntest du diese Folge für mich aufnehmen?« Sie sieht mich aus großen grünen Augen an, die voller Optimismus und Hoffnung sind, dass ich diese eine kleine Sache für sie mache. Sie senkt das Kinn und schließt kurz die Augen, einen Hauch von Zweifel im Gesicht, ob sie möglicherweise um zu viel gebeten hat. Eine lose Haarsträhne fällt ihr über die Wange nach vorn und lässt sie viel zu echt wirken, um in meiner Nähe zu sein.

Ich nehme die Fernbedienung und richte eine Sendungsaufnahme ein.

Lydia steht auf und hängt sich ihre Tasche über die Schulter. Sie trägt ein T-Shirt mit der Aufschrift *Ich liebe Jesus und Tacos.*

Jesus, hilf mir mit diesem Mädchen, ist der erste Gedanke, der mir durch den Kopf schießt und mich die Mundwinkel zu einem Grinsen verziehen lässt. »Das hast du gekauft, um es auf dem Heimweg nach einer heißen Nacht zu tragen?«, frage ich und deute lachend mit dem Kopf auf ihr T-Shirt, ehe ich den Fernseher ausschalte und die Fernbedienung aufs Sofa werfe.

Sie sieht auf ihr T-Shirt hinunter, dann wieder zu mir. Ich habe mit meinen Worten dafür gesorgt, dass sie sich unwohl fühlt, das erkenne ich sofort. »Das wusste ich ja nicht.« Sie spielt an den Riemen ihrer Tasche herum. »Ich wusste ja nicht, ob ich bleiben oder – keine Ahnung. Ich wusste es nicht«, sagt sie leise.

Ich habe sie wegen eines T-Shirts verunsichert. *Super gemacht, Arschloch.*

»Es ist witzig«, stoße ich hervor, bevor ich ihr die Tür aufhalte und wir zu meinem Auto gehen.

Wir fahren den Strip entlang Richtung Tropicana Avenue, ehe ich das Thema wieder anschneide.

»Also, Tacos?«, frage ich.

»Was?«

»Du musst Tacos wirklich mögen.«

»Vermutlich. Aber wer bitte sehr mag keine Tacos?«

Gutes Argument.

»Und Jesus. Du magst auch Jesus«, füge ich hinzu und wundere mich augenblicklich, wie ich jemals Sex hatte, ohne dafür zu bezahlen. Ich klinge wie ein verfluchter Vollidiot.

»Vermutlich«, murmelt sie, ihre ganze Aufmerksamkeit auf ihr Handy gerichtet, dass jetzt wieder funktioniert, nachdem sie es an das Ladegerät in meinem Auto angeschlossen hat.

»Wie fühlst du dich heute?«, frage ich, um das Thema zu wechseln.

»Wie ich mich fühle?«, wiederholt sie und dreht sich auf ihrem Sitz zu mir.

Wir stehen gerade an der Stelle, wo der Las Vegas Boulevard die Tropicana Avenue kreuzt, und warten darauf, links abbiegen zu können.

»Emotional oder körperlich? Was möchtest du wissen?«

Der Blinker tickt wie eine kleine Zeitbombe in der darauffolgenden Stille, während ich versuche, ihre Stimmung abzuschätzen. Ich werfe ihr einen Seitenblick zu und beschließe, dass es keine Fangfrage war und sie tatsächlich darauf wartet, dass ich meine Frage näher erläutere. »Körperlich«, antworte ich. »Geht es dir gut?« *War ich gestern Nacht zu aggressiv?* »Bist du wund?« *Denn wenn du es nicht bist, wirst du es sein, bevor der Tag zu Ende ist.*

»Mir geht es gut«, sagt sie, zuckt dabei aber leicht mit den Schultern, was mir verrät, dass mir etwas entgeht.

»Dir geht es gut, aber ...?«

»Kein Aber.« Sie wendet sich wieder ihrem Handy zu und beantwortet eine Nachricht.

Ich biege auf die Tropicana Avenue ab und trommle verärgert mit den Fingern auf dem Lenkrad herum. Sauer auf sie, weil sie etwas vor mir zurückhält, und sauer auf mich, weil ich mir deswegen Gedanken mache. Was bedeutet das?

»Ich glaube nicht, dass du helfen kannst«, fügt sie hinzu. »Es ist peinlich. Vergiss, dass ich überhaupt etwas gesagt habe.« Sie rutscht auf dem Beifahrersitz hin und her. »Ich habe aber auch nicht wirklich was gesagt. Es ist nur Frauenkram. Vergiss es.«

Ich nicke knapp und schweige. Also gut.

»Ich bin irgendwie ziemlich feucht«, platzt es aus ihr heraus, als ich an einer weiteren Ampel halte.

Ach du meine Güte.

»Nicht feucht, weil ich gleich Sex haben möchte, eher feucht, weil du noch immer von gestern aus mir herausläufst, glaube ich. Was seltsam ist. Niemand hat mir darüber in der Highschool etwas beigebracht. Vermutlich habe ich mir deshalb Sorgen darüber gemacht, über ... keine Ahnung worüber genau. Ich habe es gegoogelt und wie sich herausgestellt hat, ist das ziemlich normal und kann von einer Minute bis hin zum Tag nach dem Sex anhalten. Ohne ersichtlichen Grund. Es war nur, du weiß schon, ich wusste das nicht und es hat mich für eine Minute total erschreckt, aber jetzt ist alles wieder in Ordnung.«

Heiliger, das ist heiß.

»Die Ampel ist grün, Rhys.«

Ich räuspere mich und drücke aufs Gaspedal. »Du solltest dich schon mal daran gewöhnen, denn ich werde es dir jeden Tag besorgen.«

»Wirklich?« In ihrer Frage schwingt echte Überraschung mit. »Wirst du nicht zu beschäftigt dafür sein?«

»Ich schiebe dich dazwischen.«

»Oh. Okay, cool.«

Ich biege rechts auf den Parkplatz von *Del Taco* ab und fädle mich in die Drive-in-Schlange ein.

»Wir holen tatsächlich Essen bei *Del Taco*?« Lydias Augen leuchten auf, als hätte ich sie zu einem Champagnerfrühstück eingeladen.

»Es ist dein Sonntag«, sage ich zu ihr und frage mich im Stillen, wie zur Hölle der heutige Tag zu ihrem Sonntag geworden ist. Mein Standpunkt war ein klares Nein. Ein klares Nein, was die Zweiundzwanzigjährige aus der Bar betraf. Die für mein Unternehmen arbeitet. Von der ich wusste, dass sie Schwierigkeiten für mich bedeuten würde.

Ein. Verdammtes. Klares. Nein.

»Was möchtest du?«, frage ich und bewege das Auto schrittweise vorwärts, wobei ich darüber nachdenke, was für eine Fangfrage das ist. Wie konnte es dazu kommen, dass mein Standpunkt erst ein klares Nein war und ich letzten Endes eine halbe Million für ihre Gesellschaft hingeblättert habe? Wie? Scheißleben. Ich bin so abgelenkt von der großen Eröffnung, die wie ein Damoklesschwert über mir schwebt, dass ich nicht klar denken kann.

»Ohhh«, sagt Lydia und trommelt mit den Händen auf ihren Knien herum, als wäre das eine sehr aufregende Entscheidung. »Einen kleinen Eiskaffee und einen Frühstücksburrito mit Ei und Käse.« Sie lehnt sich für einen Moment auf dem Beifahrersitz zurück und verschränkt die Arme vor der Brust. Erneut wippt sie mit den Beinen auf und ab. »Warte, nein.« Sie schüttelt den Kopf. »Ich möchte zwei Frühstücksburritos mit Ei und Käse. Ich bin nämlich am Verhungern. Ich habe letzte Nacht wohl eine Menge Kalorien verbrannt.«

Nachdem ich unsere Bestellung aufgegeben habe – ich nehme das Gleiche wie sie –, gebe ich das Essen an sie weiter, als es mir durch das Drive-in-Fenster gereicht wird. Anschließend parke ich das Auto auf einem Stellplatz auf dem Parkplatz des Ladens, lasse aber den Motor laufen. Lydia gibt mir einen Burrito, ehe sie uns beiden einen Strohhalm auspackt und sie in die Plastikbecher steckt, die in der Becherhalterung meines Wagens befestigt sind.

»Kann ich dich etwas fragen?«, möchte sie von mir wissen,

als sie für sich auch einen Burrito aus der Tüte holt.

»Klar.« Ich nehme einen Bissen. Gar nicht mal so schlecht.

»Wo du mich ja auch gefragt hast«, fügt sie hinzu und ich überlege, was sie wohl meinen könnte. Sie löst die Verpackung ihres Essens, ehe sie fortfährt. »Wie hat es sich angefühlt? Sex mit mir zu haben, meine ich.« Sie beißt in ihren Burrito und gibt ein glückliches Seufzen von sich.

»Es hat sich toll angefühlt.« Ich beobachte sie beim Kauen, seltsam fasziniert von diesem Mädchen.

»Wirklich?«

»Wirklich.«

Sie isst einen weiteren Happen, vorsichtig, damit nichts danebenkleckert, und sieht mich schweigend an.

Ich nehme einen Schluck vom Eiskaffee und zucke zusammen. Dann stelle ich ihn zurück in die Becherhalterung meines Autos. »Der ist nicht besonders gut«, sage ich und sehe, wie sie überrascht die Augen aufreißt, ehe sie sie verurteilend zusammenkneift, die rechte Augenbraue herausfordernd nach oben gezogen. »Zu süß«, protestiere ich.

»Du bist verrückt.« Sie verdreht die Augen und beißt ein weiteres Mal vorsichtig von ihrem Burrito ab.

Ich wiederum verputze schon meinen zweiten. Nachdem ich fertig bin, lege ich den Rückwärtsgang ein.

Als ich zurück auf die Tropicana Avenue biege, meldet sie sich erneut zu Wort. »Ich habe dir viel mehr gegeben, als du gefragt hast«, hält sie mir vor, womit sie nicht unrecht hat. Sie fischt in ihrer Tüte nach dem zweiten.

Ich setze meine Sonnenbrille auf, um alles auszublenden. Die Sonne, ihre Fragen und meine Gedanken. Das hilft jedoch nur gegen eins davon.

»War das eine seltsame Frage?«, hakt sie nach, als wir weniger als eine halbe Minute später in der Spencer Street vor einer Ampel halten müssen. »Fragen sich die Leute das nicht gegenseitig? Du hast mich gefragt, darum dachte ich ...« Sie hört auf zu reden und ein leises Seufzen entweicht ihr. »Egal. Ich bin so schlecht darin.«

»Ehrwürdig«, sage ich schließlich, als die Ampel grün wird. »Es hat sich ehrwürdig angefühlt, in dir zu sein. Und feucht und warm und eng. Weich und perfekt. Du hast dich verdammt perfekt angefühlt, jeder Zentimeter von dir. Deine enge Pussy, der Druck deiner Finger auf meinen Armen, das Kratzen deiner Fingernägel auf meinem Rücken ... Als du zum Orgasmus gekommen bist, hat es sich sogar noch enger und feuchter angefühlt, als würde deine Pussy meinen Schwanz melken, was mich nur noch härter hat werden lassen und mir das Gefühl gegeben hat, dass ich mich möglicherweise gleich von der Blutzirkulation in meinem Schwanz verabschieden müsste. Aber das wäre es mir wert gewesen.«

Der Sex mit ihr war anders. Auf eine Art und Weise anders, die mich verwirrt, gleichzeitig aber auch dafür gesorgt hat, dass ich mehr davon will. Etwas Reales, Rohes.

»Also ziemlich normal?«

»Ja, ziemlich normal.«

21. Kapitel

Rhys

Nach ein paar weiteren Ampeln und einem *Walmart* sehe ich ein Schild, auf dem *Goodwill* steht, und biege auf den Parkplatz davor ein.

»Oh mein Gott, wir gehen wirklich zu *Goodwill*?« Lydia klingt nicht mal annähernd so begeistert, wie ich erwartet habe. Ich dachte, sie würde mit der gleichen Begeisterung wie bei *Del Taco* reagieren, aber vielmehr scheint sie nervös.

»Du hast gesagt, dass du das hier sonntags normalerweise machst«, antworte ich irritiert.

»Ich glaube nicht, dass *Goodwill* das ist, wofür du es hältst, und es wird mit Sicherheit nichts für dich sein. Ich brauche heute auch überhaupt nichts, also müssen wir nicht reingehen.«

Ich ignoriere sie und stelle das Auto ab.

Sie nimmt leise seufzend ihren Kaffeebecher und öffnet die Beifahrertür.

»Einzelhandelsgeschäft und Spendensammelstelle«, lese ich vom Schild des Geschäfts ab, als wir davorstehen. »Wir sind in einem Secondhandladen?«

Lydia holt einen Einkaufswagen und schiebt ihn in den hinteren Bereich des Stores, vorbei an Regalen voller Müll. Sie scannt die Regale kurz im Vorbeigehen, aber ganz offensichtlich hat sie eine andere Strategie oder ein anderes Ziel im Kopf, da sie immer weitergeht, selbst als ihr für einen Moment eine orange Keramiklampe in Form einer Katze ins Auge zu fallen scheint. Die Lampe sieht potthässlich aus.

Ich starre das Ding noch immer an und wundere mich, was eine Person je dazu gebracht haben könnte, es zu kaufen. Ich frage mich gerade, ob die Lampe Massenware oder ein gottverdammtes Einzelstück ist, als ich bemerke, dass Lydia ihr Ziel erreicht hat. Sie legt gerade ein gebrauchtes Betttuch in den Einkaufswagen, als ich wieder zu ihr aufschließe. Ein Betttuch, das so aussieht, als käme es aus dem Haushalt eines hiesigen Entertainers aus den Fünfzigern.

»Wann bezahlt dich Vince?«, frage ich, weil ich nicht verstehen kann, was hier vor sich geht. Ist sie so knapp bei Kasse? Soweit ich sehen kann, hat das Betttuch kein Schild, auf dem seine Maße stehen. Woher weiß sie also, ob es auf ihr Bett passt? Sie hat scheinbar nicht mal ein passendes Betttuch ausgewählt, sondern einfach irgendeins genommen – mit fragwürdiger Vergangenheit. Was ich nicht einmal verurteilen kann, da sie mit mir schläft und mein Schwanz mit Sicherheit eine fragwürdigere Vergangenheit als dieses Betttuch hat.

»Was?« Sie hält inne und sieht mich an. In den Händen hält sie einen Bügel mit einem Kissenbezug daran, dessen Material sie mit den Fingerspitzen der freien Hand befühlt.

»Wann bezahlt dich Vince?«, bohre ich nach. »Brauchst du Geld?«

»Oh.« Sie blinzelt, dann senkt sie den Blick. Zuvor flackert kurz ein schmerzlicher oder aber unbehaglicher Ausdruck in ihren Augen auf. »Ich weiß es nicht.« Nach einer Pause spricht sie weiter. »Nein, ich brauche nicht noch mehr von deinem Geld. Danke.«

Was meint sie damit, dass sie es nicht weiß? Der Wichser hat mich das Geld überweisen lassen, ehe wir gegangen sind, als könnte er mir nicht trauen. Arschloch.

»Also hast du es gestern Abend nicht bekommen?«

»Nein, wir müssen erst noch was wegen den Steuern klären.«

Etwas wegen den Steuern? Ich lasse mir ihre Aussage durch den Kopf gehen. Offensichtlich ist meine Verwirrung meinem Gesicht anzusehen, denn sie hält wieder inne. Ihre Hand schwebt über dem Ständer mit den Kissenbezügen.

»Entschuldige, ist das nicht Teil deines Fetisches? Hätte ich die Steuern nicht erwähnen sollen?«

»Was für ein Fetisch?«

»Ähm, die Sache mit dem Bezahlen für Sex. Ich weiß nicht, wie du es normalerweise machst. Ist es der tatsächliche Anblick von Geld, der dich anmacht? Denn falls du jeden Morgen ein

Geldbündel auf dem Nachttisch hinterlegen möchtest, kann ich es zurück in deinen Nachttisch legen, wenn du nicht hinsiehst, dann kannst du es wieder auf meinen Nachttisch legen, nachdem du gekommen bist. Wie auch immer du es brauchst.«

Wisst ihr, was das Seltsamste an dieser kleinen Rede war? Ich glaube nicht, dass sie mich verarscht. Nicht im Geringsten. In ihrem Ton war nicht ein Hauch von Missbilligung, sondern einfach nur reine Akzeptanz.

»Es ist nicht wirklich ein Fetisch, Lydia, sondern einfach praktisch wie beispielsweise der Vierundzwanzig-Stunden-Versand.« Scheiße. Habe ich sie gerade wirklich mit der Annehmlichkeit verglichen, einen Deoroller in weniger als vierundzwanzig Stunden nach Hause geliefert zu bekommen? Ich bin emotional nicht gerüstet für sie. Sie ist eine Frau für tiefe emotionale Verbundenheit und nicht für minimale Erwartungen.

»Oh, okay.« Sie blickt kurz zu mir hoch, dann lässt sie einen Kissenbezug in den Einkaufswagen fallen. »Ich kann praktisch sein.«

»Toll.« Ich bin genervt von dieser ganzen Unterhaltung und weiß nicht mal genau, warum.

»Toll«, antwortet Lydia ebenfalls, allerdings habe ich nicht das Gefühl, dass sie wegen irgendetwas genervt ist. Sie trinkt einen weiteren Schluck ihres Eiskaffees, lächelt mich an und ich möchte sie küssen. Oder mit ihr schlafen. Oder sie zurück zu Vince bringen und vergessen, dass diese ganze Sache jemals stattgefunden hat. Das hat sie doch gestern gesagt, oder? *Bring mich einfach zurück. Fahr mich einfach zurück, Rhys.*

Sie zurück zu Vince bringen? Ins *Double Diamonds*? Wann zur Hölle hat sie sich überhaupt mit ihm eingelassen?

Wann ist das Ganze so kompliziert geworden?

Ich habe Verpflichtungen. Ein Hotel zu eröffnen. Ein Vermächtnis zu erschaffen. Ich bin im Moment viel zu beschäftigt für irgendwelche Komplikationen. Darum bezahle ich ja auch für Stripperinnen und Lapdances und Blowjobs und Sex. Deshalb habe ich einer Frau eine halbe Million gegeben, die gerade eine orange Katzenlampe in den Einkaufswagen legt.

Ein Hoch auf mein vermaledeites Leben.

Ich leide unter zu viel Stress, beschließe ich. Stress, den ich mit Lydias Hilfe in den kommenden dreißig Tagen abbauen werde. Was auch immer das zwischen uns ist, werde ich bis dahin verarbeitet haben. Dieser Gedanke nimmt mir etwas von dem Gewicht, das auf meinen Schultern liegt, und den Rest verbanne ich aus meinem Kopf.

Nachdem sie die Lampe – eine Lampe, von der ich nur annehmen kann, dass sie ein Witz ist – zu ihren Errungenschaften hinzugefügt hat, scheint Lydia fertig mit ihrem Einkauf zu sein. An der Kasse bezahlt sie elf Dollar und vierundsiebzig Cent für ihre Einkäufe, dann machen wir uns wieder auf den Weg nach draußen. Als ich das Auto aufschließe, erwähnt sie, was für ein toller Fund die Lampe ist. Ich antworte nicht, da ich nicht den Hauch einer Ahnung habe, worüber sie da redet.

Auf dem Weg zu ihrem Apartment schweigt sie nahezu die ganze Zeit über und fragt nur, ob sie den Rest meines Eiskaffees haben könne. Sie scheint ziemlich zufrieden mit der Stille im Wagen zu sein und trinkt glücklich ihren zweiten Eiskaffee, während sie mir hin und wieder den Weg ansagt. Ich weiß bereits, dass sie in der Nähe des *Hennigan's* wohnt, aber das lasse ich nicht durchblicken, sondern folge kommentarlos ihrer Anweisung, die 505 Richtung Hendersonville zu nehmen. Als wir vom Highway runter auf die Galleria Avenue fahren, fängt sie an zu reden.

Mehr oder weniger.

»Die Sache ist«, beginnt sie, hört dann aber abrupt auf und stochert mit dem Strohhalm in ihrem Becher herum. Um das Eis zu verteilen oder Zeit zu schinden, weiß ich nicht.

»Die Sache ist was?«, ermuntere ich sie, weiterzusprechen.

»Die Sache ist, dass ich nicht wusste, dass das mit uns einen Monat gehen würde«, sagt sie. »Mir ist bewusst, dass ich einen Pakt mit dem Teufel gemacht habe und das Ganze mein Problem ist und nicht deins.«

Das ist eine Möglichkeit, das Ganze zu betrachten.

»Aber ich bin mir nicht sicher, was du von mir erwartest.«

»Ich erwarte von dir, dass du verfügbar bist, wenn ich Sex haben will.«

»Ja, schon, das habe ich verstanden. Das ist ja schließlich die Jobbeschreibung, du Dummkopf.«

»Hast du mich gerade einen Dummkopf genannt?«

»Aber klaro.«

»Du bist eine schreckliche Prostituierte.«

»Ich weiß!« Sie schlägt sich mit der flachen Hand auf den Oberschenkel und dreht sich zu mir um. »Ich kann nicht glauben, dass du so viel für jemanden ohne Empfehlung und Erfahrung bezahlt hast. Das macht doch gar keinen Sinn! Du bist derjenige, der mir sexuell etwas beibringt, und bezahlst mich dafür, dass ich dieses Privileg habe. Du solltest wirklich an deinem Verhandlungsgeschick feilen, da ich denke, dass dich Vince über den Tisch gezogen hat.« Sie schüttelt den Kopf. »Ich glaube nicht, dass es finanziell eine vernünftige Entscheidung war, mich zu kaufen. Ich wette, dass dein Finanzberater ziemlich enttäuscht sein wird, wenn er es herausfindet.«

Ich sehe zu ihr hinüber, um abzuschätzen, ob sie das gerade ernst meint oder nicht. Meine Vermutung ist, dass sie es einhundertprozentig ernst meint. »Ich bin mir sicher, dass Anthony mit seiner Enttäuschung angemessen umgehen wird.«

»Vielleicht kann er ja einen Weg finden, mich als Ausgabe in deiner Steuererklärung aufzuführen. Wie die Werbe- und Geschenkartikel. Werden die unter Entertainmentbedarf für die große Eröffnung geführt? Ich bin mir sicher, dass dir Vince eine Quittung ausstellen wird. Wenn er sie als Unterhaltungskosten abrechnet, wäre es nicht mal eine Lüge. Sex als solcher ist ja eine Art Unterhaltung.«

Meine Gewissheit, dass sie mich nicht verarscht, ist soeben auf achtzig Prozent gesunken, darum halte ich den Mund, was sie als Einladung versteht, weiterzureden. Ich vermisse die stille Lydia. Ich habe sie die fünf Minuten lang genossen, in denen ich sie kennenlernen durfte.

»Es wäre eine andere Sache, wenn du schlecht im Bett wärst

und jemanden dafür bezahlen müsstest, um so zu tun, als würde er es mögen, aber du bist supergut im Bett! Ich musste gar nichts vortäuschen.«

»Danke«, sage ich ausdruckslos.

»War das unhöflich? Ich wette, du bist auch in anderen Dingen gut. Musst du, schließlich bist du verdammt erfolgreich. Ich wette, dass du gut in Vorstandssachen bist.«

»Außer im Verhandeln.«

»Ja«, sagt sie und seufzt leise. »Außer darin. Aber weißt du was? Du denkst wahrscheinlich im Moment einfach nicht klar, jetzt, wo die große Eröffnung vor der Tür steht. Ich nehme an, dass du ein viel besserer Verhandlungsführer bist, wenn du nicht so unter Stress stehst. Aber das ist schon in Ordnung, da du in so vielen anderen Dingen gut bist, wie beim Sport, darin, dein eigenes Bett zu machen, und im Recyclen.« Sie zählt meine Fertigkeiten an ihren Fingern ab, hält aber nach dem dritten Finger kurz inne. »Und im Teilen. Du kannst wunderbar teilen.« Sie schüttelt den Becher mit dem Eiskaffee und hält einen vierten Finger hoch. »Und ...« Sie stoppt erneut, offensichtlich sind ihr die Vorzüge ausgegangen, für die sie mich loben kann, was mich irgendwie enttäuscht. Es bringt mich außerdem dazu, mich zu fragen, welche Art von Fertigkeiten sie wohl genug beeindrucken, um ihren Respekt zu gewinnen. »Hattest du zufällig etwas mit der Kaffeemaschine im Pausenraum am Hut? Denn die ist phänomenal.«

»Worum ging es noch mal, Lydia? Am Anfang? Warum führen wir diese Unterhaltung noch mal?«

»Oh! Stimmt. Die Sache ist, dass ich nicht geahnt habe, dass das mit uns über einen Zeitraum von einem Monat laufen würde, daher habe ich nur ein Set sexy Unterwäsche gekauft. Normalerweise trage ich nur Baumwollslips. Nicht einmal Tangas, da ich Unterwäsche präferiere, die meinen Po bedeckt.«

Bei der Vorstellung von Lydia und einer Schublade voll langweiliger Baumwollpantys, von denen sie nicht erwartet hat, dass sie jemals jemand zu Gesicht bekommt, kriege ich schon wieder einen Ständer. Vielleicht stimmt etwas mit meinem

Schwanz nicht? Vielleicht habe ich eine stressbedingte, halbsteife Dauerlatte? Aber das klingt wenig sinnvoll.

»Ich habe auch keine sexy Schlafanzüge, von daher weiß ich nicht, was ich deiner Meinung nach einpacken soll. Das ist der Grund, warum ich nach deinen Erwartungen gefragt habe. Der Sex-Teil ist klar, aber was erwartest du die restlichen dreiundzwanzigeinhalb Stunden von mir?«

»Letzte Nacht war eindeutig länger als eine halbe Stunde«, maule ich, als wir an einer weiteren Ampel stehen bleiben müssen.

»Ich weiß! Es tut mir leid! Aber du hast mich immer wieder mit dem Mund verwöhnt, geküsst und all die anderen Dinge mit mir angestellt, ohne deinen Penis in mich zu stecken. Ich glaube nicht, dass in dem Artikel über Sex all die anderen Sachen mit eingerechnet wurden, als sie auf die durchschnittlichen sieben bis dreizehn Minuten gekommen sind. Außerdem wusste ich bis vor Kurzem von all den anderen Sachen nichts. Auch nicht, wie lang du diese Dinge machen wollen würdest.«

Ich werde Jesus persönlich brauchen, um das Steuer dieses Wagens zu übernehmen, wenn sie nicht gleich aufhört, zu reden.

»Wie dem auch sei, wir können auch schneller sein. Da bin ich mir sicher. Mir ist bewusst, dass du äußerst beschäftigt bist, also können wir vielleicht ein paar Quickies einschieben. Das wird unseren Durchschnitt dann nach unten ziehen. Wenn wir beispielsweise mehrmals nur fünf Minuten lang Sex haben und einmal für eine Stunde, dann ergibt das einen Durchschnitt von zwanzig bis fünfundzwanzig Minuten pro Sexsession. Was immer noch zu hoch ist, oder? Vielleicht lieber drei Quickies für jedes Mal, wenn wir länger Sex haben? Du bist derjenige mit dem engen Terminkalender, es liegt also bei dir.«

Jesus. Steuer. Ich justiere meinen Schwanz, als sie weiterplappert.

»Wie dem auch sei, das war nicht wirklich der Punkt«, sagt sie und holt kurz Luft.

Ich danke Gott für diesen kleinen Gefallen.

»Worauf ich hinauswollte, war, dass ich zwar keine sexy Sachen habe, aber heute losgehen und welche besorgen kann. Ich muss nur wissen, worauf du stehst, da dieser Kram teuer ist, du nicht sonderlich beeindruckt von dem Negligé zu sein schienst und ich keine Gedankenleserin bin.«

Das Negligé, das sie vor anderen Männern auf der Bühne getragen hat. Diesbezüglich hat sie recht. Ich habe es gehasst. »Pack einfach ein, was du normalerweise trägst, Lydia.«

»Was ich normalerweise trage, entspricht nicht dem, was du dir vorstellst, Rhys. Bist du sicher, dass ich nicht ein paar Sachen einkaufen soll? Oder ich könnte meine neue Freundin Staci um Hilfe bitten. Sie könnte mir mit Sicherheit sagen, wo man am besten online bestellt, wenn du eher auf was Hardcoremäßigeres stehst, was ich nicht im Einkaufszentrum finde. Hättest du mich gern in Leder oder Netz oder als Pony verkleidet oder so was? Sag es mir einfach.« Sie nippt an ihrem Strohhalm und sieht mich mit unschuldiger Neugier, ohne jegliche Verurteilung in den Augen an.

»Ich will dich genau so, wie du bist.«

»Oh.« Eine kleine Falte hat sich zwischen ihren Brauen gebildet, als würde sie meine Aussage irritieren. Vielleicht hat sie auch gehofft, dass ich auf Bondage oder so was stehe, das ist schwer zu sagen.

»Hattest du die Hoffnung, etwas Extremeres zu erleben, Lydia? Wolltest du, dass ich dir einen Buttplug mit Schwanz dran besorge und dich bitte, auf allen vieren durch mein Apartment zu kriechen? Dass ich dir die Nippel pierce? Dich mit einem Paddle versohle?«

»Nicht unbedingt, nein. Ich wollte nur gut für dich sein. Ich mag es, wenn du mir sagst, dass ich ein gutes Mädchen bin. Das erregt mich unglaublich.«

»Ja?«

»Hm«, murmelt sie und rutscht auf ihrem Sitz hin und her.

Nach dieser Aktion sage ich ihr, dass ich ein paar Minuten für mich brauche.

Der Apartmentkomplex, in dem sie wohnt, ist hübsch. Ein

gehobener Bau nur zwanzig Minuten vom Strip entfernt, nah genug, um günstig gelegen zu sein, und weit genug davon entfernt, um ein angenehmes Wohnklima zu bieten. Sie lebt in einer Wohnung in der Nähe des Clubhauses, das über ein Fitnessstudio verfügen muss, da ein verschwitztes Arschloch auf seinem Weg nach draußen an uns vorbeigeht. Er ruft *Hey, Lydia* im Vorbeigehen, was mich ankotzt.

»Ein Freund von dir?«, frage ich, als ich ihr zu ihrer Haustür folge, die orangefarbene Katzenlampe in der Hand.

»Ich habe ihn mal am Pool getroffen«, sagt sie und bedenkt mich über ihre Schulter hinweg mit einem Grinsen. »Aber ich kann mich nicht an seinen Namen erinnern, darum sage ich immer nur *Hey, du*, wenn er versucht, mit mir zu reden.«

Ich könnte ihr sagen, dass es ihn einen feuchten Kehricht interessiert, ob sie seinen Namen vergessen hat, wenn sie ihn ranlassen würde, aber drauf geschissen. Ich bezahle sie wohl kaum, um ihr Tipps zu geben, wie sie andere Männer aufreißt.

Sie schließt die Tür zu ihrer Wohnung auf und ruft nach ihrer Mitbewohnerin Payton, die nicht zu Hause zu sein scheint.

»Komisch, ich dachte, sie wäre hier«, meint Lydia. Sie sieht traurig aus, weil sie Payton verpasst hat. »Ich nehme an, dass ich sie morgen sehen werde«, sagt sie schulterzuckend.

»Seid ihr eng befreundet?«, frage ich, weil mir nichts anderes einfällt.

»Sie ist meine beste Freundin.«

»Kennst du sie schon lang?«

»Ein paar Jahre. Wir haben uns auf dem College kennengelernt, haben im Anschluss beide einen Job im *Windsor* bekommen und uns dazu entschieden, gemeinsam hierherzuziehen und Mitbewohnerinnen zu werden.«

»Ah.« Ich hatte nicht auf dem Schirm, dass ihre Mitbewohnerin ebenfalls eine Angestellte ist, doch es macht Sinn. Ich weiß, dass wir viele Mitarbeiter auf College-Jobmessen gefunden und eingestellt haben. Fuck, ich hasse die Erinnerung daran, dass Lydia vor Kurzem noch auf dem College war.

»Ich nehme das«, sagt sie und nimmt mir die Lampe ab. Ich

habe ganz vergessen, dass ich das hässliche Teil noch in der Hand hatte.

Sie verschwindet in einem der Schlafzimmer, also sehe ich mich um. Ich nehme an, dass dieser Apartmentkomplex relativ neu ist. Die Wohnung an sich ist nicht groß, aber der Grundriss ist offen gehalten und die Küchengeräte sehen neu aus. Ebenso das Sofa, die Beistelltische und die Lampen. Normale Lampen, wie ich bemerke, und nicht geformt wie eine Katze oder ein Einhorn oder auf was zur Hölle sie noch so abfährt. Eine alte Kommode, die blaugrün angemalt wurde, wird als Fernsehunterschrank genutzt und in der Küche steht ein Tisch mit nicht zusammenpassenden Stühlen, der wahrscheinlich von *Goodwill* kommt. Eine Art Schärpe hängt an einer Pinnwand neben dem Küchentisch. Sie sieht aus wie eine Wettbewerbsschärpe, nur hässlicher. Ich gehe näher heran, um sie zu untersuchen, als Lydia aus dem Schlafzimmer ruft, dass sie ganz normale Sachen einpacken wird.

Diese Schärpe ist sogar noch lächerlicher als die Katzenlampe. Etwas, auf dem Bar-Abzeichen steht, ist draufgenäht. Und ein Dating-App-Abzeichen. Und ein Selbstvertrauen-Abzeichen. An die Pinnwand gepinnt, aber noch nicht an der Schärpe befestigt, ist ein Rhys-Abzeichen. Und ein Sex-Abzeichen. Und ein *Butt-Stuff*-Abzeichen.

Mein Schwanz pocht, bei der Vorstellung, Lydia anal zu nehmen, aber meine Gedanken hängen bei dem Rhys-Abzeichen fest. Bin ich eine Art Spiel für sie?

Die Haustür wird geöffnet und Payton betritt die Wohnung. Ich mache einen Schritt von der Pinnwand weg, als Lydia aus dem Schlafzimmer kommt und die Ankunft ihrer Freundin mit einem fröhlichen Aufschrei quittiert. Sie stellt uns einander vor, hält dann aber inne und betrachtet ihre Freundin genauer.

»Payton, warum trägst du noch dieselben Klamotten, die du gestern anhattest?«

»Ähm«, antwortet Payton und sieht, scheinbar irritiert, an sich runter. »Ähm, ich ... Genug von mir. Wie war der Sex gestern Nacht?«

»Payton!« Lydias Augen werden vor Entsetzen kugelrund und sie wirft mir einen Blick zu. Sie hat einen beschämten Ausdruck im Gesicht. »Ich werde dir nicht erzählen, wie Rhys im Bett ist, wenn er direkt hier neben uns steht.«

»Okay, dann morgen beim Mittagessen?« Payton scheint gänzlich unbeeindruckt von Lydias Zurückweisung zu sein.

Lydias Blick schießt zwischen ihrer Freundin und mir hin und her. »Wahrscheinlich auch dann nicht, Payton.«

»Ohhh«, sagt Payton gedehnt und sieht jetzt wiederum zwischen Lydia und mir hin und her. »Natürlich nicht. So was würden wir natürlich niemals besprechen. Zwinker, zwinker.« Das *Zwinker, zwinker* spricht sie tatsächlich laut aus.

»Bist du gleich fertig? Ich habe heute Nachmittag noch jede Menge Arbeit zu erledigen.« Die auch beinhaltet, Lydia multiple Orgasmen zu verschaffen, damit sie sie noch ganz frisch in Erinnerung hat, wenn sie während des Mittagessens mit Payton darüber spricht.

Diese Jungfrau zu beeindrucken, ist unerklärlicherweise irgendwie auf einmal zu meinem Ding geworden.

22. Kapitel

Lydia

Rhys verschwindet praktisch sofort in seinem Homeoffice, als wir wieder im Hotel ankommen. Neben seinem Schlafzimmer und dem Raum, den er als Homeoffice nutzt, gibt es ein weiteres Zimmer. Rhys stellt meinen Koffer jedoch in seinem Schlafzimmer ab und sagt mir, dass ich auspacken solle. Also mache ich das. Ich platziere mein Shampoo und meine Haarspülung neben seinen Sachen in der Dusche, hänge meine Klamotten in den Schrank neben seinen auf und tue so, als sei das alles ganz normal und als würde er mich mögen. Wie eine Freundin und nicht wie eine Prostituierte, was lächerlich ist, da niemand seine Freundin nach einem Date bei sich einziehen lässt.

Ich gucke in den Kühlschrank und finde ihn bis auf einige Wasserflaschen, mit der Aufschrift *privat* gekennzeichnetes Bier vom *Hennigan's*, Orangensaft, einem Karton voll Eier und einer Flasche Senf leer vor. Auf der Anrichte steht ein Korb mit frischem Obst, also bediene ich mich daran, nehme eine Birne und starre auf den Anblick des Las Vegas Strip hinaus, während ich sie esse.

Danach gibt es offiziell nichts mehr, was ich noch tun kann. Dabei ist erst eine halbe Stunde vergangen, seit ich hier angekommen bin. Ich bezweifle, dass Rhys in naher Zukunft aus seinem Büro auftauchen wird, also besinne ich mich auf meine normalen Sonntagnachmittagsaktivitäten: Pyjamas und Wohnsendungen im Fernsehen. Ich liege ausgestreckt in meiner selbst genähten Lieblingspyjamahose und einem Tanktop auf der Couch und warte, für welches Haus sich ein Paar aus Downers Grove, Illinois, auf seiner Haussuche entscheidet, als die Tür zur Suite aufgeht und Canon hereinkommt.

»Oh, hey. Mir war nicht klar, dass du hier sein würdest«, sagt er, als er mich auf halbem Weg zu Rhys' Büro auf der Couch entdeckt – die Füße auf dem Wohnzimmertisch und mein Handy in der Hand. Während ich darauf warte, ob für das Paar aus Illinois die Lage des einen Hauses den Garten des anderen aussticht, spiele ich ein Wortspiel. »Bist du eingezogen?«, fragt Canon mit einem breiten Grinsen im Gesicht, nachdem er mich im Schlafanzug auf dem Sofa herumlümmelnd betrachtet hat.

»Im Grunde genommen, ja«, antworte ich und zucke mit einer Schulter, als hätte ich ebenfalls keine Idee, wie das passieren konnte. Die meiste Zeit jedoch weiche ich seinem Blick aus. Immerhin hat er gestern Abend zugesehen, wie ich in einem durchsichtigen Negligé meine Jungfräulichkeit versteigert habe, und das ist supermegapeinlich.

»Wow. Das ist so viel besser, als ich erwartet habe«, sagt er und lacht vor sich hin, als er seinen Weg zu Rhys' Büro fortsetzt.

Das Paar aus Illinois entscheidet sich für das Haus mit dem guten Garten und der veralteten Küche und ich bekomme in meinem Spiel vierunddreißig Punkte für das Buchstabieren eines Worts, das ich nicht einmal kenne. In der Regel bewege ich einfach die Buchstaben hin und her, bis ich ein Wort habe, das mir eine anständige Punktezahl einbringt, und drücke dann auf *Play*.

Rhys und Canon kommen aus dem Büro. Canon wünscht uns eine gute Nacht, dann ist er auch schon wieder verschwunden. Nachdem die Tür ins Schloss gefallen ist, legt Rhys den Sicherheitsriegel vor, kommt zu mir herüber und bleibt vor der Couch stehen. »Abendessen?«

Oh.

»Soll ich mich anziehen?« Ich schlage die Decke beiseite und stehe auf. Mich an einem Sonntag wieder in normale Klamotten schmeißen zu müssen, entspricht leider nicht ganz meiner Vorstellung von einem schönen Tag.

»Nein, wir werden hier essen.«

»Was denn? Du hast nichts zu essen hier.« Ich lasse mich mit meiner Decke zurück aufs Sofa fallen, erleichtert darüber, dass ich mich nicht noch mal umziehen muss.

»Wir bestellen was von unten aus der Küche.«

»Bestellst du immer was von unten aus der Küche?«

»So ziemlich«, sagt er, als wäre das nicht weiter seltsam, und ich frage mich, wie ich es wohl die kommende Zeit ohne *Del Taco* aushalten soll. Ich wette, ich kann Payton davon überzeugen, mir auf ihrem Weg zur Arbeit einen Eiskaffee von dort zu besorgen.

»Was möchtest du?« Rhys ist hinüber zur Küche gegangen und hat eine Art Tablet geholt, das ich vorhin in einer Ladestation neben dem Herd stehen gesehen habe. Einem Herd, in dem noch immer die Bedienungsanleitung liegt.

»Ich weiß nicht. Was haben sie denn? Hast du eine Speisekarte?«

»Sie machen dir, was auch immer du möchtest.«

»Was auch immer ich möchte?«

»Ja.«

»Also könnte ich ...« Ich grabe in meinem Hirn nach etwas völlig Ausgefallenem, doch mir fällt nichts ein. Mit Sicherheit können die Mitarbeiter in der Küche einen Cheeseburger, eine Peperoni-Pizza oder ein Truthahnsandwich machen. »Ich könnte Zitronenkuchen zum Abendessen bestellen und man würden ihn mir bringen?«

»Ich habe zwar keine Ahnung, wie lang das dauern würde, aber ja, man würde ihn dir bringen. Möchtest du Zitronenkuchen?« Er tippt auf dem Display herum und ich hoffe, dass er mir nicht wirklich gerade einen Zitronenkuchen bestellt hat, da ich den eigentlich überhaupt nicht mag. Er war nur das Verrückteste, was mir in der kurzen Zeit eingefallen ist, was wirklich ziemlich lahm ist.

»Was bestellst du?«

»Gegrilltes Hähnchen, eine Ofenkartoffel und Brokkoli.«

»Oh! Ich weiß, was ich möchte.« Jetzt bin ich irgendwie etwas aufgeregt, da das mein absolutes Lieblingsessen ist, ich dafür aber so viele Zutaten kaufen muss, wenn ich es selbst machen möchte, dass es nicht kosteneffektiv ist. Rhys zieht fragend eine

Braue in die Höhe, daher fahre ich fort. »Ich hätte gern einen Salat mit Hähnchenstreifen, Mais, schwarzen Bohnen, Avocado, Tomaten, Käse und Koriander-Limonen-Dressing extra.«

Rhys tippt meine Bestellung ein. »Kein Kuchen?«

»Ähm, nein. Das mit dem Kuchen war nicht ernst gemeint«, sage ich ganz beiläufig wie ein Mädchen, das niemals Kuchen bestellen würde. Aber die Vorstellung einer magischen Küche, in der ich alles bestellen kann, was ich möchte, ist zu verheißungsvoll. »Haben sie nach Geburtstagskuchen schmeckende Eiscreme?«

»Bedeutet das nicht einfach Vanillegeschmack?«

»Nein! Nein, das bedeutet nicht einfach nur Vanillegeschmack.« Ich schnaube und schüttle den Kopf. »Du bist wirklich weltfremd, Rhys. Du bist schon zwölf Jahre länger auf dieser Welt als ich und dennoch gibt es da noch so viel, was du nicht kennst.«

Rhys starrt mich über das Tablet hinweg an, dann schüttelt er den Kopf, als würde er sich selbst aus seinen Gedanken reißen. »Wenn sie die nicht haben, wird sich jemand auf den Weg machen und sie besorgen.« Er gibt unsere Bestellung auf und wirft das Gerät dann auf die Couch.

»Du führst hier vielleicht ein Leben«, sage ich zu ihm. »Housekeeping, Zimmerservice. Wahnsinnsaussicht.«

»Das hat schon was«, erwidert er, lässt sich neben mich aufs Sofa fallen und zieht meine Beine auf seinen Schoß. Ich erstarre für einen Moment, weil das etwas seltsam Pärchenmäßiges an sich hat, aber Rhys scheint das nicht aufzufallen, da er seine ganze Aufmerksamkeit auf den Fernseher gerichtet hat. »Was gucken wir?«

Wir.

Ich war noch niemals Teil eines Wirs. Ich wollte es immer gern sein, selbst in der Highschool, obwohl ich da zu beschäftigt und zu schüchtern war, um irgendetwas in diese Richtung zu unternehmen. Ich erinnere mich daran, dass mich in meinem Junior-Jahr einmal ein anderes Mädchen montags im Flur ansah und sagte »*Oh, schaut mal, da ist das Mädchen, das kein Date für den*

Tanzabend abbekommen hat«, nachdem ich am Wochenende nicht zu besagter Tanzveranstaltung gegangen war.

Sie war schon in der zehnten Klasse, jemand, den ich nur vom Sehen her kannte, aber ihre Worte haben mich eine wirklich lange Zeit belastet. Aber jetzt bin ich hier, mit dem attraktivsten Mann, dem ich je im Leben begegnet bin, liege auf seiner Couch, meine Füße auf seinem Schoß, und warte auf den Zimmerservice. Was macht es schon, dass es nicht echt ist? Es könnte echt sein. Es fühlt sich sogar irgendwie echt an. Rhys beginnt, meine Fußsohlen zu massieren, und das fühlt sich wahnsinnig gut an.

Es sei denn, er hat einen Fußfetisch und ich habe ihn endlich durchschaut.

»*House Hunters*«, antworte ich schließlich.

»Was ist *House Hunters*?«

Ich starre ihn an, unsicher, ob er einen Witz gemacht hat oder nicht. Hat er nicht. »Du weißt nicht, was *House Hunters* ist?«

»Nein.«

»Das gibt es gefühlt schon seit hundert Staffeln.«

»Hundert?«

»Mindestens. Du bist die einzige Person in diesem Universum, die noch nie *House Hunters* gesehen hat. Du musst wirklich mal ein bisschen leben, Rhys.«

»Also, was habe ich verpasst?«

»Okay, also in jeder Folge kauft ein Paar ein Haus. Jeweils in einer anderen Stadt in den USA. Es sei denn, man schaut *House Hunters International*, dann kann es sein, dass sie weltweit nach einem Haus suchen! Zum Beispiel in Paris, Prag, Edinburgh oder Heidelberg.«

»Heidelberg?«

»Das liegt in Deutschland. Das wüsstest du, wenn du *House Hunters International* schauen würdest.« Ich bin mehr als nur ein bisschen süffisant, weil ich eine beliebige Stadt in Europa kenne.

»Ich weiß, wo Heidelberg liegt.«

Oh.

»Warum ist es interessant, jemandem bei der Suche nach einem Haus zuzusehen?«

»Wie kann es das nicht sein?« Rhys lacht angesichts des ungläubigen Ausdrucks auf meinem Gesicht, aber ich verstehe wirklich nicht, dass er es nicht nachvollziehen kann. »Jedes Paar hat ein anderes Budget, andere Prioritäten und jede Folge dreht sich um eine andere Stadt. Du kannst sehen, was für ein Haus sie für ihr jeweiliges Budget in der jeweiligen Stadt kaufen können. Die Paare schauen sich drei Häuser an und wählen dann eins davon aus. Vorher gibt es aber immer noch eine Rückblende, in der die Häuser noch einmal gezeigt werden, und dann rät man, für welches sich das Paar entscheiden wird.«

»Hm.«

»Es ist wirklich interessant, du wirst schon sehen.«

»Könntest du nicht einfach bei *Zillow* nach ein paar Häusern gucken und dir diese fünfundzwanzig Minuten ersparen?«

»Pff. Das ist nicht dasselbe.«

»Okay.« Rhys nickt. »Also welche Stadt schauen wir uns an?« Mit den Daumen massiert er weiter unablässig meine Füße. Das hier ist vielleicht gerade der herrlichste Moment in meinem Leben. Na ja, der zweitherrlichste. Die Orgasmen, die er mir gestern Nacht verschafft hat, stehen definitiv an erster Stelle.

»Dir, mein Freund, steht ein besonderes Highlight bevor.«

»Ja?« Er verzieht amüsiert die Lippen. Er kann so amüsiert sein, wie er will, denn er hat keine Ahnung, wie glücklich er gleich sein wird. »Die ist übrigens hübsch«, sagt er und befühlt das Material meiner Schlafanzughose. Da ich noch immer nicht ganz überzeugt davon bin, dass er es ernst meinte, als er sagte, ich solle einfach anziehen, was ich normalerweise trage, behalte ich die Tatsache für mich, dass ich sie aus einem alten Betttuch genäht habe.

»Oh ja. Als Nächstes kommt eine Folge *House Hunters Renovation,* was bedeutet, dass wir nicht nur sehen, wie sie ihr Haus aussuchen, sondern auch, wie sie es renovieren. Juhuu!« Ich wedle mir mit der Hand vorm Gesicht herum, als müsse ich mich abkühlen. Natürlich scherze ich nur. Ein bisschen. Es ist einfach meine Lieblingssendung von *House Hunters*.

Wir haben die halbe Folge geschaut – ein Paar aus Austin, Texas, hat sich ein Haus ausgesucht und gerade beginnen die Renovierungen –, als unser Essen kommt. Rhys steht auf und öffnet die Tür. Ein Mann vom Gastroservice rollt einen kleinen Wagen herein, genau wie sie das im Film immer machen. Offensichtlich wird es im echten Leben genauso gehandhabt, aber das war mir nicht bewusst, weil ich noch nie zuvor den Zimmerservice genossen habe. Ich war mit meinen Dads viel im Urlaub, aber den Zimmerservice haben wir nie genutzt.

Der Kellner ist ein älterer Herr namens Mitchell. Er war vor einer Woche in einer meiner Joborientierungsgruppen und ich weiß, dass er mich erkennt, als er die Tabletts auf Rhys' Anweisung hin auf die Küchenanrichte stellt, denn er begrüßt mich mit einem *Guten Abend, Miss Clark*.

»Hi, Mitch.« Ich winke ihm vom Sofa aus zu. »Wie war Ihr Tag bisher?«

»Ich kann nicht klagen. Wir haben aktuell noch nicht so viel zu tun, da das Hotel noch nicht offiziell eröffnet hat. Ich vermute, dass sich das in Kürze radikal ändern wird.«

»Das hoffe ich«, meint Rhys. Er begleitet Mitchell zur Tür und sagt dann, dass er meine Eiscreme ins Gefrierfach legt.

»Okay, ich hoffe, da ist Platz drin«, necke ich ihn.

»Oh, du hältst dich wohl für besonders lustig, was?«

»Du hast einen riesigen Kühlschrank der Extraklasse, in dem sich nur Wasser und Senf befinden, also ja.«

Er stellt unser Essen auf den Wohnzimmertisch, setzt sich wieder neben mich und ich sehe, wie er zum Fernseher schielt. Er würde es niemals zugeben, aber ich wette, dass er genauso neugierig wie ich ist, ob sich diese Küchenwand leicht raustrennen lässt oder ob das Paar aus Austin doch noch einen teuren Stützbalken einziehen lassen muss.

»Also, ähm, wie machen wir das mit der Arbeit?«, frage ich ihn in der nächsten Werbepause.

»Was meinst du?« Er schiebt sich ein Stück Hühnchen in den

Mund. Ich weiß, das klingt ein bisschen verrückt, aber er sieht wirklich sexy aus, wenn er kaut.

»Ich lebe hier irgendwie.«

»Für einen Monat.«

»Oder bis du von mir gelangweilt bist.«

Er dreht sich zu mir um und sieht mich an. Dabei blitzt etwas in seinen Augen auf, das ich nicht benennen kann, ehe er sich wieder dem Fernseher zuwendet.

»Ich weiß, dass *Sutton Travel* eine recht liberale Richtlinie hat, was romantische Beziehungen am Arbeitsplatz angeht«, sage ich, bezugnehmend auf das Hauptunternehmen, zu dem das *Windsor* gehört, um das Thema zurück auf das eigentliche Problem zu lenken, »aber die Leute werden mich hier sehen, so wie Mitchell eben. Oder sie sehen mich kommen und gehen oder wie ich am Morgen den Aufzug der Führungsetage zur Arbeit nehme. Sie werden annehmen, dass ich deine Freundin bin. Es sei denn, du möchtest, dass ich mich rein- und rausschleiche? Ich könnte mit dem Fahrstuhl runter in die Parkgarage fahren, dann zum Angestellteneingang hinübergehen und den Fahrstuhl dort benutzen, um in den vierten Stock zu gelangen. Das würde funktionieren.« Ich halte den Atem an und frage mich, ob das der Moment ist, in dem ihm klar wird, dass er mich nur genug für einen One-Night-Stand mochte und mich doch nicht einen Monat um sich haben will, weshalb er mir mitteilt, dass ich gehen solle.

Ich mag ihn nämlich wirklich so sehr.

Mindestens.

Vielleicht sogar so sehr, dass ich mir mehr mit ihm vorstellen kann.

Mir ist bewusst, dass das vielleicht ein wenig vermessen und naiv klingt, aber kennt ihr das, wenn ich behaupte, dass manche Männer einfach etwas an sich haben? Eine Präsenz? Dieses Etwas, das die Luft im Raum dünn werden lässt, wenn sie ihn betreten? Das deinen Blick zu ihnen wandern lässt, bevor du eigentlich wissen kannst, dass sie anwesend sind? Diese Anziehungskraft ist nicht normal – sie kann es nicht sein, da ich in meinem Leben vielen, vielen Männern begegnet bin, aber dieses Gefühl nur bei Rhys habe

Ich weiß nicht, wie lang das anhält. Offensichtlich ist das mein erstes Mal, dass ich dieses Gefühl verspüre, aber es kann sich wohl kaum innerhalb eines Monats verändern oder einfach auflösen. Es ist immerhin schon fast einen Monat her, seitdem ich es das erste Mal gefühlt habe, damals, am ersten Abend in der Bar, als er mit seinem betrunkenen britischen Freund da war (der, wie ich mittlerweile weiß, der CEO von *Sutton Travel* und Rhys' Cousin ist, also sollte ich ihn wahrscheinlich besser nicht seinen *betrunkenen britischen Freund* nennen, für den Fall, dass ich ihn jemals treffen sollte), und dennoch ist dieses Empfinden nie verschwunden. Es ist sogar noch stärker geworden. Inzwischen habe ich auch Gefühle für ihn als Person, zusätzlich zu dieser Sache, die ganz offenbar eine Art von sexueller Voodoo-Anziehungskraft ist.

Aber vielleicht ist das wie gesagt auch der Moment, in dem Rhys feststellt, dass er nicht dasselbe fühlt. Vielleicht überhaupt nichts, vielleicht auch einfach nicht genug, um mich hierhaben zu wollen. Vielleicht hat er jetzt genug von mir und damit hat sich die Sache erledigt. Es muss ja schließlich einen Grund dafür geben, dass er keine Freundin hat, nicht wahr? Einen Grund dafür, dass er Tänzerinnen, Stripperinnen oder was auch immer präferiert. Vielleicht mag er die Vielfalt daran.

»Nein, ich will nicht, dass du irgendwo rumschleichen musst. Komm und gehe so, wie du möchtest. Ich kümmere mich am Morgen ums Büro.«

Ich stochere in meinem Salat herum, der köstlich war, viel leckerer, als wenn ich ihn selbst machen muss, und überlege, was er mit *sich darum kümmern* genau meint. Ich würde diesbezüglich gern nachfragen, aber er hat seine Aufmerksamkeit wieder gänzlich auf den Fernseher gerichtet und der Ausdruck auf seinem Gesicht lädt nicht gerade zu weiteren Fragen ein.

Außerdem vertraue ich ihm, wenn er sagt, dass er sich darum kümmern wird. Die Fragen dienen wirklich nur der Befriedigung meiner eigenen Neugier, darum beschließe ich, es bis morgen gut sein zu lassen.

Den Rest der Folge gucken wir schweigend an. Die Küchenwand lässt sich raustrennen, aber es braucht dennoch einen dreitausendfünfhundert Dollar teuren Stützbalken, um die Traumküche des Paares wahr werden zu lassen. Dann trifft die beiden ein unerwartetes Leck im Dach, das dafür sorgt, dass das geplante Budget nicht mehr ausreicht. Am Ende wird jedoch noch alles gut, weil sie die Fliesen für das renovierte Hauptbadezimmer im Ausverkauf bekommen und noch einen Freund anrufen, der ihnen hilft, diese selbst zu verlegen, damit sie ihr Budget einhalten können. Die Renovierung wird rechtzeitig fertig und liegt letzten Endes siebentausend Dollar über dem ursprünglichen Budget des Paares von achtzigtausend Dollar.

»Was denkst du?«, frage ich Rhys, als die Folge zu Ende ist.

»Hm«, antwortet er, als müsse er kurz darüber nachdenken. Wir haben fertig gegessen und irgendwie – ich kann wirklich nicht erklären, wie das passiert ist – liegt mein Kopf seit ein paar Minuten auf seiner Brust, während wir beide ans Sofa gelehnt dasitzen. »Was ist es, was dir daran so gut gefällt?« Er fährt mit seinen Fingern durch mein Haar und es fühlt sich genauso gut an wie die kleine Fußmassage, die ich vorhin bekommen habe. Ich beschließe, dass Rhys ebenfalls gut darin ist, was Berührungen angeht. Seine Berührungen sind sehr beruhigend und geben mir Sicherheit, ohne dass er etwas sagt. Übrigens besteht eine dreißigprozentige Chance, dass ich mich gerade in ihn verliebe.

»Ich liebe es, zu sehen, was möglich ist. Auf den ersten Blick war das Haus veraltet und dunkel, aber es war ein versteckter Diamant, verstehst du? Es musste nur die richtige Person kommen, um sein Potenzial freizulegen. Mit ein wenig Aufwand, dem Verlegen der Wäschekammer und der Renovierung der Küche ist das Haus auf einmal ein helles und geräumiges Zuhause, so wie es das immer schon sein sollte.«

»Du meinst wohl eher verdammt viel Aufwand.«

»Manchmal ist es den Aufwand wert«, sage ich leise und mehr zu mir selbst als zu ihm. Ich spiele mit der Öse am Bund seiner Hose, lasse das Material zwischen meinen Fingen hin- und hergleiten und schaue wieder zum Fernseher.

»Sie hätten einfach ein bezugsfertiges Haus kaufen und sich die ganze Mühe sparen können.«

»Vielleicht. Aber vielleicht wollten sie wirklich dieses spezielle Haus und keins der bezugsfertigen Häuser hat sie angemacht.« Er erstarrt unter mir, die Hand noch immer in meinem Haar. »Vielleicht hatten sie ja eine ganz spezielle Vorliebe für dieses Haus oder so. Egal, vergiss es«, sage ich schnell. Ich glaube, meine Immobilienanalogien sind möglicherweise zu verräterisch, aber dennoch kann ich nicht aufhören. »Außerdem hat jede Folge ein Happy End.«

»Ein Haussuch-Happy-End?«

»Ja, es ist immer ein Guckerlebnis, das sich lohnt. Du weißt, dass sie eines der drei Häuser wählen werden, weil sie das immer tun. Du bekommst die virtuelle Garantie, dass am Ende eines der Häuser ein tolles Leben mit einer neuen Familie bekommen wird.«

»Was ist mit den beiden Häusern, die nicht ausgewählt wurden?«

»Über die mag ich nicht nachdenken.«

»Natürlich nicht.«

»Ich bin mir sicher, dass sie auch noch von jemandem ausgesucht wurden«, füge ich nach einer Minute hinzu, da mich das beschäftigt. »Abseits des Bildschirms.«

»Vielleicht waren die anderen Häuser zu kaputt, um eine Familie zu verdienen. Vielleicht waren sie voll mit Schimmel und mussten abgerissen werden.« Er spielt wieder mit meinen Haaren, als er das sagt.

»Nein, Schimmel kann beseitigt werden. Sie brauchten einfach nur den richtigen Käufer, der ihr jeweiliges Potenzial erkannte.«

Eine neue Folge beginnt und Rhys macht keine Anstalten, sich vom Sofa zu erheben. Dieses Mal ist es eine Folge von *Beach Hunters*, in der potenzielle Hausbesitzer ihr Traumhaus mit Strandzugang suchen.

Ich war noch nie wirklich ein Strand-Mädchen.

»Hast du heute Abend noch mehr Arbeit zu erledigen?«, frage ich und sehe zu ihm hoch. Ich weiß nicht genau, wie viel Zeit ich mit ihm habe oder wie ich um das, was ich möchte, bitten soll.

»Möchtest du, dass ich weiterarbeite?«

»Nein.« Ich schüttle den Kopf an seiner Brust, der Stoff seines T-Shirts fühlt sich weich an meinem Kinn an.

»Ich bin für heute Abend fertig.«

»Das ist toll.«

»Warum das?«

Ich lege ihm meine Hand auf die Brust und frage mich, wie ich die Sache mit dem Sex in Gang bringen soll. »Dann können wir ja vielleicht an unserer DSD arbeiten.«

»DSD?«

»Durchschnittliche Sexdauer. Vergiss nicht, wir müssen daran arbeiten, effizienter zu werden, da du so viel zu tun hast.«

Rhys schließt für einen Moment die Augen und ein leises Stöhnen entfährt ihm. Ich kann es jedoch nicht deuten. Ist es Interesse? Erschöpfung? Erregung? Ich bin mir absolut nicht sicher. Ich sehe auf die Uhr und frage mich, wann er morgen mit der Arbeit beginnen möchte. Vielleicht ist es für ihn auch an der Zeit, schlafen zu gehen. Keine Ahnung.

»Wir könnten es schnell machen, um die Durchschnittszeit zu senken«, ergänze ich, für den Fall, dass er überlegt, eine halbe Stunde Schlaf für eine Runde Sex zu opfern. »Oder ich könnte dir einen Blowjob geben, aber ich denke nicht, dass das zur Durchschnittsdauer zählt. Ich glaube, dass ich mal gelesen habe, dass Blowjobs beim Einschlafen helfen, also wäre das immer noch sehr effektiv genutzte Zeit, meinst du nicht?«

Er atmet hörbar aus und macht die Augen wieder auf. Er sieht mich ein wenig fassungslos an. »Hast du schon jemals einen Blowjob gegeben, Lydia?«

»Nein.« Ich schüttle den Kopf. »Ich habe es einem Ex-Freund ein paarmal mit der Hand besorgt, aber er kam immer ziemlich schnell, ohne dass ich viel gemacht habe. Deshalb habe ich ja auch gedacht, dass sieben bis dreizehn Minuten ein vernünftiges Ziel wären, denn dieser Typ brauchte immer nur ungefähr zwei Minuten, bis er gekommen ist.«

Rhys hört auf, mit meinen Haaren zu spielen, und nutzt seine Hand stattdessen, um sich über die Stirn zu reiben. Langsam befürchte ich, dass ich vielleicht sein Interesse verliere.

»Ich weiß aber, wie man es macht«, sage ich eilig. »Ich habe ein paar Videos gesehen, um den Dreh rauszukriegen, und ich lerne schnell.« Ich war schon immer stolz auf meine rasche Auffassungsgabe. »Ich habe nicht vergessen, dass du mir deinen Schwanz in den Mund schieben willst, bis ich keine Luft mehr bekomme, aber diesen Teil wirst du mir beibringen müssen, da in keinem der bisher gesehenen Videos erklärt wird, ob diese Frauen einfach ohne Würgereflex geboren wurden oder wie sie diesen unterdrücken, falls nicht. Manche von den Frauen waren dabei übrigens ganz leise und andere genau das Gegenteil und ich bin mir nicht sicher, was du lieber magst.«

»Lydia.« Rhys stößt meinen Namen zwischen zusammengebissenen Zähnen hervor.

»Ja?«

»Bitte hör auf, zu reden.«

Oh. Mist.

Ich beiße mir auf die Lippe, um meine Enttäuschung zu überspielen. Einerseits, weil ich heute Nacht offensichtlich keinen Sex haben werde, und andererseits, weil ich mich frage, an welcher Stelle ich sein Interesse verloren habe. In meinem Kopf gehe ich die ganze Unterhaltung noch einmal durch und versuche, herauszufinden, wo genau es passiert ist, damit ich es aus meinem Repertoire an Verführungskünsten streichen kann.

Aber Moment mal.

Er ist interessiert. Ich weiß das, weil ich besagtes Interesse an meinem Bauch größer werden spüre. Neu erwachtes Interesse, das er während der letzten zehn Minuten der Hausrenovierung im Fernsehen nicht hatte, als ich mit dem Kopf auf seiner Brust lag und die Anrichten aus Quarz enthüllt wurden. Vielleicht bedeutet seine Bitte, ich solle aufhören zu reden, auch vielmehr, dass ich mich stattdessen an die Arbeit machen sollte? Schließlich habe ich hier eine Aufgabe. Als ich noch bei den Pfadfinderinnen war, hat uns unsere Gruppenleiterin Mrs Barnes immer gesagt, wir sollen weniger reden und mehr machen, als wir unsere Cookie-Bestellungen sortiert haben, aber ich nehme an, dass das nicht mal annähernd dasselbe ist.

Trotzdem.

Es könnte dasselbe sein.

Ich sehe zu Rhys hoch, lasse meine Hand von seiner Brust zu seinem wachsenden Interesse wandern und umfasse seine Erektion. Als er mich nicht aufhält, rutsche ich von der Couch und knie mich zwischen seine gespreizten Beine. Ich bin gerade dabei, seinen Reißverschluss zu öffnen, als er mich aufhält.

»Lydia, stopp. Steh auf.«

23. Kapitel

Rhys

»Habe ich etwas falsch gemacht? Ich habe doch noch nicht einmal angefangen.«

Lydia sieht verwirrt aus und möglicherweise auch enttäuscht. Sie ist enttäuscht darüber, dass ich sie nicht dazu ermuntere, mir einen Blowjob zu geben? Verdammt. Sie steht nicht auf, wie ich es ihr gesagt habe, sondern setzt sich auf ihre Füße und sieht zu mir hoch, ein Anflug von Verletztheit ist in ihren Augen zu lesen.

»Nein, du hast nichts falsch gemacht.« Ich schüttle den Kopf und reibe mir über den Nasenrücken. Heiliger. Sie ist so verdammt eifrig. Erpicht darauf, mich zufriedenzustellen, dabei verdiene ich es nicht. Ich verdiene sie nicht. Auch wenn ich sie dafür bezahlt habe, dass sie hier ist und meine sexuellen Bedürfnisse befriedigt.

»Hast du Sorge, dass ich schlecht darin sein werde? Denn in meiner Vorstellung bin ich ziemlich gut darin, aber das kann ich nicht beweisen, wenn ich es nicht versuchen darf. Außerdem möchte ich es gern. Ich möchte es versuchen und ich möchte wissen, wie es sich anfühlt, das für dich zu tun.«

»Ich werde es dich versuchen lassen. Nur nicht heute Abend.«

»Okay, wann dann?«

»Mittwoch«, werfe ich in den Raum, da ich scheinbar meinen vermaledeiten Verstand verloren habe. Keine Ahnung, warum ich gerade Mittwoch gesagt habe, aber Lydia kniet noch immer vor mir und ich möchte ihre natürliche Begeisterung für Sex nicht im Keim ersticken. Es ist ja nicht so, als würde ich den Blowjob nicht *wollen*. Natürlich will ich ihn, verdammt noch mal.

Sie zieht ihre Unterlippe zwischen die Zähne und lächelt dann, ehe sie einmal nickt, als wäre Mittwoch eine angemessene

Antwort darauf, wann sie meinen Schwanz lutschen kann. Ihre Hände liegen auf ihren Oberschenkeln, die in der süßen Pyjamahose stecken, die sie trägt. Ihre Haare sind zu einem Pferdeschwanz zusammengebunden und ich kann ihre Nippel durch das Tanktop ausmachen. Das alles erscheint so normal. So verflucht normal, sie hier zu haben, als wäre sie schon immer hier gewesen und als wäre sie dafür bestimmt, hier zu sein.

Ich drücke auf die Fernbedienung und schalte den Fernseher aus, ehe ich aufstehe und ihr meine Hand hinhalte, um sie in die Höhe zu ziehen. Sobald sie wieder auf den Füßen steht, ziehe ich sie an mich und küsse sie. Lydia quiekt auf, da sie den Kuss definitiv nicht erwartet hat, lehnt sich dann aber an mich und schlingt die Arme um meinen Nacken. Ihre Nippel drücken sich gegen meine Brust. Ihre Lippen sind weich und nachgiebig unter meinen. Ihre Finger hat sie in meinem Haar vergraben und das hier – das hier lässt mich steinhart werden.

Ich umfasse die Rückseiten ihrer Oberschenkel und hebe sie hoch, bis sie ihre Beine um meine Hüften legt. Es erfüllt mich mit einer seltsamen Art von Frieden, durchs Wohnzimmer zu gehen und das Licht auszuschalten, während sie sich an mich klammert. Da ist auch ein bescheuertes Gefühl von Sicherheit, weil ich weiß, dass sie die ganze Nacht und auch am Morgen immer noch hier sein wird.

Warum fühlt es sich nicht erdrückend an? Das sollte es, oder etwa nicht? Stattdessen mag ich, wie sich Lydia an mich klammert. Ich mag es, sie hier zu haben. Ich mag ihre Gesellschaft. Sie und ihre mit Tacosprüchen bedruckten T-Shirts, ihre Liebe für billiges Fast Food und ihre seltsamen Shoppingangewohnheiten sowie ihre Freude daran, völlig fremden Menschen dabei zuzugucken, wie diese in einer für sie fremden Stadt nach einem Haus suchen.

Ich möchte alles von Lydia wissen, was ich bisher noch nicht in Erfahrung gebracht habe. Wirklich alles.

Ich muss nur vorher ihrer Verbindung zu Vince auf den Grund gehen. Was auch immer dahintersteckt, ich kann es lösen. Sie ist verdammte zweiundzwanzig Jahre alt und hat Spaß am Shoppen in Secondhandläden. Wie viel Schulden kann sie schon haben? Canon hat mir für morgen einen Bericht versprochen. Damit werde ich anfangen.

»Wir haben gleich Sex, oder?« Sie küsst meinen Hals, während ich weitergehe, drückt mir auf ihre typische Art ihr Becken entgegen und reibt sich an mir. Das mag ich ebenfalls. Ich weiß, das sollte ich nicht. Mir ist klar, dass ihr Eifer von ihrer Unerfahrenheit herrührt und diese Unerfahrenheit wiederum teilweise auf ihr Alter und teilweise auf ihre absolute Unwissenheit in Bezug auf Männer zurückzuführen ist, aber genau das liebe ich an ihr. Sie ist noch nicht abgestumpft. Sie hat keine Ahnung von Verführung. Sie wird rot, wenn ich sie nur ansehe, und erzählt mir viel zu viel. So wie jetzt zum Beispiel, als sie sich gerade weit genug zurücklehnt, um mir in die Augen zu sehen und zu fragen, ob wir gleich Sex haben werden. Ihre Zweifel von vorhin sind freudiger Erwartung gewichen.

Ich hatte schon verdammt viel Sex und bin mir sicher, dass mich bisher noch nicht eine einzige Frau gefragt hat, ob wir gleich Sex haben werden.

»Die Küsse, deine Hand an meinem Hintern und der Gang ins Schlafzimmer bedeuten doch, dass wir Sex haben werden, oder? Du lässt den Blowjob sausen, weil du Zeit für echten Sex hast?« Als ich ihr nicht sofort antworte, reißt sie die Augen auf und blinzelt dann, ehe sie in leiserem, sanfterem Tonfall, der perfekt in meinen Ohren klingt, wispert: »Bitte sag Ja.«

»Ja, wir werden Sex haben, Lydia.«

»Yay!«

Keiner hat auch das jemals zuvor zu mir gesagt. Ich habe schon jedes denkbare Kompliment beim Vögeln gehört, das es gibt, aber noch niemals *Yay*. Gott möge mir helfen, aber ich glaube, dass es dasselbe *Yay* ist, das sie sonst für den Eiskaffee von *Del Taco* reserviert hat, von daher weiß ich, dass es aufrichtig gemeint ist.

»Erzähl mir etwas, Lydia.«

»Okay.« Sie legt den Kopf schief, die Augen noch immer kugelrund und voll freudiger Erwartung.

»Erzähl mir, wie es sein kann, dass du das College abgeschlossen hast und immer noch Jungfrau warst.«

»Die Sache ist die, Rhys«, beginnt sie, hält dann aber inne, als suche sie nach den richtigen Worten.

»Ja?«

»Mir ist bewusst, dass das möglicherweise überraschend sein mag, also bereite dich schon mal darauf vor. Die Sache ist, dass ich auf der Highschool ein kleiner Nerd war.«

»Was du nicht sagst.« Ich behalte meine ernste Miene bei.

»Ja.« Sie nickt. »Es stimmt. Und das hat sich irgendwie bis in meine Collegezeit gezogen. Ich wollte Sex haben, wirklich. Aber ich wollte es wirklich fühlen, eine Verbindung. Das Gefühl, mir die Klamotten vom Leib reißen zu wollen, aber das hat sich nie eingestellt. Rumzumachen, hat Spaß gemacht, aber mehr im Sinne von *Danke, das reicht, du kannst deine Hose anbehalten*.«

»Also hast du beschlossen, deine Jungfräulichkeit zu verkaufen, wäre der richtige Weg?«, frage ich irritiert.

Sie blickt zur Seite und beißt sich auf die Unterlippe. Eine kleine Falte hat sich auf ihrer Stirn gebildet. »Was das angeht ... Ich war dabei, zu einer alten Jungfer zu werden.« Sie sieht mich wieder an, als wolle sie meine Reaktion darauf beobachten.

»Eine alte Jungfer? Eine zweiundzwanzigjährige alte Jungfer?«

»Jap. Aber können wir später darüber reden?«

Ich lasse sie am Fußende meines Betts runter und ziehe ihr in der gleichen Bewegung das Top über den Kopf, ehe ich die Satinschleife aufmache, die ihre Pyjamahose um ihre Taille festhält, und ihr auch die Hose ausziehe. Dann gehe ich auf die Knie und lege mir eins ihrer Beine über die Schulter.

»Wie kommt es, dass du mich heute mit dem Mund befriedigen darfst und ich darauf bis Mittwoch warten muss?«

»Weil ich hier das Sagen habe und das so bestimme.«

»Hm, ich mag es, wenn du das Sagen hast. Dein Selbstvertrauen sorgt dafür, dass ich mich auch selbstbewusster fühle. Und begehrt. Außerdem macht es mich irgendwie scharf, Anweisungen zu befolgen.«

Ihre Atmung hat sich beschleunigt, während sie spricht, und auf ihrer Brust haben sich rote Flecken gebildet. Sie hat kleine Brüste. Sie sind nicht gemacht und perfekt. Es gefällt mir, wie sie sich aus diesem Blickwinkel heben und senken. Auch wie Lydia den Kopf in den Nacken fallen lässt, als ich an ihrer Klit sauge, oder wie sie meine Schultern packt, um nicht vornüberzufallen. Wie sie mir ihr Becken entgegendrückt.

Ich packe ihre Pobacken, um sie zu ruhig zu halten, und fahre mit einem Finger zwischen ihrer Pussy und ihrem Hintern entlang. Darauf reagiert sie. Sie hebt den Kopf und ein kleines *Oh* entweicht ihrem Mund, als ich mit der Fingerspitze ihr Poloch umkreise. Sie verspannt sich, entspannt sich aber gleich darauf wieder, als ich stärker an ihrer Klit sauge. Ihre Ferse drückt sich in meinen Rücken und sie wölbt sich mir noch mehr entgegen, als ich erneut meinen Finger kreisen lasse.

Sie ist so verdammt perfekt.

Ich nehme ihr Bein von meiner Schulter und schubse sie rücklings aufs Bett, damit ich ihre Schenkel weiter auseinanderspreizen kann. Ich mag uneingeschränkten Zugang, wenn ich arbeite, wobei das hier wohl eher einem Hobby als einem Job gleichkommt.

»Sag mir, was du magst«, verlange ich, während ich mit den Händen die Innenseite ihrer Oberschenkel entlangstreichle. Ich platziere einen Kuss auf der Stelle direkt unter ihrem Bauchnabel und umfasse ihre Waden, um ihre Knie genau so zu positionieren, wie ich sie haben will.

»Bisher war alles super«, sagt sie glücklich seufzend und ich muss lachen.

»Ich meinte sehr spezifisch, gutes Mädchen, da du schließlich keine Vergleichsmöglichkeiten hast.«

Ich spreize mit den Daumen ihre Schamlippen und lecke mit der Zunge ihre Pussy entlang, wobei ich sie nicht aus den Augen lasse. Eine ihrer Hände liegt auf ihrem Bauch, mit der anderen hat sie die Tagesdecke über ihrem Kopf umklammert. Ihre Brüste heben und senken sich unter ihren schnellen Atemzügen. Den Kopf hat sie zur Seite geneigt, die Augen fest geschlossen.

Fuck, sie ist so hübsch. Feucht und erregt, was mich höllisch anmacht. Ich könnte sie die ganze Nacht ansehen und kosten. Ich lecke wieder mit der Zunge ihre Pussy entlang. Erst leicht, dann ein wenig fester.

»Was davon fandst du besser?«

»Oh.« Ihre Lider flattern auf und sie rutscht unruhig hin und her. »Ich weiß nicht, ich mochte beides.«

Ich wiederhole es und noch einmal, ehe sie mir sagt, dass ihr der leichtere Druck besser gefallen hat.

Dann umschließe ich mit den Lippen ihre Klitoris und sauge daran. Zuerst wieder nur leicht, dann heftiger. Hier mag sie es, wenn ich stärker daran sauge.

Ich lecke, sauge und liebkose sie, und füge dann noch meine Finger hinzu, während ich Lydia immer wieder bitte, mir zu sagen, was ihr am besten gefällt. Ich habe eine ziemlich gute Vorstellung davon, was ihr Freude bereitet, basierend auf ihrer Atmung und darauf, wie sie manchmal ihren Fuß anspannt. Oder ihre Finger, die auf ihrem Bauch liegen. Auch die Anspannung in ihren Oberschenkeln und die Art und Weise, wie sie ihre Beine spreizt oder enger um meine Schultern schließt, geben mir Hinweise.

Ich mag es allerdings, es aus ihrem Mund zu hören.

»Was, wenn ich es nicht jedes Mal genau gleich mag?«, fragt sie, nachdem sie zweimal gekommen ist. Die Innenseiten ihrer Oberschenkel sind benetzt von ihrer Nässe und sie ist ein wenig außer Atem, weil ich sie dazu genötigt habe, mir zu sagen, wie viel Druck sie mag, wenn ich mit meinen Fingern diesen einen perfekten Punkt in ihrem Inneren massiere. »Was, wenn ich dir schlechte Angewohnheiten auf Basis dessen antrainiere, was ich diesem Augenblick mag?«

Gott möge mir helfen, diese Frau ist manchmal wirklich schwierig.

»Ich bin viel besser darin, mich anzupassen, als zu verhandeln«, antworte ich und schaffe es tatsächlich, dabei nicht zu grinsen.

»Oh. Okay.« Sie nickt und seufzt.

Ich stehe auf und ziehe mir mit einem Ruck das T-Shirt über den Kopf. Dann entledige ich mich auch meiner Hose und ziehe Lydia in eine stehende Position, ehe ich mich an ihrer statt aufs Bett lege. »Setz dich auf mich«, sage ich zu ihr, während ich mit einer Hand meinen Schwanz bearbeite. Ich bin so dermaßen hart, dass ich das Gefühl habe, auf der Stelle kommen zu können. Ich verstreiche den Lusttropfen auf meiner Spitze und nutze die Feuchtigkeit, um mich selbst noch intensiver zu streicheln.

Mein Befehl lässt Lydias Augen auflodern, dann erklimmt sie das Bett und setzt sich auf mich, eine Hand auf meiner Brust abgestützt.

Sie übernimmt meinen Schwanz, bewegt ihre Hand rauf und runter, während ihr Blick zwischen meiner Erektion und meinem Gesicht hin- und herwandert. Dabei lugt ihre Zunge zwischen ihren Lippen hervor, so konzentriert ist sie bei der Sache.

»Ich verstehe noch immer nicht, wie du in mich hineinpasst«, sagt sie mit großen Augen, als sie eins ihrer Knie etwas anhebt, um meinen Schwanz an ihren Eingang zu führen.

»Gestern Nacht hat es wunderbar gepasst«, erinnere ich sie und sie errötet.

»Mein Körper muss magische Fähigkeiten besitzen, um das möglich zu machen.« Sie streicht mit der Spitze meines Schwanzes ihren Eingang entlang und ich keuche angesichts der Hitze und der Feuchtigkeit, die mich dort empfangen. Es braucht eine ganze Menge Beherrschung, um nicht die Führung an mich zu reißen und hart in sie hineinzustoßen.

Stattdessen streichle ich ihre Oberschenkel und ermutige Lydia, als sie mich in sich hineingleiten lässt. Sie ist so verdammt eng. Möglicherweise hat sie mit der Magie sogar recht.

Sie schafft es, mich ein paar Zentimeter in sich aufzunehmen, aber ihr Gesicht ist verkrampft und ihre Pussy erst recht. Sie hebt ihr Becken leicht an und lässt sich dann wieder auf mich sinken. Als ich ihr sage, dass sie sich entspannen soll, stößt sie hörbar den Atem aus.

Ich berühre sie überall. Streichle erneut ihre Oberschenkel, ihre Seiten, umfasse ihre Brüste und spiele mit ihren Nippeln, während sie mich keuchend ein klein wenig tiefer in sich aufnimmt. Dann hält sie inne, stützt sich auf den Knien ab und hindert die Schwerkraft daran, ihren Job zu machen. »Ich kann nicht, Rhys. Ich kann es so noch nicht machen. Es tut mir leid.« Sie lässt meinen Schwanz los und klettert von mir runter. »Es tut mir leid«, wiederholt sie.

Ich runzle die Stirn, weil eine Entschuldigung gerade das Letzte ist, was ich aus ihrem Mund hören möchte.

»Du bist zu groß und es ist auf diese Weise zu eng. Ich bin nicht sehr gut darin. Es funktioniert besser, wenn du es machst. Hast du Vince schon bezahlt? Du solltest ihn um eine Rückerstattung oder zumindest um einen ermäßigten Preis bitten, da ich es nicht auf all die Arten machen kann. Können wir es in einer Stellung tun, in der du der Aktive bist? Doggystyle vielleicht? Dann hättest du die Kontrolle. Ich bin eindeutig besser, wenn du die Führung übernimmst.« Sie wedelt mit den Händen in der Luft herum, während sie spricht.

Ich packe eine davon und ziehe sie wieder auf mich. »Lydia.« Ich sage nichts weiter, bis ich ihre ganze Aufmerksamkeit habe.

»Was?«

»Ich möchte nicht, dass es dir leidtut.«

»Okay«, sagt sie, senkt aber den Blick. Ihre Schultern sind noch immer angespannt.

»Wir müssen es nicht in einer Stellung tun, die dir unangenehm ist. Niemals.«

»Okay.«

»Aber ich verspreche dir, dass du es sehr genießen wirst, mich wie ein dreckiges kleines Cowgirl zu reiten, sobald du ein bisschen Selbstbewusstsein aufgebaut hast.«

»Hm, vielleicht.« Sie zuckt mit den Schultern und malt dabei Kreise auf meiner Brust. Dann sieht sie mich unter ihren langen Wimpern hervor an, ihre Haut ist noch immer gerötet.

»Und bis dahin gibt es viele, viele andere Positionen, die wir ausprobieren können.«

Das funktioniert.

»Wie viele?« Ihr Interesse ist geweckt und sie drückt sich enger an mich. In ihren Augen leuchtet ein Ausdruck, der mir das Gefühl gibt, das verdammte Zentrum des Universums zu sein, wenn sie mich so ansieht.

»Sehr viele. Doggystyle werden wir allerdings erst einmal überspringen, so süß dein Angebot auch war und so sehr ich dich auch auf allen vieren will. An deinen Haaren ziehend und dich hart nehmend.«

»Oh.« Sie schmollt und macht keine Anstalten, ihren enttäuschten Gesichtsausdruck, bestehend aus gefurchter Stirn und heruntergezogenen Mundwinkeln, zu verbergen. »Warum können wir das nicht jetzt machen? Das klingt gut.«

»Weil ich dann dein Gesicht nicht sehen kann. Und ich möchte dein Gesicht sehen, während ich es dir besorge.«

»Oh, okay.« Sie zieht das Oh in die Länge. »Ich mag dein Gesicht ebenfalls.« Sie grinst mich an. »Allerdings mag ich dein Gesicht immer. Ich freue mich schon sehr darauf, es am Mittwoch zu sehen.«

»Du«, sage ich und rolle uns herum, »bist ein ziemliches Luder für ein so gutes Mädchen.« Ich küsse Lydia, bis sie sich entspannt hat und einen Fußballen in meinen Hintern bohrt, in dem Versuch, mich enger an sich zu ziehen. Ich richte mich etwas auf und beuge ihre Knie in Richtung ihrer Brust, halte ihre Beine aber zusammen und lege sie mir beide über die linke Schulter. Dann versenke ich mich in ihr.

Gott, sie fühlt sich gut an. Lydia reißt die Augen auf und ihr Mund formt ein kleines *O*. Sie blinzelt heftig, dann lächelt sie.

»Oh, wow, ich hatte ja keine Ahnung.« Sie schüttelt den Kopf und sucht an meinen Unterarmen Halt. »Ich habe immer angenommen, dass meine Beine gespreizt sein müssen, damit ich Sex haben kann. Aber man lernt nie aus, nicht wahr?« Sie kneift die Augen zu und schüttelt erneut den Kopf. »Es war dumm, das auszusprechen.«

Ich drehe einen ihrer Knöchel so, dass ich ihre Fußsohle küssen kann, und bewege mein Becken, bis ich so tief in ihr bin, dass meine Sicht für einen Moment verschwimmt. Es bedeutet absolute Ekstase, dass jeder Zentimeter von mir von ihr umschlossen ist. Feucht und warm und eng. »Es ist nicht dumm.« Ihre Unwissenheit ist ein absoluter Antörner. Mir ist klar, dass ich ein Bastard bin, weil ich das denke, aber egal. Sie ist zweiundzwanzig, nicht sechzehn, und ich genieße es wahnsinnig, derjenige zu sein, der sie in die Sex-Welt einführt. Sie sich winden und erröten zu sehen. Ihre Fragen zu beantworten und ihren Horizont zu erweitern. Sie ist so davon überzeugt, dass ich irgendeinen verborgenen Fetisch habe, aber ich glaube, mein Fetisch ist sie. Ihr all das beizubringen.

»Nun, ich bin eine ziemlich gute Problemlöserin«, sagt Lydia mit einem geheimnisvollen Grinsen. Dann zieht sie ihre Knie näher an ihre Brust, verändert damit den Eindringwinkel und reißt die Augen auf.

»Wie fühlt sich das an?«, frage ich. »Alles in Ordnung?« Sie nickt, ehe ich zu Ende gesprochen habe.

»Gut. Das fühlt sich gut an. Mehr davon bitte.« Sie zieht sich um mich zusammen und alles wird noch enger und heißer. Sie ist so feucht und empfänglich und perfekt, während ich mich mit tiefen Stößen in ihr bewege. Sie ist tatsächlich perfekt. Zu perfekt für einen Mann wie mich. Ich verbanne diesen Gedanken allerdings, denn ich habe gerade genug, worüber ich nachdenken kann. Meine einzige Priorität für den Moment ist, meinen Namen aus ihrem Mund zu hören. *Rhys, Rhys, Rhys.* Das sagt sie immer, wenn sie kommt. Jedes Mal. *Oh, oh, oh* gefolgt von *Rhys, Rhys, Rhys.*

»Ich will dich noch näher spüren«, sagt sie und streckt ihre Arme nach meinem Nacken aus. Sie lässt ihre Knie sinken und spreizt die Beine, sodass mein Becken dazwischen passt. Dann zieht sie mich an sich, Brust an Brust, Bauch an Bauch.

Ich nehme ihr Gesicht in die Hände und küsse sie.

»Du bist nett«, wispert sie, doch das kann nicht sein. Ich bin nicht nett. Ich bezahle sie zur Hölle noch mal. Sie macht nur ihren Job. Einen Job, den sie unmöglich brauchen kann und in dem sie entweder furchtbar schlecht oder wahnsinnig gut ist, je nachdem, aus welchem Blickwinkel man es betrachtet. Ich füge das dem Haufen Mist hinzu, über den ich später nachdenken muss, da Lydia mit den Händen über meinen Hintern gleitet und mir ihr Becken entgegenreckt. Also konzentriere ich mich darauf, die durchschnittliche Sexdauer nicht zu verkürzen, von der sie so besessen ist, und dafür zu sorgen, dass sie das hier auch morgen noch spüren wird.

Nachdem wir fertig sind, erinnere ich mich daran, dass ich mir meinen Laptop schnappen und noch eine letzte E-Mail ans Londoner Büro schicken sollte, damit ich eine Antwort habe, wenn ich aufwache. Aber Lydias Hintern presst sich an meinen Körper und ihr Haar ist wie ein Fächer auf meinem Kissen ausgebreitet, also lasse ich es. Es ist egal. Ich werde die E-Mail morgen Früh versenden.

24. Kapitel

Lydia

Ich frage mich, ob ich anders aussehe? Ob jeder wissen wird, der mich ansieht, dass ich das ganze Wochenende über Sex hatte? Ich betrachte mich in Rhys' Badezimmerspiegel und werde rot. Das ist der peinlichste Gedanke überhaupt. Und ein dummer. Niemand wird mich ansehen und es direkt wissen. Außerdem haben die Leute das Wochenende über wahrscheinlich das Gleiche gemacht wie ich, da jeder Sex hat. Selbst ich.

Wenn ich Rhys heute im Büro sehe, werde ich mir jedenfalls nicht vorstellen, wie er nackt aussieht. Auf keinen Fall. Wenn ich ihm im Pausenraum auf der vierten Etage über den Weg laufen sollte, werde ich nur normale Sachen über ihn denken. Total normale Gedanken, in denen er vollständig bekleidet ist. Immerhin bin ich eine erwachsene und professionelle Person.

Wenn ich zufällig auf dem Flur an ihm vorbeigehe, werde ich mir nicht vorstellen, wie er aussieht, wenn er sich, nur mit einem Handtuch um die Hüften, vor dem Badezimmerspiegel rasiert. Nein, absolut nicht.

Vielmehr werde ich jetzt sofort damit aufhören, ihn anzustarren, und versuchen, diese Erinnerung aus meinem Gedächtnis zu löschen, damit sie nicht aus Versehen später noch mal wieder aufpoppt.

»Was ist los?«, fragt er, als ich vor dem Spiegel herumhample, ohne ihn anzusehen.

Ich bin gerade aufgewacht und ins Badezimmer gestolpert, um die Toilette aufzusuchen. Hier habe ich ihn frisch aus der Dusche und – so wie es aussieht – beinah fertig mit dem Rasieren angetroffen. Normalerweise hätte ich mich umgedreht und eins der anderen Badezimmer benutzt, aber die Toilette hier in diesem Bad ist in einem kleinen Extraraum untergebracht. Was ziemlich toll ist, da ich Rhys nie so sehr mögen werde, dass ich vor ihm die Toilette benutzen werde. Glaube ich zumindest. Es sei denn, wir heiraten, bekommen Kinder und er sieht mir dabei zu, wie ich diese gebäre. Vielleicht wäre es danach okay, vor ihm zu pinkeln. Definitiv vielleicht.

»Nichts.« Ich zucke mit den Schultern und schnappe mir meine Zahnbürste, da ich diese bei Rhys im Badezimmer stehen habe. Einfach ein ganz normaler Montagmorgen. Ich gebe Zahnpasta auf meine Zahnbürste und schiebe sie mir in den Mund, um mich vom Reden abzuhalten. Dann werfe ich Rhys einen Seitenblick zu, um ihn wieder in diesem Handtuch zu betrachten. Er zieht es sich gerade von den Hüften, wirft es in den Wäschekorb und geht nackt zu seinem Kleiderschrank hinüber. Wie soll sich ein Mädchen bitte nicht daran erinnern, wie sein nackter Hintern aussieht? Wie? Ich bin nun auch keine Zauberin, verdammt noch mal. Ich kann diesen Anblick nicht einfach aus meinem Hirn verbannen. Außerdem möchte ich das auch gar nicht. Ich möchte ein Memo verfassen, aus dem für jede bedauernswerte Frau – und jeden interessierten Mann, hier gilt natürlich Gleichberechtigung –, die beziehungsweise der nicht das Glück hatte, Rhys leibhaftig sehen zu können, detailliert hervorgeht, wie toll sein Hintern ist. Was mich daran erinnert ...

»Also, ähm, das Büro. Das hier ...«, sage ich und zeige mit dem Finger zwischen uns hin und her, als er komplett angezogen und mit Krawatte um den Hals zurückkehrt. »Das Büro«, wiederhole ich mit einem weiteren Wedeln meiner Hand, während ich meine Zahnbürste ausspüle.

»Ich kümmere mich darum«, erwidert er und zwinkert mir zu, ehe er mir für später eine schöne Mittagspause wünscht und dann verschwunden ist. Heiliger, er beginnt wirklich früh mit der Arbeit.

Moment.

Mittagspause?

Oh Gott, er bezieht sich auf mein Mittagessen mit Payton. Darauf, dass er gehört hat, dass mich Payton für die Mittagspause um eine Zusammenfassung unseres Sexlebens gebeten hat.

Das ist ... peinlich.

Aber er wirkte amüsiert, also scheint es ihm nichts auszumachen, oder? Außerdem hat er sich gestern Nacht beim Sex besonders Mühe gegeben, also erinnert er mich vielleicht an meine Mittagspause, weil er auf eine gute Bewertung hofft.

Ich nehme eine extralange Dusche und bummle beim Fertigmachen herum, da ich ausnahmsweise mal die Zeit dafür habe. Ich bin früher aufgestanden als sonst und muss nicht zur Arbeit pendeln, was praktisch ist, auch wenn es sich komisch anfühlt, in einem Hotel zu leben. Aber auch irgendwie cool. Ganz im Gegenteil dazu, keine Lebensmittel im Kühlschrank zu haben. Das ist einfach nur seltsam, auch wenn Rhys den Zimmerservice für komfortabel hält. Ich werde nicht jedes Mal, wenn ich etwas essen möchte, den Zimmerservice rufen. Wenn ich einen Monat lang hier leben soll, werde ich die Essenssituation lösen müssen. Außerdem hat er zwar eine Kaffeekanne und Kaffee da, aber keine Kaffeesahne und keinen biozertifizierten und natürlichen Süßstoff. Was also hat das für einen Sinn?

Gar keinen. Gott sei Dank haben wir die schicke Kaffeemaschine im Pausenraum. Die sollte für heute reichen, während ich mich um den Rest kümmere.

Sobald ich bereit bin, das Apartment – oder die Suite; ich bin wirklich unsicher, wie ich es nennen soll – zu verlassen, nehme ich den privaten Aufzug in die vierte Etage. Rhys hat mir gestern eine Keycard gegeben, die die Tür zu seinem Apartment öffnet und mir Zugang zu besagtem privatem Lift gewährt. Außerdem hat er mir gezeigt, wo der Fahrstuhl in der vierten Etage ankommt, damit ich an meinem ersten Tag nicht gänzlich orientierungslos bin. Ich nehme an, er wusste, dass er heute früher zur Arbeit gehen würde als ich. Was absolut in Ordnung ist, ich habe schließlich nicht erwartet, dass wir zusammen zur Arbeit runterfahren. Wir sind ja keine Fahrgemeinschaft oder so was, wir leben nur zusammen und haben Sex. Und verstehen uns gut. Und genießen die Gesellschaft des jeweils anderen. Das ist alles. Ich verliebe mich definitiv nicht in ihn. Es besteht vielleicht maximal eine fünfundfünfzigprozentige Chance, dass das passiert.

Als ich meinen Arbeitsplatz erreicht habe, stelle ich meine Handtasche neben meinem Schreibtisch ab. Ich habe sie mit zur Arbeit genommen, da es sich seltsam angefühlt hätte, sie oben zu lassen, auch wenn es irgendwie unnötig ist, sie mitzubringen. Immerhin brauche ich weder meine Autoschlüssel noch mein Portemonnaie und einen Ersatzlippenpflegestift habe ich in meiner Schreibtischschublade. Dieses Leben im Hotel birgt wirklich seine ganz eigenen Schwierigkeiten. Anschließend mache ich mich auf den Weg in den Pausenraum, um mich mit Kaffee zu versorgen, ehe ich mit der Arbeit beginne. Möglichst früh, versteht sich, da ich nun mal eine fleißige Mitarbeiterin bin.

Meine Chefin Bethany genauso. Sie befindet sich bereits im Pausenraum und nutzt ebenfalls den modernen Kaffeevollautomaten, als ich hereinkomme. Sie lächelt, wünscht mir einen guten Morgen und würdigt mein frühes Erscheinen am Arbeitsplatz, was ich sehr zu schätzen weiß. Verbale Anerkennung ist fast genauso gut wie ein Abzeichen.

»Hattest du ein schönes Wochenende?«

Das hatte ich. So was von.

»Ja, danke.« Im Geiste klopfe ich mir auf die Schulter, mir sicher, dass ich es in einem normalen *Ich-hatte-nicht-erst-vor-Kurzem-Sex*-Tonfall gesagt habe.

»Du siehst anders aus«, sagt sie beiläufig, als sie sich einen Müsliriegel aus einem der in offenen Gläsern arrangierten Snackvorräte nimmt, die auf der Anrichte stehen.

Oh mein Gott, ich habe den Glow. Den *Ich-hatte-Sex*-Glow. Ich wusste es. Ich wusste, dass es megaoffensichtlich sein würde, und nun werden sich die Leute vorstellen, wie ich nackt aussehe.

»Hast du ein wenig Sonne abbekommen?«

Oder sie denken vielleicht auch nur, dass ich etwas Sonne getankt habe und braun geworden bin. »Ähm, nicht dieses Wochenende, nein. Aber seit ich hierhergezogen bin, bin ich definitiv schon etwas braun geworden. Das wird es wohl sein.« Nachdem Bethany ihren Becher unter der Maschine hervorgezogen hat, stelle ich meinen Becher unter den Kaffeeausgießer und drücke die entsprechenden Knöpfe für einen Latte. »Wie sieht es mit dir aus?«, frage ich, während die Maschine brummt und die ersten Tropfen Kaffee in meinen Becher fließen. »Hast du etwas Schönes am Wochenende gemacht?«

»Ich war beim Friseur«, antwortet sie schulterzuckend. »Nichts besonders Lebensveränderndes. Nur die Spitzen«, sagt sie und hält mir das Ende einer Haarsträhne entgegen.

»Schön«, sage ich, weil mir nichts Besseres einfällt. Bethany wartet, bis mein Latte macchiato fertig ist, dann gehen wir zusammen zu unseren Schreibtischen. Sie hat ein Büro am anderen Ende meines Arbeitsplatzes, also lässt sie mich an meiner Ecke zurück und wünscht mir auf dem Weg in ihr Büro noch einen angenehmen Tag.

Den habe ich. Ich stelle eine komplette Liste mit Backgroundchecks für eine Gruppe von Mitarbeitern aus der Gastronomie fertig, dann stürze ich mich auf die Vorbereitung eines speziellen Einführungskurses für die Spa-Mitarbeiter, der morgen beginnt. Ich habe den besten Tag, den man sich vorstellen kann, bis auf meinem Computer der Erinnerungsalarm für ein Meeting losgeht, von dem ich nicht wusste, dass ich es heute haben werde.

Für ein Meeting, das in fünf Minuten beginnt.

In Rhys' Büro.

Ich vermute, dass er mich für irgendeine Art von versautem Sex auf seinem Schreibtisch zu sich ruft, aber als ich das Meeting-Icon anklicke, sehe ich, dass wir beiden nicht die einzigen Teilnehmer sind. Außerdem war er im Büro bisher nichts anderes als professionell mir gegenüber – selbst nachdem ich ihm damals im Pausenraum sexuelle Avancen gemacht habe. Bevor ich wusste, wer er war. Was, wenn man mal darüber nachdenkt, nicht annähernd so schlimm war, wie mich an ihn zu verkaufen, *nachdem* ich wusste, wer er war.

Also.

Das ist es.

Ich werde gefeuert werden.

Bethany ist als Teilnehmerin des Meetings aufgeführt. Genau wie ihr Boss Harrison, der stellvertretende Vorsitzende der Personalabteilung. Außerdem noch Lawson McCall, Leiter der Rechtsabteilung des *Windsor* – und Zeuge meiner Verkaufsauktion im *Double Diamonds*.

Ich atme einmal tief durch und erinnere mich an die große Anzahl von Jobs, die es in meiner Branche in Las Vegas gibt. Oder ich könnte kellnern, genau wie Payton gesagt hat. Damit würde ich wahrscheinlich mehr Geld verdienen und mir von dem ganzen Herumgelaufe auch noch knackige Beine zulegen.

Das ist alles so ein Chaos. Ich dachte – dachte wirklich –, dass ich zu Rhys durchgedrungen wäre. Dass er auch ein paar der Gefühle für mich hat, die ich für ihn habe. Vielleicht ist es ja sein Fetisch, Herzen zu brechen. Wenn das so sein sollte, dann kann er mich mal.

Ich straffe die Schultern und stehe auf, dann schiebe ich meinen Stuhl ordentlich an meinen Schreibtisch zurück. Ich sehe keinen Grund, in Zeiten der Not unordentlich zu werden. Als Nächstes überlege ich, welchen *Goodwill*-Store ich auf dem Nachhauseweg besuchen soll, da kommt Bethany bereits zu meinem Schreibtisch und sagt, dass sie mit mir gemeinsam zum Meeting gehen werde.

Sie ist nicht viel älter als ich und ich frage mich, ob sie schon mal jemanden feuern musste. Und wenn ja, ob es wie beim Sex ist und man sich an den Ersten immer erinnern wird.

Wir sind die Letzten, die ankommen. Ich war zuvor noch nie in Rhys' Büro. Auch in keinem der anderen Büros der Geschäftsleitung. Mir war bewusst, wo sie sich befinden, in der Nähe meines Schreibtischs in der Personalabteilung, allerdings einen Gang hinunter, den ich noch nie zuvor nehmen musste. Auf dem Weg hierher sind wir an dem privaten Aufzug vorbeigekommen, den ich heute Morgen genommen habe, und ich habe ihm einen traurigen Blick zugeworfen.

Rhys' Büro ist erwartungsgemäß riesig. Es gibt einen Schreibtisch, eine Sitzecke mit Sofa und Couchtisch sowie einen Konferenztisch, der vor bodentiefen Fenstern mit Ausblick auf den Las Vegas Boulevard thront. Lawson und Harrison sitzen bereits an dem langen Tisch, ihre Haltung ist entspannt. Ich glaube, etwas über einen Golfkurs aufzuschnappen. Par? Ich weiß es nicht, aber es klingt so, als würden sie sich über Golf unterhalten. Rhys sitzt hinter seinem Schreibtisch, ignoriert die beiden und betrachtet etwas auf seinem Monitor. Er muss uns bemerken, als wir hereinkommen, denn er richtet seinen Blick auf uns und bittet Bethany, die Tür hinter uns zuzumachen. Dann steht er auf, geht zum Konferenztisch hinüber und setzt sich an dessen Kopfende.

Arbeits-Rhys ist nicht so toll, um ehrlich zu sein. Er ist irgendwie ziemlich fokussiert und kalt. Ich werde ihn als den Rhys aus der Bar in Erinnerung behalten. Oder als *Del-Taco*-Rhys. Oder den Rhys im *Goodwill*-Store. Den Rhys, der eine Wohnsendung mit mir angeguckt hat. Den Rhys, an den ich meine Jungfräulichkeit verloren habe, und den, für den sich all die Mühen, die ich auf mich genommen habe, gelohnt haben.

Bethany setzt sich und ich nehme auf dem Stuhl neben ihr Platz, direkt gegenüber von Lawson und Harrison. Der Ausblick auf den Strip befindet sich in unserem Rücken.

Dann fängt Rhys an zu reden.

25. Kapitel

Lydia

»Den Richtlinien des Unternehmens zufolge muss ich Sie alle in Kenntnis darüber setzen, dass Miss Clark und ich kürzlich eine Liebesbeziehung eingegangen sind. Aufgrund meiner Position wurde der Vorstand ebenfalls darüber unterrichtet.«

Oh heiliger Bimbam.

Ich erröte, niemand sagt ein Wort und Bethany reißt überrascht die Augen auf, einen Ausdruck, den sie schnell zu verbergen versucht, als sie den Kopf ein klein wenig in meine Richtung dreht, um mich anzusehen. Ihr Blick wandert kurz zu Rhys, dann wieder zu mir und mit absoluter Sicherheit stellt sie sich gerade vor, wie wir beide Sex haben. Jetzt weiß sie, dass mein Glow nicht von der Sonne, sondern vom Sex kommt. Ich wette, jeder im Raum stellt sich gerade vor, wie wir miteinander schlafen. Jeder, bis auf Rhys, weil er noch immer im Arbeits-Rhys-Modus ist und nicht der Rhys, der es liebt, mich oral zu befriedigen.

Oh Gott. Jetzt habe ich dieses Bild im Kopf. Alle haben dieses Bild im Kopf.

»Wir daten uns nicht!«, stoße ich aus. »Wir haben nur ...«

Rhys zieht am Kopfende des Konferenztischs eine Augenbraue in die Höhe. Seine Miene ist ausdruckslos, bis auf das kleine Zucken an seinem Kiefer. Stimmt, stimmt. Das hier ist unsere Tarnung und ich lasse sie gerade auffliegen. Er meint nichts von dem, was er gesagt hat, er spricht in seinem Geschäftston als Arbeits-Rhys. Das hier meinte er, als er sagte, dass er sich um die Sache mit uns kümmern werde, und ich grätsche ihm gerade dazwischen.

»Wir sind einfach ineinander verliebt, meinte ich.« Oh Gott, diese Korrektur war eindeutig zu viel des Guten, aber jetzt habe ich den Mund aufgemacht und kann ihn nicht mehr halten. »Er ist verrückt nach mir. Es ist schon fast peinlich, wie sehr. Wirklich, er steht wahnsinnig auf mich«, beende ich meinen Wortschwall mit einem Schulterzucken, als sei ich genauso überrascht über diese Entwicklung wie alle anderen. Dann nutze ich all meine Energie, um mich davon abzuhalten, meinen Kopf gegen die Tischkante zu schlagen.

Er steht wahnsinnig auf mich klingt wie eine Sex-Sache, oder? Niemand sagt nach einem gemeinsamen Trip zu *Goodwill*, dass jemand wahnsinnig auf einen steht. Ein rascher Blick in die Runde bestätigt mir, dass mit mir die Pferde etwas durchgegangen sind, denn alle starren auf ihren Schoß, außer Rhys, der mich unverwandt ansieht, den Kopf zur Seite geneigt und einen Ausdruck im Gesicht, den ich nicht deuten kann.

»Jegliche Beförderung, Herabstufung, Gehaltsveränderung oder Disziplinarmaßnahme bezüglich Miss Clark hat schriftlich und unter Einreichung einer Kopie an Harrison, Lawson und den Vorstand zu erfolgen«, fährt Rhys fort, nachdem er sich geräuspert hat, als hätte ich kein einziges Wort gesagt. »Genau wie alle ihre Mitarbeiterbewertungen, in der Reihenfolge, in der diese stattfinden.«

In der Reihenfolge, in der sie stattfinden? Aber unsere Beziehung wird zu Ende sein, bevor ich überhaupt mit einer Mitarbeiterbewertung dran bin. Es sei denn, er hat auch Gefühle für mich. Es sei denn, er versteht es endlich.

»Offensichtlich werden diese Bedingungen während Miss Clarks gesamter Beschäftigungsdauer fortgeführt, unabhängig von jeglicher zukünftigen Verbindung zu mir.«

Oh.

Das heißt, dass ich auch nachdem die Sache zwischen uns beendet ist, vor jeglicher Vergeltungsmaßnahme am Arbeitsplatz geschützt bin. Darum geht es in seiner Ansprache. Er sagt nicht allen, dass wir zusammen sind. Er sagt allen, dass wir Sex haben. Für den Moment. Sex für den Moment.

Während ich allen gesagt habe, dass wir uns lieben.

Großer Gott, dieser Mann ist manchmal echt schwierig.

Ein weiterer Blick in die Runde bestätigt, dass noch immer alle auf ihren Schoß starren, bis auf Lawson. Ich bin mir ziemlich sicher, dass ich gerade gesehen habe, wie er in Richtung Rhys die Augen verdreht hat.

Es herrscht einen Moment lang betretenes Schweigen, dann entlässt uns Rhys aus seinem Büro. Ich bleibe nicht zurück und er bittet mich auch nicht darum. Stattdessen bin ich die Erste, die aufsteht, höflich ihren Stuhl zurück an den Tisch schiebt und aus dem Raum eilt. Ich fange an, den Verdacht zu hegen, dass dieser großartige Plan von mir doch nicht so großartig ist, wie gedacht.

Als ich wieder zu meinem Schreibtisch komme, steht schon das nächste Meeting auf dem Plan. Zum Glück nur eins, das mir Payton auferlegt hat. Wir treffen uns mittags in der Cafeteria. Perfektes Timing, da ich dringend den Druck loswerden muss, der sich in mir aufgebaut hat. Außerdem hoffe ich wirklich sehr, dass sie ein neues Abzeichen für mich dabeihat. Ich könnte einen Selbstvertrauensschub gerade wirklich gebrauchen.

26. Kapitel

Rhys

»Wo ist der Bericht über Lydia, um den ich gebeten habe?«, frage ich, als ich Canons Büro betrete.

Ich gehe an seinem Schreibtisch vorbei zu der Tür, die sein Büro direkt mit dem Großraumbüro der Sicherheitsabteilung verbindet. Bis zu zwanzig Personen haben hier Platz zum Arbeiten. In der Mitte des Raums befindet sich auf einer erhöhten Plattform eine von Glas eingeschlossene Kommandozentrale, die sie alle überblickt. Dorthin gehe ich und mache vor dem größten Monitor Halt. Er ist an der Wand angebracht, umgeben von kleineren Monitoren, auf denen jeweils andere Bereiche des Resorts zu sehen sind.

Canon tritt hinter mich, als ich das Kontrollsystem anstarre und herauszufinden versuche, wie ich das, was ich haben will, auf den großen Monitor in der Mitte bekomme. »Dir ebenfalls ein Hallo, Arschloch«, witzelt Canon.

»Hilf mir mit den Kameras.« Ich ignoriere seinen Seitenhieb bezüglich meiner fehlenden Sozialkompetenz und deute auf die Wand an Monitoren.

»Endlich hast du Interesse an Sicherheitsangelegenheiten entwickelt.« Canon tippt auf die gläserne Benutzeroberfläche und ein Kontrollpanel erscheint. »Was würdest du gern sehen? Die Casinoetage? Die Ladedocks? Einen der Tresorräume?« Canon lässt Bilder über den Monitor schwirren, während er redet.

Ich lasse mich auf einen Stuhl fallen und reibe mir über das Kinn. »Die Mitarbeitercafeteria. Wir haben da auch Kameras, oder?«

»Die Cafeteria«, wiederholt Canon. »Na klar. Möchtest du wissen, was sie heute zum Mittagessen servieren? Lass uns sehen, ob wir die Menütafel von hier aus sehen können. Was für eine fantastische Inanspruchnahme unserer Zeit«, sagt er sarkastisch. »Ich kann hiermit die Gästeauslastung im Casino kalkulieren oder das Nummernschild des gepanzerten Geldtransporters lesen, der gerade ankommt, aber klar, lass uns einen Blick in die Cafeteria werfen.«

Canon nimmt ein Gerät zur Hand und setzt sich ebenfalls. Kurz darauf erscheint die Cafeteria auf nicht weniger als sechs Monitoren aus verschiedenen Blickwinkeln. Lydias Mitarbeiter-ID erscheint auf dem Hauptmonitor. Canon tippt etwas in das Gerät ein und einen Moment später wechselt das Bild zu einem Live Feed von Lydia. Sie sitzt mit ihrer Freundin Payton an einem Tisch für vier Personen.

»Das ist es, was du sehen willst, nehme ich an.«

»Scheiße, wie hast du sie so schnell gefunden?«

»Ich habe ihre Mitarbeiter-ID mit der Gesichtserkennungssoftware synchronisiert und ein Programm kreiert, das die Fotos in den Security Feed einspeist. Ich kann dir genau sagen, wo jeder ist, wann eine Person gekommen ist und wann sie das Gelände wieder verlassen hat.«

»Hm«, murmle ich. Ich habe kein großes Interesse an all diesem Kram, aber das liegt daran, dass ich weiß, dass Canon alles im Griff hat und ich es nicht haben muss. »Zoom ran.«

Canon drückt auf den Zoom und alle Monitore, die den Hauptmonitor umgeben, bilden einen neuen Blickwinkel auf Lydias Tisch ab.

»Haben wir Audio?«

»In der Cafeteria?« Canon sieht mich an, als sei ich ein Idiot. »Nein, wir haben bei den Sicherheitskameras in der Cafeteria nicht in Audio investiert. Ich kann es für dich installieren lassen, wenn es dein neues Hobby werden sollte, Lydia in der Mittagspause beim Essen zu stalken.«

»Nein, schon gut.«

Auf dem Monitor vor uns hält Payton ihre Hände in die Höhe und deutet mit ihnen erst etwas Langes und dann etwas weniger Langes an, woraufhin Lydia rot wird und ihre Augen mit einer Hand bedeckt.

»Payton ist schon eine verrückte Nudel.«

»Woher kennst du Payton?«

»Aus dem *Double Diamonds*. Sie war am Samstag ebenfalls da und ist schon nicht gerade einfach.«

»Ist an diesem Abend etwas vorgefallen?«

»Eine Menge.« Canon stößt einen leisen Pfiff aus. »Aber das ist Vince' Problem, Gott sei Dank.«

»Okay.« Ich frage mich, ob ich möchte, dass er mir das näher erläutert, entschließe mich aber dagegen. »Hast du meinen Bericht?«

»Ich habe ihn dir zugemailt, während du in deinem Meeting warst.«

»Was weißt du von meinem Meeting?«

»Lawson hat mir geschrieben und gesagt, dass es ein Reinfall war.«

»Es war in Ordnung.«

»Er sagte, dass es ein Wunder sei, dass du jemals flachgelegt wurdest, ohne dafür zu bezahlen, und dass Lydia in dich verliebt sei und du die ganze Sache gegen die Wand fährst.«

»Zuallererst mal, ich bezahle dafür, und zweitens ist Lydia nicht in mich verliebt.«

»Na klar.«

Auf dem Überwachungsmonitor ist zu sehen, wie Payton etwas aus ihrer Handtasche holt und auf den Tisch legt, ehe sie es zu Lydia hinüberschiebt.

»Zoom das heran«, sage ich zu Canon, aber er hat den Kamerawinkel bereits auf eine direkte Overhead-Ansicht gestellt, bevor ich zu Ende gesprochen habe.

»Blowjob«, liest Canon vor, was auf dem Ding steht. Es sieht aus wie ein Samentütchen. Ein Gurkensamentütchen, das auf ein Stück Filz geklebt wurde, auf dem in Glitzerschrift *Blowjob* geschrieben steht.

Als Nächstes wirft Payton einen runden Fetzen aus Jeansstoff auf den Tisch, auf dem in schwarzer Schrift *Butt Stuff* gedruckt ist, und zu guter Letzt ein Stück Leinenstoff in Form eines Schildes, auf dem *SEX* geschrieben steht. Aus blauen Pailletten.

»Sind das«, Canon klingt ein wenig ungläubig und doch beeindruckt, was selten vorkommt, »versaute Pfadfinderinnen-abzeichen?«

»Ich glaube schon.«

Auf Monitor Nummer zwei sehe ich, wie Lydia noch mehr errötet, rasch ihre Hand auf das Sex-Abzeichen legt und es zu sich heranzieht. Die anderen beiden schiebt sie Payton wieder entgegen.

Canon wirft mir bedeutungsschwere Seitenblicke zu.

In der Cafeteria pausiert Lydias Hand über dem Blowjob-Abzeichen, ehe sie es mit ihrer Fingerspitze ein wenig hin- und herschiebt. Sie redet mit Payton und gestikuliert mit ihrer freien Hand. Ich stelle mir vor, dass sie Payton fragt, ob sie das Abzeichen behalten kann oder ob sie bis Mittwoch warten muss. Natürlich habe ich keine Ahnung, was sie wirklich sagt, aber ich kann es mir sehr deutlich ausmalen. Payton schüttelt den Kopf und packt zwei der drei Abzeichen wieder ein.

»Scheiße, hast du irgendwie eine Art Fetisch für verspätete Belohnungen? Warst du eins dieser Kinder, die bis nach dem Abendessen warten, um ihre Weihnachtsgeschenke aufzumachen? Hast du deine Halloweensüßigkeiten bis Ostern aufbewahrt?«

»Warum denkt alle Welt, ich hätte einen Fetisch? Ich bin einfach ein ganz normales Arschloch. Und Lydia ist keine Süßigkeit.«

Auf dem Monitor ist zu sehen, wie Payton Lydia etwas fragt. Lydia wird wieder rot und spielt mit dem Sex-Abzeichen herum. Dann lächelt sie und deutet an, in Ohnmacht zu fallen.

Ich entsperre mein Handy und sehe die E-Mail von Canon. Schnell lese ich einmal drüber, da fast nichts drinsteht. »Was soll ich hiermit machen?«, frage ich ihn.

»Keine Ahnung, du wolltest den Bericht haben.«

»Ich dachte, du würdest etwas Brauchbares finden.«

»Zum Beispiel? Eine geheime Verbindung zu den Russen?«

»Ich weiß nicht. Kreditkartenschulden oder so was.«

»Hat sie aber nicht. Sie bezahlt etwa dreihundert Dollar Studienschulden pro Monat zurück. Angenommen, dass sie sich die Miete mit ihrer Mitbewohnerin teilt, zahlt sie etwa achthundert Dollar Miete pro Monat. Nach Abzug der Kosten für ihr Auto, ihr Handy sowie Strom und Gas hat sie etwa eintausendfünfhundert Dollar im Monat zur freien Verfügung.«

»Also ist sie nicht verzweifelt.«

»Nein.«

»Dann warum? Warum die Auktion?«

»Ich kann mir überhaupt nicht vorstellen, warum«, sagt Canon todernst, während ich erneut auf die E-Mail starre.

»Sie war bis zur zwölften Klasse bei den Pfadfinderinnen?« Ich blicke zu Canon hoch, um zu sehen, ob das eine Info ist, die er eingefügt hat, um mich zu verarschen. »Wer zur Hölle bleibt so lang bei den Pfadfinderinnen?«

»Jungfrauen.«

Stimmt. Wie also kann es angehen, dass ein braves Mädchen wie sie in Geschäfte mit Vince verstrickt ist? »Stecken ihre Eltern in finanziellen Schwierigkeiten? Irgendwelche Geschwister?«

»Sie ist ein Einzelkind. Ihr Haus ist abbezahlt, sie haben keine Schulden und gut gefüllte Rentenkontos.« Canon ignoriert mich, während er redet, und stellt eine Kamera auf einem der kleineren Monitore neu ein. Lydia und Payton sind noch immer auf dem Hauptmonitor zu sehen. Payton redet und Lydia lacht. Ich frage mich, was sie wohl amüsiert, und zugleich, wie sie in mein Leben schlüpfen konnte und dafür gesorgt hat, dass ich etwas für sie empfinde. Dinge, die ich nicht fühlen will und für die ich keine Zeit habe. Eine Tatsache, an die ich erinnert werde, als auf meinem Handy mal wieder ein Anruf eingeht, den ich entgegennehmen muss. Ich werde mich später mit meinen gottverdammten Gedanken auseinandersetzen müssen. Ich bedanke mich bei Canon und stehe auf, das Handy bereits am Ohr, als ich davongehe.

27. Kapitel

Rhys

Ich bin so beschäftigt, dass ich nicht klar denken kann. Also versuche ich es gar nicht erst, sondern manövriere mich weiter durch die Woche. Am Montag schaffe ich es nicht, vor einundzwanzig Uhr nach Hause zu kommen. Zuvor habe ich mein Apartment immer nur als Platz zum Schlafen betrachtet, aber das ist anders, seit Lydia hier wohnt. Sie hat die Dinge verändert.

Am Mittwoch habe ich mir Kaffee über meinen Hemdsärmel geschüttet. Als ich nach oben in mein Apartment kam, um mich umzuziehen, roch es, als würde jemand kochen. Was nicht sein konnte, denn es war mitten am Tag und meine Küche wird nie benutzt. Außerdem hatte ich Lydia gerade noch in einem der Konferenzräume auf der vierten Etage sitzen gesehen. Sie konnte also unmöglich hier sein. Doch wider Erwarten war sie es. Sie hatte sich einen Schmortopf von wer weiß woher beschafft. Nein, das stimmt nicht. Basierend auf dem braunen Blumenmuster des Topfes ist dieser älter als sie und ich weiß ganz genau, dass sie ihn bei *Goodwill* mitgenommen haben muss. Eine halbe Million Dollar scheint keinen Einfluss auf ihre Shoppinggewohnheiten zu nehmen.

Schmorbraten. Sie hat einen verdammten Schmorbraten in einem Schmortopf gemacht. Als ich sie nach der Arbeit danach gefragt habe, meinte sie, dass es kein großer Aufwand gewesen sei. Die Lebensmittel habe sie beim Zimmerservice bestellt. Außerdem wollte sie wissen, ob es nicht praktischer wäre, wäre das Abendessen immer bereits fertig, wenn ich nach Hause käme. Im Anschluss hat sie mir den ungeschicktesten Blowjob gegeben, den ich seit der Highschool je hatte, und ich mochte es.

Ich habe es sogar mehr als nur gemocht.

Es war der beste ungeschickteste Blowjob, den ich in meinem ganzen Leben je bekommen habe.

Ihre erste Frage war, ob es okay sei, wenn sie Gleitgel benutzen würde. »Es schmeckt nach Blaubeere«, meinte sie und wedelte mit der Tube in der Hand herum, während sie mich aus großen Augen fragend ansah. Als würde die Geschmacksrichtung des Gleitgels einen Unterschied für mich oder meinen Schwanz machen. Dann erklärte sie mir, dass sie das Gleitgel brauche, weil sie keine Spucke verwenden wolle. Sie habe sich zu Forschungszwecken Videos angesehen und diese Frauen hätten alle Spucke benutzt. Sie meinte allerdings, dass es einen besseren Weg geben müsste, da sie – auch wenn sie sich sehr darauf freue, meinen Schwanz zu lutschen – nicht draufspucken wolle.

Dann hielt sie tatsächlich inne, um klarzustellen: »Es sei denn, das Spucken ist der beste Teil daran. Ich kann draufspucken, wenn du das möchtest?«

Nachdem ich noch erfahren hatte, dass das Gleitgel neu sei und sie es im Sale zum halben Preis erstanden habe, gab ich ihr meinen Segen und teilte ihr mit, dass mir das mit der Spucke egal sei. Lydia öffnete lächelnd den Deckel der Tube. Es war kein verführerisches Lächeln, nicht mal im Geringsten. Sie versuchte nicht, mich unter ihren langen Wimpern hervor anzusehen, während sie sich über die Lippen leckte. Sie schnurrte nicht wie ein versautes kleines Kätzchen. Nein. Sie lächelte mich an, als hätte ich ihr soeben die Tür aufgehalten, und wedelte mit dem Finger, als wäre sie nicht sicher, wo sie anfangen sollte. Dann gab sie locker doppelt so viel Gleitgel wie erforderlich in ihre Hände und umfasste meinen Schwanz, ehe sie die Nase krauszog, als bemerkte sie erst jetzt, dass die übergroße Menge an Gleitgel das Ganze viel flutschiger als erwartet machte.

Ich wäre beinah schon in diesem Moment gekommen.

»Oh«, murmelte sie. »Okay, eine Sekunde. Ich kriege das wieder hin.« Sie stand auf und kam mit einem Handtuch aus dem Badezimmer zurück. Nachdem sie ihre Hände daran abgewischt hatte, kniete sie sich wieder zwischen meine Beine, dieses Mal hatte sie eine ernste Miene aufgesetzt, als sie zu mir aufsah. »Bereit?«, fragte sie und umfasste meinen Schaft wieder mit den Händen – jetzt gefiel ihr die Menge an Gleitgel scheinbar deutlich besser. Sie bewegte die Hand auf und ab, ehe sie sich vorbeugte, ihre Lippen um meine Schwanzspitze schloss und ihre Zunge ganz leicht darübergleiten ließ.

Das war der Moment, in dem eine ihrer Haarsträhnen am Gleitgel kleben blieb.

Sie stoppte erneut und versuchte, sie zu lösen. An dieser Stelle übernahm ich für sie, fasste ihre Haare zu einem Zopf zusammen und hielt sie ihr so aus dem Gesicht. Nur mit Mühe konnte ich mich davon abhalten, ihr auf diese Weise einen Rhythmus vorzugeben. Sie leckte mich, von der Wurzel bis zur Spitze, die Zunge flach gegen meinen Schwanz gepresst, und schaffte es, ihn vielleicht acht Zentimeter in den Mund zu nehmen. Sie saugte daran und umspielte ihn mit der Zunge. Dann lehnte sie sich zurück. »Okay, jetzt zeig mir das mit dem Würgen.« Sie lächelte, als wäre die Bitte, ihr die Besonderheiten eines Deepthroats näherzubringen, eher ein Gefallen für sie als für mich.

Ich sagte Nein und eine weitere Diskussion über das Warum und Wann entbrannte. Ich bezweifle, dass ein Monat genug sein wird, um ihr beizubringen, meinen Schwanz ganz in den Mund zu nehmen. Ich glaube nicht, dass ein Monat überhaupt lang genug ist. Punkt.

Zu guter Letzt fragte sie noch, ob sie schlucken dürfe.

Im Anschluss aßen wir Schmorbraten vor dem Fernseher und sahen uns eine Sendung über Hausverkäufer an. Hausgemachter Schmorbraten. Aus einem Schmortopf. Wie es schien, hatte sie zum Schmortopf passende Tupperware erstanden, da sie eine Box mit den Essensresten gefüllt und diese in den Kühlschrank gestellt hat. Einen Kühlschrank, der mittlerweile Kaffeesahne und Hummus, Weintrauben, Käse und was weiß ich nicht noch alles enthält.

Am Sonntag wollte ich etwas aus meinem Homeoffice holen, als ich am Gästeschlafzimmer vorbeikam und zweimal hingucken musste. Mir war entgangen, dass sie irgendwas in diesen Raum gestellt hatte, doch genau das war der Fall.

Sie hatte eine Nähmaschine auf dem Tisch platziert. Das Gerät sah relativ neu aus, was heißt, dass sie aus dem letzten Jahrzehnt zu stammen scheint. Ich nahm daher an, dass es sich dabei nicht um einen neuesten *Goodwill*-Fund handelte, sondern um etwas, das Lydia nachträglich aus ihrem Apartment mitgebracht hatte. Auf der Kommode lagen haufenweise zerschnittene Betttücher, außerdem Spulen mit Gummiband und Schleifen. Gefaltet über dem Sessel hingen zwei fertige Pyjamahosen. Dem Offensichtlichen nach zu urteilen, waren sie aus Betttüchern gemacht worden.

Sie näht Pyjamas aus alten Bettlaken.

Ich bin nicht sicher, ob ich eine Prostituierte oder eine Hausfrau angeheuert habe. Worüber ich allerdings keine Zweifel habe, ist, dass ich ein Arschloch bin. Ich habe Lydia dazu genötigt, bei mir einzuziehen, und sie dann die ganze Woche über abends allein gelassen. Nur zweimal habe ich es geschafft, zusammen mit ihr zu Abend zu essen. Die anderen Abende bin ich spät nach Hause gekommen, ins Apartment gerauscht und habe sie geliebt – gefickt, meine ich. Danach bin ich eingeschlafen, ehe ich mich am nächsten Morgen, während sie noch schlief, leise auf den Weg ins Fitnesscenter gemacht habe. Hin und wieder habe ich mich morgens zu ihr unter die Dusche gesellt. An den anderen Tagen saß ich bereits an meinem Schreibtisch, bevor sie überhaupt wach war.

Doch jetzt, wo ich dieses Hobby von ihr vor Augen habe, von dem ich bis dato nichts wusste, fühle ich mich wie ein Arsch. Sie bringt mich tatsächlich dazu, es versuchen zu wollen. Zu versuchen, anders zu sein. Ein besserer Mensch zu sein. Die Dinge langsamer anzugehen und mich darum zu scheren, was echt und wirklich von Bedeutung ist. Und ich denke, dass Lydia echt ist.

Außerdem bringt sie mich zum Lachen. Während der Werbepause bei einer ihrer Wohnsendungen flimmerte eine Werbung für Waschmaschinen über die Mattscheibe. Der Hersteller rühmte sich gerade mit seinen tiefenreinigenden Waschgängen, als Lydia eine Hand mein Bein hinaufwandern ließ und sagte: »Ich mag es, wenn du mich ganz tief ausfüllst, Rhys.«

Ich musste lachen, da ich nicht verstanden hatte, dass es ein Versuch war, mich zu verführen. Lydia blinzelte und dieser leicht verletzte Ausdruck entstand wieder auf ihrem Gesicht, den sie immer bekommt, wenn sie denkt, man würde sie zurückweisen. Also habe ich sie geküsst und schmutzige Waschmaschinenanalogien verwendet, bis sie wieder gelächelt hat.

Jesus. Ich glaube, dass ich mich möglicherweise verliebt habe.

28. Kapitel

Lydia

Rhys arbeitet sehr viel. Ich habe dennoch das seltsame Gefühl, dass er versucht, sich Zeit für mich zu nehmen. Als würde er mich beeindrucken wollen, was bedeuten könnte, dass er mich mag. Vielleicht sogar über einen Monat hinaus. Ich möchte nicht arrogant oder unbescheiden klingen, aber ich habe mir gedacht, dass er das vielleicht tun würde. Ich habe gedacht, dass er mich möglicherweise – wenn er mir nur eine Chance geben würde – so sehr mögen würde, dass mehr aus uns werden könnte als nur eine einmonatige Liaison, die er aus praktischen Gründen gernhat.

Das war schließlich immer der Plan.

Zumindest irgendwie.

Mich in ihn zu verlieben, war nicht der Plan. Außerdem ist das gegen die Regeln. Nur Sex, hat er gesagt. Das sei die Regel.

Er hat mir gesagt, dass es für uns kein Happy End geben werde, aber ich habe nicht zugehört und jetzt besteht die sechzigprozentige Chance, dass ich mich in ihn verliebt habe. Was wirklich problematisch wird, wenn er entscheidet, dass dreißig Tage mit mir mehr als genug für ihn sind. Zumindest problematisch für mich. Ich habe die Hoffnung aber noch nicht aufgegeben, denn ich habe noch zwei Wochen vor mir.

Heute Abend ist die offizielle Großeröffnung des *Windsor* und dieser Tag ist gleichzeitig auch der Tag, an dem die Hälfte der Zeit unseres Arrangements vorbei ist.

Ich habe auch allen Grund zur Hoffnung. Beispielsweise hat er mich letzten Sonntag mit einem Eiskaffee und zwei Frühstücksburritos mit Ei und Käse von *Del Taco* geweckt. Im Bett. Er hat mir *Del Taco* im Bett serviert. Von daher glaube ich, dass er mich wirklich mag, denn das, was er da macht, nennt sich umwerben. Du nimmst nicht den Fahrstuhl hinunter in die Parkgarage, steigst in dein Auto, fährst die ganze Strecke zu *Del*

Taco, wartest in der Warteschlange des Drive-in und erinnerst dich an die Bestellung eines Mädchens, es sei denn, du fühlst etwas für sie. Nicht wahr?

Darüber hinaus haben wir, um ein weiteres Beispiel zu nennen, noch immer länger als sieben bis dreizehn Minuten Sex. Zwar hatten wir den einen Morgen einen Quickie unter der Dusche, aber selbst der hat länger als zehn Minuten gedauert. Da sich das Internet als ungewöhnlich unzuverlässige Quelle herausgestellt hat, was das Thema angeht, habe ich Payton danach gefragt.

Sie hat mir erklärt, dass die meisten Männer in ungefähr drei Minuten kommen können, wenn sie das Vergnügen der Frau nicht sonderlich interessiert, von daher erscheint es mir logisch, dass Rhys mein Vergnügen überaus am Herzen liegt.

Nachdem er mir letzten Sonntag das Frühstück ans Bett gebracht hat, hat er das deutlich unter Beweis gestellt. Mehrmals. Dann haben wir zusammen geduscht und sind zu *Goodwill* gefahren. Ja, *Goodwill*! Zwei Wochenenden hintereinander. Wenn das nicht bedeutet, dass er um mich wirbt, dann weiß ich es auch nicht. Klar, manche Frauen haben ein schönes Abendessen lieber, aber ich bin keine dieser Frauen. Übrigens habe ich ihn nicht darum gebeten, mit mir hinzufahren! Es war seine Idee. Nach unserer Dusche hat er mir gesagt, ich solle mich anziehen, damit wir einkaufen gehen können. Ich dachte, dass er vielleicht in den Supermarkt wollte, um Lebensmittel zu besorgen. Immerhin schien er sehr perplex, als ich ihm erzählt habe, dass ich Lebensmittel beim Zimmerservice geordert habe. Doch stattdessen ist er mit mir zu *Goodwill* gefahren. Dazu kommt noch, dass es sich um einen anderen Store als am Wochenende zuvor handelte, was bedeutet, dass er den Store-Finder auf der Website von *Goodwill* benutzt haben muss. Es bedeutet auch, dass ihr die sechzigprozentige Chance streichen könnt, um ganz ehrlich zu sein. Ich bin definitiv zu fünfundsiebzig Prozent in ihn verliebt.

Nach unserem Trip zu *Goodwill* (wo ich ein Set bestickter Vintage-Betttücher erstanden habe) sind wir zum *Forum Shops* gefahren, dem Einkaufszentrum im *Ceasars*. Was bestätigt hat, dass es absolut nicht auf dem Weg lag, vorher zu *Goodwill* in der Sahara Avenue zu fahren. Ein weiterer Beweis dafür, dass Rhys möglicherweise doch wahnsinnig auf mich steht. Ich habe ein Kleid für die große Eröffnung gefunden und anschließend waren wir zum Mittagessen im *Palm*. Wie bei einem richtigen Date. Er hat sogar die ganze Zeit mit mir geredet, ohne ein einziges Mal auf sein Handy zu schauen. Er hat mich gefragt, wie lang ich schon nähe, und nicht gelacht, als ich ihm das mit den Pyjamas aus gebrauchter Bettwäsche erklärt habe. Es ist fast so, als habe Rhys vergessen, dass er mich dafür bezahlt hat, hier zu sein. Ich für meinen Teil habe mein Bestes gegeben, so zu tun, als hätte ich vergessen, wie ich hier gelandet bin.

Vince wiederum hat es nicht vergessen.

Nicht mal annähernd.

In der Tat ist er ziemlich beschäftigt.

Und sehr hilfsbereit, seit wir an einer anderen Idee zusammen arbeiten. Ich habe ihn hingehalten, weil ich noch nicht bereit bin, irgendwelche Entscheidungen darüber zu treffen, was als Nächstes kommt, denn momentan befinde ich mich in einer Art Seifenblase. Darin bin ich glücklich und ich möchte nicht, dass diese Blase von irgendetwas zerstört wird. Daher habe ich Vince, um ehrlich zu sein, ein wenig ignoriert.

Vor allem, weil er mich immer wieder komische Sachen fragt. Ob ich heute schon mit Payton gesprochen hätte beispielsweise. Was ich nicht verstehe, da ich ihm bereits erklärt habe, dass ich nicht gefangen gehalten werde und mit Payton rede, wann immer ich möchte. Es ist allerdings wirklich nett von ihm, dass er sich Sorgen um mich macht. Er hat mir außerdem einen schrecklich großen Gefallen getan, darum sollte ich etwas freundlicher zu ihm sein. Jemanden zu ignorieren, ist ziemlich unhöflich und nicht gerade ein Benehmen, das einer (ehemaligen) Pfadfinderin entspricht. Allein dieser Gedanke ist bereits eine Strafe für mich.

29. Kapitel

Lydia

Die große Eröffnung ist ein wenig nervenaufreibend, da ich in aller Öffentlichkeit Rhys' Freundin sein muss. Sicher, die letzten beiden Wochen bei der Arbeit könnte man bereits als öffentlich betrachten, aber wir interagieren bei der Arbeit nicht miteinander. Wirklich nie. Ich sehe ihn ab und zu im Vorbeigehen, aber ich behalte meine Schwärmerei für mich, in meinem Inneren, wo sie hingehört. Heute Abend bei der großen Eröffnung werden uns jedoch alle zusammen sehen und sich vorstellen, wie wir nackt aussehen. Vielleicht bin ich allerdings die Einzige, die sich das vorstellt.

Egal.

Heute Morgen wurde die offizielle Schleife zur Eröffnung durchgeschnitten. Der Bürgermeister von Las Vegas war da, um beim echten Durchschneiden der Eröffnungsschleife Hand anzulegen. Dafür wurde eine riesige Schere verwendet und ich habe mich gefragt, wo sie herkam und ob jedes Casino in Las Vegas eine eigene besitzt oder es in der Stadt nur eine gibt, die für solch spezielle Events herumgereicht wird. Ich habe auch überlegt, woher man eine so große Schere bekommt, da ich bei *Goodwill* noch nie etwas dergleichen gesehen habe. Wenn jeder in Vegas seine eigene hätte, würde man erwarten, dass es irgendwann mal einen Überschuss davon geben würde, bei den vielen Großeröffnungen und speziellen Events, die hier ständig stattfinden. Ich habe beschlossen, auf meiner nächsten Shoppingtour einmal verstärkt danach Ausschau zu halten.

Gestern Abend habe ich Rhys' Eltern und seine Großmutter bei einem Abendessen kennengelernt. Er hat mich, logischerweise, als seine Freundin vorgestellt. Schließlich würde er mich seiner Mutter wohl kaum als ein Escort-Girl vorstellen. Die ganze Sache war allerdings etwas schwierig, weil mich seine Mutter sofort ins Herz geschlossen hat und ich jede Menge tief sitzende Schuldgefühle empfand, weil wir ihr etwas vorschwindelten. Aber vielleicht zählt es ja nicht als echter Betrug, da ich tatsächlich zu achtzig Prozent in ihren Sohn verliebt bin. Das scheint mir eine Grauzone zu sein.

Fürs Protokoll: Sie hat begeistert von mir geschwärmt.

Sie hat auch gesagt, dass sie sich freuen würde, wenn wir Weihnachten bei ihnen in Connecticut verbringen würden. Ich hatte nicht den Hauch einer Ahnung, was ich dazu sagen sollte, da ich natürlich gern über Weihnachten nach Connecticut möchte. Ich wusste jedoch nicht, ob ich Weihnachten noch mit Rhys zusammen sein würde, da Weihnachten außerhalb unserer dreißigtägigen Seifenblase liegt.

»Bist du bereit?« Rhys kommt aus seinem begehbaren Kleiderschrank und ist dabei, sich bereits die zweite Krawatte an diesem Tag zu binden.

Nach der Durchtrennung der Eröffnungsschleife (da war ich dabei) und einigen Presseterminen (an denen ich nicht teilgenommen habe), sind wir beide zurück ins Apartment gekommen, um uns für den Abend fertig zu machen. Wir hatten wieder Sex unter der Dusche. Dabei stand ich auf nur einem Bein, weil mich Rhys an die Duschwand gedrückt, eins meiner Beine nach oben gezogen und es sich über den Arm gelegt hat. Ich muss noch mal mit Payton reden, da ich das Gefühl habe, dass dieses Manöver allein ein gesondertes Abzeichen verdient.

»Kannst du den Reißverschluss meines Kleids zuziehen?«, frage ich und drehe Rhys den Rücken zu. Ich habe es ohne Hilfe nur geschafft, den Reißverschluss bis zur Hälfte zu schließen.

»Ich würde dir das Kleid lieber ausziehen«, murmelt er an meinem Ohr und fährt mit einem Finger die Spur des Reißverschlusses entlang. »Allerdings siehst du für meinen Geschmack bereits danach aus, als hätte ich es dir gerade besorgt«, fügt er hinzu und schließt gekonnt mein Kleid.

Ein wenig alarmiert betrachte ich mein Spiegelbild. Ich wusste doch, dass ich recht hatte. Alle werden sich im Geiste vorstellen, wie wir Sex hatten. Es ist unausweichlich. Wenn ich mir Rhys angucke, kann ich es den Leuten nicht verübeln. Es war auch das Erste, was ich mir vorgestellt habe, als ich ihn zum ersten Mal gesehen habe.

»Sehe ich wirklich so aus, als hätte ich gerade Sex gehabt? Woran kannst du das festmachen?« Ich beuge mich näher zum Spiegel und betrachte meine Augen. »Ich kann ja noch nachvollziehen, dass alle annehmen, dass ich bei jeder Gelegenheit Sex mit dir habe, aber wie können sie wissen, dass es eine Stunde her ist oder letzte Nacht war?«

Rhys hält darin inne, einen Manschettenknopf an seinem Hemdsärmel zu befestigen, und starrt mich an. Dabei kneift er leicht die Augen zusammen, wie er es immer macht, wenn er sich nicht ganz sicher ist, ob ich etwas ernst meine oder nicht. »Lass uns diesen Gedanken auf später verschieben«, sagt er.

Ich mustere dennoch weiter mein Abbild im Spiegel, ziehe die Nase kraus und drehe meinen Kopf von einer Seite zur andere. Ich will herausfinden, was mich verrät, damit ich zukünftig aufhören kann, das *Ich-hatte-gerade-Sex*-Leuchtfeuer auszustrahlen.

»Mach dir keine Sorgen deswegen«, meint Rhys, nachdem er den zweiten Manschettenknopf befestigt hat. »Ich habe nur einen Scherz gemacht. Ich werde allen sagen, dass du noch immer eine Jungfrau bist.«

»Als hätte ich all diese Schwierigkeiten auf mich genommen, um dann keinen Sex mit dir zu haben«, schnaube ich.

»Was soll das bedeuten?« Rhys bedenkt mich wieder mit einem Blick aus zusammengekniffenen Augen.

»Ähm ...« Mist. »Lass uns das ebenfalls auf später verschieben.« Ich schlüpfe in meine High Heels und nehme meine Clutch. »Wir werden sonst noch zu spät kommen.«

»Es handelt sich um ein Ganzabendevent, wir können technisch gesehen also gar nicht zu spät kommen.«

Aha.

»Gefällt dir meine Clutch?« Ich halte ihm die Tasche entgegen, damit er sie begutachten kann. »Ich habe sie bei *Goodwill* gefunden. Sie ist süß, oder? Möchtest du, dass ich dein Kaugummipäckchen oder so was einstecke?« Es ist eine schwarze

Clutch mit einem Schwanenpaar aus Pailletten vorne drauf.

»Ich kaue kein Kaugummi. Hör zu, ich weiß, dass ich sehr beschäftigt war, aber wir können so nicht weitermachen. Wir müssen reden.«

Moment mal, was?

»Doch. Doch, wir können genauso weitermachen. Für zwei Wochen können wir so weitermachen. Genau so.«

»Genau so?« Ein Muskel an seinem Kiefer zuckt, als er das sagt.

»Ja!« Warum zur Hölle möchte er mir meine letzten beiden Wochen mit ihm rauben? Das ist die Hälfte meines Zeitpensums! Dabei weiß ich, dass er mich mag. Er hat mich nicht einfach nur gern, er mag mich sogar noch viel mehr. Er muss sich das einfach nur eingestehen.

Rhys' Handy klingelt. Als er auf das Display sieht, um es zum Schweigen zu bringen, schiebe ich mich an ihm vorbei aus dem Badezimmer und renne nahezu zur Wohnungstür.

»Lydia.« Er ist mir direkt auf den Fersen, aber ich bleibe nicht stehen. »Warte.«

Ich ignoriere ihn, reiße die Tür auf und stoße beinah mit Canon zusammen. »Hey!« Ich setze ein breites Lächeln auf, was nicht schwierig ist, da ich sehr froh über diese Unterbrechung bin.

»Ich wollte gerade klopfen«, sagt Canon mit einem Hauch Sarkasmus in der Stimme, der jedoch Rhys zu gelten scheint und nicht mir, daher lächle ich unermüdlich weiter und trete auf den Flur hinaus.

Der Aufzug der Führungskräfte ist nicht direkt mit der Ebene verbunden, auf der sich das Casino befindet, daher müssen wir runter in die Tiefgarage fahren und einen anderen Aufzug nehmen, um den Gästebereich zu erreichen.

Rhys schweigt.

Ich schweige.

Canon merkt zunächst nichts und ist mit seinem Handy beschäftigt, ehe ihm die Stille doch auffällt. Er blickt hoch, sein Daumen bewegt sich trotzdem weiter über das Display, und sieht erst Rhys, dann mich an. »Ist alles in Ordnung?«

»Natürlich«, antworte ich.

»Ist es das wirklich?«, sagt Rhys zur gleichen Zeit.

Canons Blick fliegt zwischen uns beiden hin und her, ehe er murmelt: »Also gut.«

Die Fahrstuhltüren öffnen sich und wir finden uns in einer großen Menschenmenge wieder. Canon geht voran. Rhys nimmt meine Hand, was mein Herz einen Schlag aussetzen lässt. Er hält mich eng an seine Seite gedrückt, ich weiß allerdings nicht, ob das wegen der Menschenmenge ist, um den Anschein zu wahren, oder weil er mich einfach in seiner Nähe haben möchte. Ich hoffe auf Letzteres.

Die nächste Stunde besteht aus einem schwindelerregenden Hagel an Begrüßungen und Unterhaltungen, an Lächeln und Händeschütteln. Ich lerne Rhys' britischen Cousin Jennings kennen. Er ist außerdem der CEO des Hauptunternehmens, zu dem das *Windsor* gehört, also nehme ich an, dass ihn das zu meinem Oberoberoberboss macht. Zum Glück hat er keinerlei Erinnerungen mehr an mich. Immerhin war er dabei, als ich Rhys in der Bar kennengelernt habe. Damals war er betrunken und hat die Liebe an den Pranger gestellt. Ich nehme an, dass das der Grund für seine Erinnerungslücke ist. Anscheinend hat er seine Liebesprobleme aus der Welt geschafft, denn mir wird auch seine Verlobte Violet vorgestellt. Sie ist Amerikanerin. Sobald wir unter uns sind, weil Rhys und Jennings davongezerrt wurden, um irgendwelche einflussreichen Leute zu begrüßen, frage ich sie, wie sich die beiden kennengelernt haben.

»Nun, ich habe mich als meine eineiige Zwillingsschwester ausgegeben, die als Reiseführerin bei seinem Unternehmen angestellt war«, erklärt Violet.

»Oh.«

»Jennings war mit seiner Nan im Urlaub und endete in meiner Reisegruppe. Na ja, eigentlich der Reisegruppe meiner Schwester.«

»Hm.«

»Dann wurde daraus eine Story wie bei *Undercover Boss*«, sagt sie und wedelt mit der Hand in der Luft herum. In der anderen hält sie ein Weinglas. »Denn er hat mir nie gesagt, dass ihm das Unternehmen gehört.«

»Okay.« Ich frage mich, ob das eine reale Geschichte oder irgendeine seltsame Form von Inszenierung ist. Da sie kein bisschen betrunken wirkt, kann es Letzteres nicht sein.

»Wir haben das Ganze inzwischen aufgearbeitet«, beendet sie die Geschichte mit einem breiten Lächeln im Gesicht. »Wie haben du und Rhys euch kennengelernt?«

»Ähm, in einer Bar.« *Auf die normale Art und Weise*, denke ich im Stillen. Natürlich kann ich aufgrund der ganzen Jungfrauenversteigerungsaktion nicht gerade über jemand anderen urteilen. Dann kommt mir ein weiterer Gedanke in den Sinn. »Kennt Rhys diese Geschichte?« Möglicherweise wird er dann das, was ich getan habe, im Vergleich gar nicht so seltsam finden. Schließlich habe ich mich nicht als eine andere Person ausgegeben.

»Oh, da bin ich sicher. Die beiden stehen einander ziemlich nahe. Hey, sind das diese *LK-Bennett-Sledge-Pumps*?«

»Ähm.« Ich sehe hinunter auf meine Füße, dann wieder hoch zu Violet. »Ich glaube? Ich habe sie zumindest bei *LK Bennett* gekauft, als ich auch dieses Kleid gekauft habe. Ich bin mir nicht sicher, was für ein Stil das ist.«

»Das sind die Lieblingsschuhe von Prinzessin Kate«, erklärt sie mir.

»Oh. Okay.«

»Sorry, ich bin ein wenig anglophil.«

»Dann gehe ich davon aus, dass es sich wirklich für dich auszahlt, einen britischen Verlobten zu haben, was?«

»Das tut es. So was von. Mit das Beste daran ist, dass ich ihn mit diesem sexy britischen Akzent reden hören kann, wann immer ich möchte. Letzte Woche habe ich ihn gebeten, mir die Geschichte der Europäischen Union zu erläutern. Er hat eine halbe Stunde geredet, ehe er gemerkt hat, dass ich ihn nur Worte wie *Referendum* und *Organisation* sagen hören wollte.«

Ich habe an ihrer Logik nichts auszusetzen.

Jennings kommt zurück, um Violet wieder an seine Seite zu holen. Payton taucht ebenfalls neben mir auf und blickt über ihre Schulter nach hinten.

»Hey!« Ich ziehe sie in eine schnelle Umarmung. »Es ist schön, dich zu sehen. Aber jetzt sag mir, wem du aus dem Weg gehst.«

»Vince.«

»Er ist hier?«

»Er ist verdammt noch mal überall.«

Huh.

»Ich glaube, er ist mit Canon befreundet«, erwähne ich. »Canon hat ihn wahrscheinlich zum VIP-Event eingeladen.«

»Klar, das ist wahrscheinlich der Grund, warum er hier ist«, sagt sie. Zu schnell.

Ein Kellner bleibt mit einem Tablett voller Horsd'œuvres vor uns stehen. Ich schüttle den Kopf, aber Payton schnappt sich eine Art Miniplunderstück und schiebt es sich in den Mund. Sich Essen in den Mund zu schieben, ist eine ihrer liebsten Ablenkungsmanöver. Sie muss einen dieser magischen Lippenstifte aufgelegt haben, die stundenlang halten, da sie es schafft, das Ding zu vertilgen, ohne dass er auch nur einen Hauch verwischt.

»Steckst du irgendwie in Schwierigkeiten?«

»Natürlich nicht.« Sie wedelt mit der Hand in der Luft herum, während sie gleichzeitig den Kopf schüttelt. Dabei vermeidet sie es allerdings, mich anzusehen. »Ich kümmere mich darum.«

»Kümmerst dich worum?« Ich kneife argwöhnisch die Augen zusammen. Wenn ich so darüber nachdenke, dann verhält sie sich schon seit der Auktion ein wenig dubios. Es war leicht, das bis eben nicht richtig mitzubekommen, da ich bei Rhys gewohnt habe und von all dem Sexkram abgelenkt wurde, aber irgendwas stimmt nicht.

»Diese Sache. Ich werde sie regeln. Das stellt sich nur als etwas komplizierter als erwartet heraus. Darüber hinaus wusste ich nicht, dass er heute Abend hier sein würde. Ich dachte, die Arbeit wäre ein sicheres Gebiet.« Sie hält ein Glas Champagner in der Hand, aus dem sie einen kräftigen Schluck trinkt, ehe sie sich wieder umsieht und das Glas zwischen ihren Fingern hin- und herdreht. Ihr blondes Haar ist zu einem ordentlichen Dutt auf ihrem Kopf zusammengebunden und sie trägt ein blassrotes Kleid mit Dreivierteläarmeln und einer – für ihre Verhältnisse – sittsamen Rocklänge. Es lässt sie wie einen unschuldigen Engel aussehen, doch dieser Schein trügt.

»Welche Sache, Payton? Was geht hier vor sich?«

»Nichts. Ich erzähle es dir später.« Letzteres fügt sie noch hinzu, als ich ihr einen Blick zuwerfe, der besagt, dass ich ihr kein Sterbenswörtchen glaube. Dann sieht sie an mir vorbei und reißt erschrocken die Augen auf. »Hör zu, ich muss gehen. Hab dich lieb! Wir reden nachher.« Sie will sich an mir vorbeischieben, ohne eine Antwort abzuwarten, ist jedoch zwischen einem Kellner, der mit einem Tablett voll Champagnergläser beladen ist, und einer Schauspielerin, die ein Selfie mit was weiß ich wem macht, gefangen. Payton dreht sich um und sucht nach einem anderen Fluchtweg, doch da bleibt Vince schon direkt vor uns stehen.

Er trägt einen schwarzen Anzug und darunter ein perfekt gebügeltes weißes Hemd, was ihn unglaublich gut aussehen lässt. Größer, dunkler und italienischer als sonst. Außerdem weniger nach Pseudo-Pimp und Stripclubbesitzer. Und er sieht wütend aus.

Auf Payton.

So viel ist klar, da er nicht mich anguckt, sondern sie. Payton wiederum versucht noch immer, irgendwo ein Mäuseloch aufzutun, in das sie verschwinden kann.

»Mrs Rossi«, sagt er. »Bleib. Gefälligst. Stehen.«

Oh. Vielleicht meint er doch nicht Payton. Rossi, das ist sein Nachname. Mir war nicht klar, dass er verheiratet ist. Ich drehe den Kopf, um einen Blick auf seine Frau zu erhaschen, aber es ist niemand anderes zu sehen, den er meinen könnte. Die Schauspielerin und der Typ, mit dem sie ein Selfie gemacht hat, sind verschwunden. Also sind da nur noch Payton und der Kellner, und der zieht gerade weiter. Payton schnappt sich in letzter Sekunde ein neues Glas Champagner von seinem Tablett und kippt es in wenigen Schlucken runter.

Ich betrachte die beiden abwechselnd.

Vince sieht Payton noch immer finster an.

Payton hingegen schaut mich an und zuckt mit den Schultern, ehe sie Vince einen Seitenblick zuwirft und dann schnell wieder wegguckt.

»Ihr zwei seid verheiratet?«, kreische ich schon fast, als mir die Sache klar wird. Ich nehme an, dass ich sogar laut gekreischt habe, aber hier auf der Casinoebene ist es geschäftig genug, dass mein Aufschrei nicht weiter auffällt.

»Verfluchtes Las Vegas, habe ich recht?« Payton hält ihre freie Hand in die Höhe und zieht eine Augenbraue nach oben, als wolle sie sagen, dass die Stadt Las Vegas ganz allein verantwortlich für ihren Ehestatus sei. Als wäre es nichts anderes, als sich über den Verkehr am Las Vegas Boulevard oder über die Temperaturen hier im Sommer zu beschweren.

Sie ist viel zu lässig.

»Wann?«, verlange ich zu wissen. »Wann ist das passiert? Wie ist es passiert? Ihr habt euch doch erst vor zwei Wochen kennengelernt. Payton! Und du«, ich deute mit dem Finger auf sie und tippe mir dann damit gegen die Brust, »hast mich nicht einmal eingeladen?«

»Das hätte ich ja«, antwortet Payton in einem Tonfall, als würde ich mich irrational verhalten, »wenn ich gewusst hätte, dass das passiert. Dann hätte ich dich definitiv eingeladen. Du hättest eine viel bessere Trauzeugin abgegeben als Canon, so viel ist sicher. Meine Haare waren völlig durcheinander und er hat es mir nicht einmal gesagt. Die Hochzeitsfotos sind furchtbar.«

»Es gibt Fotos davon?«

»Ja, ich glaube, die haben zum Gesamtpaket dazugehört. Stimmt's, Vince?« Letzteres fragt sie, als wäre sie nicht gerade dabei, zu versuchen, sich vor ihm zu verstecken, und als würde er sie nicht immer noch mit seinen Blicken erdolchen. »Ich bin mir ziemlich sicher«, fährt sie fort. »Aber gutes Argument. Vielleicht hat Canon welche mit seinem Handy gemacht, die besser sind als die professionellen.«

»Darum ging es mir ganz eindeutig nicht«, sage ich.

»Oh.«

»Wann ist das passiert?«

»Ähm, irgendwann nach der Auktion, aber noch vor dem nächsten Morgen.« Sie beschreibt mit der Hand einen Bogen. »Irgendwann dazwischen. Die Dinge liefen ...«, sie hält inne, »... ein wenig aus dem Ruder. Ich will ja nicht darauf herumreiten, dass du es verpasst hast, aber die Nacht war ziemlich spaßig.«

Ich sehe wieder zwischen ihr und Vince hin und her. Verwirrt.

»Warum gehst du Vince jetzt aus dem Weg?«, hake ich nach. »Vince, auch bekannt als dein Ehemann.«

»Beruhige dich. Jeder weiß doch, dass das, was in Vegas passiert, nicht rechtlich bindend ist.«

»Das stimmt nicht«, erwidere ich, als Vince neben mir hörbar den Atem ausstößt, die Distanz zwischen sich und Payton überbrückt und seine Hand in einem ziemlich offensichtlichen Versuch, sie am Weglaufen zu hindern, auf ihren unteren Rücken legt.

»Es reicht. Wir müssen reden«, sagt er zu ihr.

»Ugh. Reden ist das Schlimmste«, stöhnt Payton, wobei sie das Wort *Ugh* in die Länge zieht und den Kopf verzweifelt in den Nacken wirft. Dazu stampft sie protestierend mit einem ihrer in High Heels steckenden Füße auf.

Ausnahmsweise muss ich Payton einmal recht geben. Außerdem frage ich mich, ob die zwei schon Sex hatten.

30. Kapitel

Rhys

Lydia spricht mit Vince und sie ist aufgebracht. Aufgewühlt. Ich stecke in einer Unterhaltung mit dem Gouverneur von Nevada, einem Vorstandsmitglied aus England und einem Glücksspieler aus Hollywood fest, an dessen Namen ich mich nicht erinnern kann, obwohl wir einander erst vor fünf Minuten vorgestellt wurden. Der Grund ist: Ich bin abgelenkt. Das Einzige, was ich während dieser Eröffnung unbedingt vermeiden wollte, waren Ablenkungen, und jetzt habe ich die größte Ablenkung meines Lebens am Hals.

Es nervt mich, zugelassen zu haben, dass das passiert ist. Dass ich Lydia erlaubt habe, sich in mein Leben zu schlängeln und alles durcheinanderzubringen.

Ich bin gereizt, weil ich nicht hören kann, worüber sie reden. Weil ich nicht weiß, warum sie so aufgebracht ist oder was der Grund dafür ist, dass sie die Augen aufreißt und eine Schnute zieht.

Verfluchter Vince. Ich werde dem Ganzen heute Abend ein Ende bereiten. Warum pflege ich eigentlich einen Umgang mit solchen Leuten? Was mache ich da? Das Arrangement mit Lydia kann so nicht weitergehen. Nicht für einen einzigen weiteren Tag.

Nur dass es das wohl muss, denn Vince verschwindet, kurz nachdem die zwei geredet haben. Ich erhalte keine Chance, um bei Lydia nachzufragen, was sie offensichtlich aus der Fassung gebracht hat, denn wir werden den restlichen Abend über in unterschiedliche Richtungen gerissen und sind ständig von Menschentrauben umgeben.

Jeder liebt sie. Ich verstehe es, wirklich, aber ich möchte nicht teilen. Ich bin ein egoistischer Mistkerl und möchte sie ganz für mich allein. Ich möchte sie nach oben zerren und herausfinden, was Vince wollte, und sie dann lieben, bis sie stöhnt und meinen Namen schreit.

Aber nichts davon passiert. Als wir nach einem langen Abend endlich auf dem Weg in das Apartment sind, werde ich gebeten, mit der Vorsitzenden einer großen Spirituosenfirma zu sprechen. Einer Frau, die extra aus Frankreich hergeflogen ist, um an der großen Eröffnung teilzunehmen. Also muss ich mit ihr reden. Lydia geht ohne mich nach oben und scheint bereits zu schlafen, als ich dreißig Minuten später nachkomme.

Sonntagmorgen werde ich wach und merke, dass Lydia vor mir aufgestanden ist, etwas, was sonst nie passiert. »Wir müssen reden«, sage ich zu ihr, sobald ich das Wohnzimmer betrete.

Ich bin gerade aus der Dusche gekommen und habe noch immer nichts als ein Handtuch um die Hüften. Es riecht hier wie in einer Bäckerei. Lydia schneidet an der Kücheninsel Bananen in Scheiben. Sie ist wach und bereits angezogen und irgendwie fühle ich mich schon jetzt, als würde ich heute drei Schritte hinterherhinken. Bevor ich unter die Dusche gegangen bin, habe ich meine Nachrichten überprüft, daher weiß ich, dass ich nicht verschlafen habe. Auf meiner Mobilbox befinden sich mehr als zwölf Sprachnachrichten, die einer Antwort bedürfen, und Jennings möchte sich um zehn mit mir treffen, um über die Umsatzprognosen für das nächste Quartal zu reden.

Aber es ist Sonntag. Und ich bin müde. Mit Lydia auf dem Sofa zu frühstücken und irgendeine Häuslebauer-Sendung um neun Uhr morgens zu sehen, ist alles, was ich gerade möchte.

»Was läuft da zwischen dir und Vince?«

»Was?« Lydia sieht mich verwirrt an. »Ah, das. Verrückte Sache. Ich habe French-Toast-Kasserolle mit Nutella und karamellisierten Bananen gemacht. Im Schmortopf. Siehst du, wie praktisch der ist? Ich muss nur noch kurz diese Bananenscheiben für die oberste Schicht anschwitzen, dann ist das Essen fertig.«

Der Schmortopf. Deshalb riecht es hier also so heimelig.

»Wie viel mehr brauchst du?«

»Was?«

»Ich möchte, dass du bleibst. Also, wie viel mehr brauchst

du? Ich rede mit Vince und kümmere mich darum.«

Sie sieht mich einige Sekunden verständnislos an, bis mein Handy aus dem Schlafzimmer ertönt, als eine weitere gottverdammte Nachricht eingeht.

»Ich muss jede Menge Anrufe erledigen, aber ich will diese Sache hinter mich bringen. Heute noch. Also, was ist dein Preis?«

Lydia dreht sich um und stellt eine Pfanne auf den Herd, von der ich nicht wusste, dass ich sie besitze. Streicht das, ich bin mir sicher, dass ich keine Pfanne besitze. Sie muss sie ebenfalls besorgt haben. Ich frage mich, ob sie das Ding zusammen mit den Lebensmitteleinkäufen beim Zimmerservice bestellt hat, und gleichzeitig, ob ich je aufhören werde, sie so verdammt faszinierend zu finden.

Lydia macht sich am Herd zu schaffen und ignoriert mich, also kehre ich ins Schlafzimmer zurück, um mein Handy zu holen. Während ich in die Küche zurückkehre, tippe ich eine Antwort in das Display.

»Sag etwas zu mir, Rhys. Sag etwas zu mir, das nicht das ist, was du da gerade gesagt hast.«

»Mir ist nicht ganz klar, was du von mir hören möchtest.« Ich will wissen, worüber zur Hölle sie gestern Abend mit Vince gesprochen hat. Ich möchte wissen, wie ihre Gefühle für mich aussehen. Ich möchte all diese Unsicherheit beseitigen. Mein Handy meldet sich erneut. Ich werfe einen kurzen Blick darauf, ehe ich den Anruf auf die Mailbox weiterleite.

»Weißt du was, Rhys? Ich denke, dass du so eine Heidenangst vor etwas Echtem hast, dass du dich hinter deiner Arbeit und Stripclubs und allgemeiner Blödheit versteckst.«

Was? Okay. Ich stoße den Atem aus. Okay, vielleicht habe ich das alles falsch verstanden. »Warte, also ...«

»Nein, ich will nicht warten. Ich bin kein Mensch, der viel herumwartet, Rhys. Falls dir das entgangen sein sollte. Ich bin eine Macherin und ich habe alles gemacht. Du bist über zehn Jahre älter als ich, du bist derjenige mit all der Erfahrung, all dem Selbstbewusstsein und all den Lebensfähigkeiten, und dennoch bin ich diejenige, die alles macht. Verdammt. Noch. Mal. Alles.« Das Letzte sagt sie ganz langsam, so als würde sie jedes einzelne Wort betonen.

»Okay, jetzt mal langsam. Wenn es hierbei ums Frühstück geht, dann können wir jederzeit auch was beim Zimmerservice bestellen.«

»Oh mein Gott.« Sie knallt die Ofentür zu und legt ihren Holzlöffel beiseite. Ich hatte auch keinen Schimmer, dass ich einen davon besitze. »Ja, Rhys. Hier geht's darum, wer Frühstück macht. Hör dich doch mal reden. Du bist vierunddreißig Jahre alt. Wach auf. Schenk den Dingen, die um dich herum in deinem Leben passieren, doch einmal für eine halbe Sekunde deine Aufmerksamkeit. Wie wäre es damit?«

»Das mache ich«, schnauze ich zurück. »Ich war aufmerksam, was deine kleine Unterredung mit Vince gestern Abend anging. Das ist auch der Grund, warum ich ...«

»Du denkst, ich hätte geheime Treffen mit Vince, Rhys?«, unterbricht sie mich wieder. »Inmitten der großen Eröffnung und vor deinen Augen? Ja, natürlich. Ich habe meinen nächsten Auftrag klargemacht, ehe ich hier nach oben gegangen bin, um Schmortopfrezepte zu googeln.«

»Ich möchte nicht, dass du mit jemand anderem zusammen bist.«

»Aber du möchtest mich auch nicht nur für dich, oder? Zumindest nicht wirklich.« Sie schüttelt den Kopf und presst die Lippen aufeinander, ehe sie einen tiefen Atemzug nimmt. »Frag mich, wie sich das anfühlt, Rhys.«

Es fühlt sich verdächtig so an, als wäre ich heute Morgen irgendwo falsch abgebogen.

»Egal. Ich sage es dir. Es fühlt sich so an ... als wäre ich innerlich leer.« Sie zuckt mit den Schultern, als sie das sagt, aber auf eine traurige Art und Weise und vielleicht auch ein wenig streitlustig. »Es ist so, als würde man zu einem Freizeitpark fahren und dann erfahren, dass er bereits überfüllt ist und man deshalb nicht reindarf. Es fühlt sich so an, als hätte mir jemand erzählt, dass es den Weihnachtsmann nicht gibt, ohne dass ich dafür bereit gewesen wäre. Es fühlt sich so an, als würde es in meinem Herzen regnen.«

Ich bemerke einen Moment zu spät, dass sie sich ihre Handtasche geschnappt hat und sich deren Riemen über die Schulter hängt, als sie zur Tür geht. »Nur fürs Protokoll, ich war zu dreiundneunzig Prozent in dich verliebt. Ich habe fünf Prozent dafür abgezogen, dass du finanziell unverantwortlich gehandelt hast, da du mich umsonst hättest haben können, wenn du nicht so eine Heidenangst vor deinen Gefühlen hättest. Und zwei Prozent, weil du ein Idiot bist. Wahrscheinlich zähle ich die Idioten-Prozente mit den Geld-Prozenten doppelt, aber weißt du was? Das ist mir egal.«

»Lydia, warte.« Ich versuche, die Tür mit der Hand zuzudrücken, um sie daran zu hindern, sie zu öffnen, was einfach nur schäbig ist.

Lydia bedenkt mich mit einem Blick, der genau das besagt. Und dann ist sie verschwunden.

Fuck. Was zur Hölle ist gerade passiert?

31. Kapitel

Rhys

Ich habe es vermasselt. Ich habe es vergeigt und keine Ahnung, wohin sie gegangen ist. Während ich mich angezogen habe, habe ich Canon angerufen. In der einen Hand das Handy, mit der anderen habe ich mir irgendwie ein Shirt über den Kopf gezogen, und ihn gebeten, Lydia von der Tür zu meiner Suite aus zu verfolgen. Ich hatte die leise Hoffnung, dass sie im Hotel bleiben würde. Auch wenn ich insgeheim wusste, dass das nicht der Fall sein würde.

Und ich hatte insgeheim recht. Sie hat den Fahrstuhl zur Parkgarage genommen, ist in ihr Auto gestiegen und hat das Gelände nicht mal zwei Minuten später verlassen. Sie anzurufen, ist unnötig, denn ihr Handy liegt auf dem Nachttisch neben meinem Bett und lädt.

Fuck.

Wahrscheinlich würde sie nicht mal rangehen, ich hasse es dennoch, dass sie kein Handy bei sich hat. Was, wenn ihr Auto eine Panne hat, ihr Tank leer ist oder sie jemanden anrufen möchte? Außer Payton kenne ich keinen ihrer Freunde. Ich weiß nicht mal, ob sie überhaupt schon Freundschaften geschlossen hat, seit sie hier nach Vegas gezogen ist. Ich sage Canon, dass er Payton kontaktieren und sie bitten soll, mich anzurufen, falls Lydia in ihr Apartment zurückkehrt. Dann öffne ich die *Goodwill*-App auf meinem Handy und steige in meinen Wagen. Würde sie zu dem Store zwischen dem *Windsor* und ihrem Apartment fahren? Ich glaube nicht, dass ihr Auto GPS hat, daher kann sie nicht zu irgendwelchen Örtlichkeiten fahren, an denen sie bisher noch nicht war. Das eliminiert allerdings nicht einen Laden, da sie wahrscheinlich bereits bei jedem Einzelnen von ihnen war. Verdammt.

Warum zur Hölle gibt es so viele *Goodwill*-Stores in und um Las Vegas?

Nachdem ich den Motor angeschmissen habe, fahre ich zu dem an der Tropicana Avenue. Es ist der Erste, den wir gemeinsam besucht haben vor zwei Wochen, und er liegt genau zwischen meinem und ihrem Zuhause. Der Parkplatz ist zu voll, um ihr Auto auf die Schnelle zu finden, also gehe ich in den Laden.

Sie ist nicht da. Natürlich ist sie das nicht, warum sollte es auch so einfach sein? Ich verdiene eine leichte Sache nicht. Ich rufe Canon an und frage ihn, ob er sich in die städtischen Sicherheitskameras hacken und ihre Spur ab dem Zeitpunkt nachverfolgen kann, als sie die Parkgarage verlassen hat.

Er lacht mich aus und legt auf.

Ich rufe ihn zurück und sage ihm, dass er mich vertreten müsse, da ich mir den Tag über freinehme.

Lydia hat mit allem recht. Ich habe meinem eigenen Leben und den Dingen, die darin passieren, keine Aufmerksamkeit geschenkt und jetzt ist der beste Teil daraus verschwunden. Ich steige wieder ins Auto und werfe das Handy auf den Beifahrersitz, dann überlege ich hin und her, ob sie zu dem Laden an der Maryland Avenue oder zu dem an der Sahara Avenue gefahren sein könnte. Dorthin, wo ich sie vor zwei Wochen mit hingenommen habe. Oder würde sie sich eher an einem der halben Dutzend Standorte in Henderson aufhalten, in der Nähe ihres Apartments?

Heiliger. Ich entscheide mich dazu, es in dem Laden an der Maryland Avenue zu versuchen. Er ist näher am Hotel als der andere, vielleicht ist sie erst dort hingefahren. Vielleicht werde ich den ganzen Tag damit verbringen, sie von einem Spendenzentrum zum nächsten zu verfolgen.

Egal, ich werde ihr so lang nachjagen, wie es nötig ist. So lang, wie sie mich lässt.

Zum *Goodwill*-Store an der Maryland Avenue ist sie nicht gefahren. Auch nicht zu ihrem Apartment. Und sie ist auch nicht wieder im Hotel gewesen.

Es ist an der Zeit, Vince einen Besuch abzustatten.

32. Kapitel

Rhys

»Wo ist Lydia?«

Ich habe Vince in seinem Büro im *Double Diamonds* ausfindig gemacht und bin sofort auf den Punkt gekommen. Jegliche Höflichkeiten gehören bei diesem Arschloch inzwischen der Vergangenheit an. Zumindest, was mich angeht.

»Ich habe sie losgeschickt, um sich ein Grundstück anzusehen«, antwortet Vince, unbeeindruckt von meinem Erscheinen oder meinem Verhalten. Er sieht mich nicht einmal an, sondern ist zu sehr mit seinem Laptop beschäftigt. Wahrscheinlich zählt er die Einnahmen von letzter Nacht oder gibt eine Bestellung für Polestangenreiniger auf, der verdammte Drecksack. »Möchtest du sie etwa zurückhaben?«

Ich sage mir selbst, dass es mich wegen Lydia zeitlich nur zurückwerfen wird, wenn ich ihn umbringe. »Ja, ich will sie zurück, du Arschloch. Was hast du gegen sie in der Hand, Vince? Wie viel schuldet sie dir? Nenn mir deinen Preis, damit wir diese Scharade beenden können.«

»Eine weitere Million würde die Dinge verändern«, sagt er langsam, lehnt sich auf seinem Stuhl zurück und betrachtet mich interessiert.

»Gut. Ich überweise dir das Geld noch heute, dann bist du fertig mit ihr. Und jetzt sag mir, wo ich sie finden kann.«

»Du bist ein Idiot.« Er beugt sich wieder nach vorn und nagelt mich mit seinem Blick fest. »Außerdem wird es für mich sehr problematisch, nie wieder mit Lydia zu reden.«

»Warum das?«

»Erst einmal, weil ich mit ihrer besten Freundin verheiratet bin.«

Ich starre ihn an und warte darauf, dass die Worte Sinn ergeben. »Du hast Payton geheiratet?« Ich habe das Gefühl, mir entgeht etwas.

Ich lasse mich auf den Stuhl fallen, der gegenüber von Vince steht, und schaue etwas weniger finster drein. Aber nur ein bisschen. Ich bin noch nicht bereit, meine Meinung bezüglich Vince zu ändern. Außerdem ist er so oder so ein Arschloch.

»Ja, ich habe Payton geheiratet. So wahr mir Gott helfe. Was Lydia betrifft, bist du die einzige Person, die noch immer Schuppen vor den Augen hat, wenn du bis jetzt noch nicht dahintergekommen bist, was vor sich geht.«

»Was soll das heißen?«

»In ihr kann man lesen wie in einem offenen Buch. Du weißt überhaupt nicht, wie glücklich du dich schätzen kannst. Ich wünschte, Payton wäre so durchschaubar. Aber ich habe keine Ahnung, was zur Hölle sie denkt oder wo sie die meiste Zeit überhaupt steckt.«

»Was genau meinst du damit?«

»Diese Auktion war nur für dich. Prostitution ist in Clark County nicht mal legal, Rhys. Das Ganze war ein abgekartetes Spiel. Glaubst du ernsthaft, ich lasse für eine Jungfrau eine halbe Million über meine Bücher laufen? Das hier ist ein Stripclub und kein Puff, du Oberdepp.«

»Genau, als würde hier in Las Vegas keine Prostitution stattfinden«, kontere ich. »Wir wissen beide, dass das nicht der Fall ist.«

»Sicher, aber nicht über mich als Mittelsmann. Ich führe hier ein rechtmäßiges Unternehmen.«

Scheiße. Wir starren uns über seinen Schreibtisch hinweg an und ich weiß, dass er mir die Wahrheit sagt. Zumindest bin ich mir nahezu absolut sicher. Aber, *fuck*, war ich wirklich so unaufmerksam?

»Was ist mit dem Typen, gegen den ich geboten habe? Stan?«

»Stan ist mein Hausmeister und dieser Anzug hat mich einen Tausender gekostet. Dafür werde ich dir übrigens noch die Rechnung schicken.«

»Da war eine E-Mail«, protestiere ich. »Ein Newsletter.«

»Ein Newsletter«, wiederholt er in einem Tonfall, als sei ich ein Idiot. »Na klar, ich verkaufe Sex über einen Newsletter,

Rhys. Ich erhalte Abonnenten, indem ich ein Newsletter-Tauschgeschäft mit allen Bordellen in den Staaten betreibe«, sagt er todernst und ja, ich sehe es jetzt. Ich bin ein Idiot. »Wir treffen uns immer bei *Starbucks* und brainstormen über Wege, wie wir unsere Werbeaktionen unternehmensübergreifend an den Mann bringen«, fährt er fort. »Du hast uns entlarvt. Gut gemacht.«

»Schon kapiert. Der Newsletter war ein Fake«, werfe ich ein, aber das ist unnötig, da Vince mir ohnehin nicht zuhört.

»Das war Canons Idee. Ich habe ihm gesagt, dass das zu bescheuert ist, um es zu glauben, aber er sagte ...«

»Ja, ich bin ein Idiot. Wie gesagt, ich habe es verstanden«, unterbreche ich ihn, erpicht darauf, endlich zu dem Punkt zu kommen, an dem ich Lydia finde und alles in Ordnung bringe. Ich wedle mit der Hand, damit er weiterspricht.

»Er sagte, du wärst im Moment wirklich abgelenkt und dass dieses Anschauungsbeispiel dabei helfen würde, dich in den Club zu bekommen.«

Canon hat Anschauungsbeispiele schon immer geliebt.

»Warte. Wie ist Canon eigentlich in die Sache reingezogen worden? Ich verstehe immer noch nicht, von wem dieser ganze Plan ursprünglich kam.«

»Von Lydia.« Vince antwortet auf eine Art und Weise, die andeutet, dass ich besonders schwer von Begriff sei. »Das war alles Lydias Idee. Nach dem, was sie mir erzählt hat, hattet ihr in einer Bar was am Laufen, aber sie dachte, du hättest den Fetisch, für Sex bezahlen zu wollen.«

»Ich habe keinen ...«

»Ich will es gar nicht wissen«, fällt er mir kopfschüttelnd ins Wort. »Jedenfalls habe ich daraufhin Canon angerufen, um herauszufinden, ob irgendwas von dem, was sie sagte, Hand und Fuß hat oder ob ich die Polizei rufen musste, weil du von einer Verrückten verfolgt wurdest. Canon hat bestätigt, dass ihr zwei tatsächlich so eine Sache am Laufen hattet.« Bei den Worten *so eine Sache* macht er Anführungszeichen in der Luft, als fände er das Ganze lächerlich. »Er war auf jeden Fall überaus angetan von Lydias großem Plan, dich durch eine fingierte Auktion dazu zu verführen, zuzugeben, dass du Interesse an ihr hast. Da ich an diesem Tag besonders wohltätig eingestellt war, haben wir zusammen daran gearbeitet, wie man dich am besten hierherbekommen würde.«

Ich mache mir eine gedankliche Notiz, Canons Personalstab zu kürzen. Er hat definitiv zu viel Zeit für so was.

»Wofür war dann das Geld? Warum zur Hölle hast du mir eine halbe Million aus den Rippen geleiert, wenn alles nur ein Fake war?«, frage ich, aber meine Gedanken drehen sich in rasender Geschwindigkeit um die Tatsache, in welchem Ausmaß ich die Sache mit Lydia doch verkackt habe.

»Für mich sind Wohltätigkeitsspenden kein Fremdwort, Rhys. Einen gemeinnützigen Zweck zu unterstützen, war das Mindeste, was du für meine Zeit tun konntest.«

»Du bist ein wirkliches Arschloch, weißt du das?«

Vince zuckt mir den Schultern. »Es war für einen guten Zweck.«

»Der da wäre?«, frage ich. »Goldfarbene Nippelpasties für alle?«

»Lydia wollte das Geld nicht«, antwortet Vince, meinen Seitenhieb ignorierend, und zieht seine Finger über das Mauspad seines Laptops. »Ich habe dich zu meinem eigenen Vergnügen ausgenommen. Und natürlich für den guten Zweck«, ergänzt er und grinst mich hämisch an.

»Na klar. Für den guten Zweck. Der da wäre?«

»Ein neuer Camping- und Lagerplatz«, erwidert Vince und dreht seinen Laptop zu mir um. »Für die Pfadfinderinnen von Las Vegas. Ich habe ein tolles Grundstück draußen bei Red Rock gefunden, aber es fehlt ihm eine geeignete Hütte. Zwar gibt es dort eine, aber sie wurde vor zehn Jahren sich selbst überlassen und ist laut Makler unbewohnbar. Außerdem weißt du ja, wie heiß es hier wird«, sagt er, eine Braue bedeutungsvoll nach oben gezogen. »Ein Pool wäre eine schöne Ergänzung für die Camperinnen.«

»Dafür brauchst du eine Million?«

»Ja. Gesetzt des Falls, dass Lydia das Grundstück gefällt, werde ich das Land treuhänderisch verwalten, einen Bauunternehmer damit beauftragen, die bestehende Hütte abzureißen und eine den Bauvorschriften entsprechende neue zu bauen. Dazu einen Pool und vielleicht einen Tennisplatz und dann werden wir es den Pfadfinderinnen spenden.«

»Sie wird es renovieren wollen«, seufze ich. »Sie wird das, was auch immer an baufälliger Substanz noch da ist, erhalten wollen, weil sie deren historischen Charme sieht. Selbst wenn es ein Haufen Mist aus den Achtzigerjahren ist. Wir müssen jemanden engagieren, der das Gebäude restaurieren oder aber dessen Überreste zu einer Verandaschaukel verarbeiten kann oder so was. Das wird sie glücklich machen.«

»Soll mir recht sein.« Er zuckt wieder mit den Schultern, ehe er einen Klebezettel aus seiner Schreibtischschublade holt und die Adresse des künftigen Campingplatzes draufschreibt. Dann gibt er mir den Zettel. »Sind wir hier fertig? Ich schicke dir einen Beleg für deine wohltätige Spende. Lass dich auf deinem Weg nach draußen nicht von der Tür erschlagen, dann erwischst du sie vielleicht noch dort.«

»Danke, Vince.«

»Sie ist zu gut für dich.«

»Ich weiß, aber ich will sie trotzdem.« Wenn es noch nicht zu spät ist. Es darf nicht zu spät sein, denn ich kann nicht wieder in ein Leben ohne Lydia zurückkehren.

33. Kapitel

Rhys

Red Rocks liegt kurz hinter Las Vegas. Laut dem Navigationssystem meines Wagens sollte ich in etwas mehr als einer halben Stunde an diesem Campingplatz sein, zu dem Vince mich geschickt hat. Was bedeutet, dass ich eine halbe Stunde habe, um in meinem Auto zu sitzen und darüber nachzudenken, was für ein Arschloch in bin. Bis Charleston verläuft die Straße schnurstracks geradeaus, doch dann beginnt sie, sich zu winden, und ich kurve den Weg bis zum Campingplatz entlang.

Es braucht weitere zehn Minuten und eine fast verpasste Abbiegung, bis ich mein Ziel erreiche und erleichtert feststelle, dass zwei Autos vor einer Hütte parken, die definitiv abgerissen werden sollte. Ich parke neben Lydias Wagen und scanne die Umgebung ab, unsicher, ob sie drinnen sind oder das Grundstück begutachten. Die Hütte hat keine Tür und auch nicht wirklich ein Dach. Da ich niemanden sehe, mache ich mich auf den Weg zum Eingang des Gebäudes. Oder vielmehr zum Türrahmen.

Ich höre ihre Stimme, sobald ich über die Schwelle trete. Sie steht neben der Immobilienmaklerin, beide einem seitlichen Fenster der Hütte zugewandt, dessen Glas schon lang Geschichte ist. Im Hintergrund kann man den Red Rock Canyon sehen, aber dieser Anblick ist nichts im Vergleich zu dem von Lydia.

»Ich habe mir einen schlechten Schwan ausgesucht«, erzählt sie der Frau gerade. »Ich habe ihn mir ausgesucht, mich mit ihm verpaart und nun habe ich ihn am Hals, da ich mich zu dreiundneunzig Prozent in ihn verliebt habe, auch wenn er ein Idiot ist.« Sie schüttelt den Kopf, hält dann aber abrupt inne und lehnt sich zur Maklerin hinüber. »Nicht im Sinne von Vermehrung, nur im Sinne von Spaß. Kann ich das so sagen? Wissen Sie, ich war dreizehn Jahre lang eine Pfadfinderin. Ich habe mir alle Gesundheitsabzeichen verdient, also weiß ich, wie man schwanger wird, und habe an alles gedacht. Ich werde sehr wahrscheinlich ein *Wurde-nicht-versehentlich-schwanger*-Abzeichen erhalten.«

»Ähm ...«, sagt die Maklerin, eindeutig verunsichert, wie sie auf irgendwas davon, was aus Lydias Mund gekommen ist, antworten soll. Dann entdeckt sie mich und Erleichterung erhellt ihre Miene.

»Oh, sehen Sie nur. Sieht so aus, als wäre Ihr Schwan hier, um Sie zu holen.«

Lydia wirbelt herum und Überraschung blitzt in ihren Augen auf. Dann huscht ein verwirrter Ausdruck über ihr Gesicht. »Rhys«, sagt sie mit einem leichten Seufzen. Es klingt mehr wie eine Frage.

»Ich werde Sie zwei allein lassen.« Die Immobilienmaklerin lächelt und wendet sich zum Gehen, nachdem sie jedem von uns einen Blick zugeworfen hat. Ihre Absätze klackern auf dem Boden, bis sie die Veranda erreicht hat.

Lydia und ich schweigen, bis sie gegangen ist. Dann überwinde ich die Distanz zwischen uns und gehe langsam auf sie zu, während ich das Innere der Hütte auf mich wirken lasse. »Schön hier«, sage ich beiläufig, um ein Gespräch in Gang zu bringen.

»Ja.« Sie nickt. »Ja, das ist es. Es hat viel Potenzial.« Sie hebt das Kinn ein wenig an. »Mit dem richtigen Vorstellungsvermögen könnte es außergewöhnlich werden.«

»Es tut mir leid.« Sie blinzelt heftig und atmet einmal tief durch, aber ich fahre fort, ehe sie etwas sagen kann. »Mir tut alles furchtbar leid. Außer der erste Kuss in der Bar. Das war die beste Entscheidung, die ich jemals getroffen habe. Alles, was danach passiert ist, tut mir leid.«

»Es tut dir leid?« Sie sieht mich ungläubig an. »Im Sinne von *Ich wünschte, es wäre nie passiert*?«

»Gott, nein.« Ich schüttle den Kopf. »Im Sinne von *Ich liebe dich* und *Ich hoffe, dass ich es nicht zu sehr vermasselt habe*. In der Hoffnung, dass du mir noch eine zweite Chance gibst.«

»Oh.«

»Es tut mir leid, dass ich dir so gemischte Signale gesendet habe. Es tut mir leid, dass ich dich in der Bar habe stehen lassen und dich in eine Position gebracht habe, in der du auf einen so komplett verrückten Plan zurückgreifen musstest, um meine Aufmerksamkeit zu erregen.«

»Es tut mir auch leid. Mein Timing war nicht sonderlich toll. Ich hätte bis nach der großen Eröffnung warten sollen, aber ich hatte Angst, dass du dich in eine echte Prostituierte verlieben würdest statt in mich.«

»Unmöglich.« Ich schüttle wieder den Kopf.

»Das ist nicht wahr. Alles ist möglich.«

»Du bist die einzige Frau für mich, Lydia. Ich weiß nicht, was ich dir anbieten kann«, sage ich, streiche ihr eine Haarsträhne hinters Ohr und hebe ihre Hand an meine Lippen. »Aber ich liebe dich und ich möchte es versuchen.«

»Was machst du da?« Sie sieht alarmiert aus und macht einen Schritt zurück, ihre Hand löst sich aus meiner. »Machst du mir gerade einen Heiratsantrag?«

»Nein, um ehrlich zu sein, aber ich kann dir einen machen. Ich werde dich noch heute heiraten, wenn es das ist, was nötig ist.«

»Nein!«

»Okay, wow. Das war ein ziemlich beherztes Nein. Also möchtest du mich nicht heiraten?«

»Wir haben uns vor weniger als zwei Monaten kennengelernt, Rhys. Ich möchte umworben werden. Vom Hocker gerissen werden und auf romantische Art und Weise gefragt werden. An einem anderen Ort als *Del Taco*. Nein, das ist gelogen. *Del Taco* wäre tatsächlich in Ordnung.«

»Du möchtest mit einem billigen Eiskaffee umworben werden?«

»Der ist dort wirklich gut, Rhys, egal, was du sagst.«

»Na schön.«

»Hier ist ein Spoiler für dich, Rhys: Ich werde dich heiraten, irgendwann. Aber das hier«, sie deutet mit einem Finger zwischen uns hin und her, »ist nicht mein Antrag. Du wirst mich eines Tages fragen, ob ich dich heiraten möchte, wenn wir beide bereit dafür sind, und du wirst mir einen tollen Antrag machen. Verstehst du mich? Gut. Die Worte *Nein, um ehrlich zu sein, aber ich kann dir einen machen* werden dir dann nicht über die Lippen kommen. Verstanden?«

»Ja, Ma'am.«

»Gut.« Sie kneift die Augen zusammen, als sie mich ansieht, so als wäre sie sich nicht sicher, ob mein Ja ernst gemeint war oder nicht.

»Darf ich etwas sagen?«

»Was?«, fragt sie.

»Es ist ein echter Antörner, wenn du so bestimmend bist.«

Ein langsames Lächeln breitet sich auf ihrem Gesicht aus, zusammen mit einer zarten Röte.

»Darf ich noch etwas sagen?«

»Okay«, antwortet sie, immer noch lächelnd.

»Du hattest recht, als du gesagt hast, dass du all die Arbeit machst, und das möchte ich ändern. Wirst du mich lassen? Denn ich muss wirklich diese sieben Prozent zurückgewinnen.«

»Hm.« Sie summt leise vor sich hin, während sie nachdenkt. »Ich habe noch ein paar Abzeichen übrig, die ich mir verdienen muss. Vielleicht kannst du mir ja dabei helfen.«

»Liebend gern.«

Epilog

Rhys

Mehrere Jahre später

»Es war einmal ein Mädchen, das in eine Bar kam und mir das Herz gestohlen hat, aber ich war zu dumm, um es zu bemerken. Glücklicherweise war sie ein sehr zielorientiertes Mädchen, das gegen alle Vernunft entschied, dass ich es wert war. Das war ich nicht, aber das hat sie nicht aufgehalten. Gott sei Dank, dass es sie nicht aufgehalten hat.«

»Rhys!«, zischt Lydia. »Erzähl ihm das nicht! Das ist weder eine korrekte Wiedergabe des Märchens noch eine angemessene Version davon.«

»Psst. Es ist unsere Lieblingsgutenachtgeschichte. Außerdem ist er ein Hund, ich nehme also an, dass es ihn nicht weiter kümmert, welche Version ich ihm erzähle.«

Wir beide drehen uns zu unserem neuen Hund um. Trooper. Er trommelt mit seinem Schwanz auf dem Boden herum und neigt den Kopf zur Seite, als würde er versuchen, festzustellen, ob Lydia ihm vor dem Schlafengehen noch eine extra Runde den Bauch krault. Er ist eine Art Labradormix, den wir über eine Tierschutzorganisation bekommen haben, aber das sollte niemanden überraschen. Lydia liebt es, Dinge zu retten. Menschen, alte Betttücher, Touristen, die sich verirrt haben, ein Schwanenpaar, für das eine Patenschaft benötigt wurde – um ehrlich zu sein, habe ich bei Letzterem nicht nach den Details gefragt. Trooper ist schon ein ausgewachsener Hund und er weiß sich nicht zu benehmen. Ähnlich wie ich, als Lydia über mich gestolpert ist. Sie denkt, er hat Potenzial.

»Muss er in seinem Zwinger schlafen?«, frage ich.

Trooper wedelt als Antwort wild mit dem Schwanz. Er weiß, wie er mich bezirzen kann.

»Ja. Ja, das muss er. Bis er sein Abzeichen für gutes Benehmen verdient hat, muss er darin schlafen«, erwidert Lydia.

»Er hat doch nur zwei deiner Schuhe angefressen«, führe ich an. Trooper lässt den Kopf hängen und stößt ein dramatisches Ächzen aus. »Und einer davon war ein Flip-Flop. Das zählt doch kaum.«

»Es zählt, Rhys. Genau wie die Tatsache, dass er ein halbes Pfund Rindfleisch von der Anrichte geklaut und dann gefressen hat, nachdem ich dadurch abgelenkt worden war, dass er seine Wasserschüssel umgeschmissen hatte.«

Trooper rollt sich auf den Rücken und klopft wieder mit seinem wedelnden Schwanz auf den Boden.

»Was, wenn der beste Hund, der er sein kann, immer noch ein schlimmer Hund ist?« Ich strecke meine Hand aus und kraule seinen Bauch.

»Dann werde ich mir neue Schuhe kaufen.«

»Oder du könntest einfach barfuß und schwanger durch die Gegend laufen und die Schuhe für unnütz erklären.«

»Du hättest mich gern barfuß und schwanger? Das klingt furchtbar unangenehm.«

»Was davon? Barfuß rumzulaufen oder schwanger zu sein?«

»Barfuß rumzulaufen, während ich schwanger bin. Stell dir mal vor, du trittst irgendwo rein und schneidest dir dabei in den Fuß, aber du bist so schwanger, dass du nicht mal allein an deinen Fuß rankommst, um ihn zu verarzten.«

»Lydia.« Ich stehe auf und deute Trooper mit einer Geste an, sich in sein Hundebett zu begeben. Er tut es, ohne zu murren, und dreht sich einmal im Kreis, ehe er sich hinlegt und den Kopf auf den Vorderpfoten ablegt.

»Was?«

»Ich denke, wir sollten einmal über die reproduktive Art der Paarung sprechen und uns selbst ein paar Schwanenküken zulegen.«

Lydia strahlt. »Du weißt, dass es Schwanenküken waren?«

»Natürlich.« Okay, also gut. Vielleicht habe ich, was die Schwanenpatenschaft von Lydia angeht, ja doch besser aufgepasst, als ich habe durchblicken lassen.

»Baby, das ist so sexy.« Lydia betrachtet mich und fährt sich mit der Zunge über die Lippen, wie sie es immer macht, wenn ich vom Sport zurückkomme, oberkörperfrei und die Sporttasche über meine Schulter geworfen.

Sie ist noch immer zu leicht zu beeindrucken.

»Wir könnten ein Haus kaufen«, schlage ich vor. »Trooper braucht einen Garten. Die Kinder werden einen brauchen und vielleicht liege ich falsch, aber ich bin mir fast sicher, dass der Schulbus einen Stopp am Strip einlegt.«

»Wir könnten ein renovierungsbedürftiges Haus kaufen!«, ruft Lydia erfreut. Sie sitzt mittlerweile im Schneidersitz auf dem Bett und trägt eine ihrer berühmt-berüchtigten Pyjamahosen sowie ein Tanktop.

»Oder wir können eins bauen«, offeriere ich. »Das perfekte Grundstück finden, das auf der einen Seite einen tollen Ausblick auf den Strip hat und zur anderen Seite zu den Bergen rausgeht.«

»Oder wir könnten ein renovierungsbedürftiges Haus kaufen!«

»Oder wir könnten ein renovierungsbedürftiges Haus kaufen«, stimme ich zu, da ich, sobald ich meinen Kopf aus meinem Hintern gezogen habe, gar nicht so ein Idiot bin.

»Das wird genau wie in einer Folge von *House Hunters*«, sagt Lydia verträumt. »Nur dass ich mir alle möglichen Häuser statt nur drei anschauen kann.«

»Genau«, bestätige ich. »Nur besser.«

Seit dem Tag, an dem ich dachte, dass ich das mit uns kaputt gemacht habe, schätze ich jeden einzelnen Tag, den ich mit ihr verbringen darf. Schätze, was wir zusammen haben. Wir haben viele Wochenenden damit verbracht, Vegas zu erkunden. Sind an vielen Wochenenden verreist. Haben an vielen Abenden einfach nichts gemacht und dafür an so vielen Tagen einfach alles Mögliche. Wir waren wegen der Taco-Trucks in Austin und wegen der weichen Tacos in San Antonio. Als wir während unserer Flitterwochen in Paris waren, haben wir Crêpes gegessen, die sie französische Tacos genannt hat. Dann hat sie so heftig über sich selbst gelacht, dass sie fast vornübergefallen wäre. In diesem Moment habe ich mich noch ein weiteres Mal in sie verliebt.

Lydia macht jede Erfahrung besser. Mit ihr zusammen zu sein, fühlt sich wie Glück und Schicksal und ein Lottogewinn auf einmal an. Wie Vertrauen, Freundschaft und Zuhause. Ihre Liebe ist wie eine Überraschung, die so gut ist, dass du nicht davon zu träumen gewagt hättest, sie zu erhalten, aber wenn du sie bekommst, hältst du sie ganz fest.

Und das werde ich. Ich werde mein gutes Mädchen für immer festhalten.

Danksagung

Bei diesem Buch brauchte es ein ganzes Dorf voller Leute, um mich davon abzuhalten, aus dem Fenster zu springen.

Liv Morris, danke, dass du mir diese supersüße Geschichte von deiner Tochter erzählt hast, die einen Mann in einer Bar geküsst hat, und mir erlaubt hast, sie zu verwenden, da es seltsam wäre, Material über deine eigene Tochter als Schreibinspiration herzunehmen.

Liebe Leser, bitte beachtet: Die echte Lydia hat den Barkeeper geküsst. Sie hat nichts von all den verrückten Dingen getan, die die fiktive Lydia getan hat.

Kayti McGee, danke, dass du denkst, dieses Buch sei das Lustigste, was dir je untergekommen ist, und danke für deine Sprachnachrichten, die zwar manchmal nicht von deinem Lachen zu unterscheiden waren, aber immer mein fragiles Selbstbewusstsein, das oft so anfällig wie eine Schneeflocke war, wiederaufgebaut haben. Du bist die Beste und deine Unterstützung ist unbezahlbar!

Staci Hart, danke für die Nachrichten am späten Abend und den darin enthaltenen und nie enden wollenden Wechsel von: »Mein Buch ist furchtbar! Mein Buch ist so gut! Es ist offiziell. Mein Buch ist das Schlimmste, was je geschrieben wurde. Ich habe alles korrigieren können und ich glaube, dass es okay sein wird! Mein Buch ist so, so schlecht! Ich denke, dass ich mir einen neuen Job zulegen sollte. Dieses Buch ist mein Lieblingsbuch von allen!«

Raine Miller, Amy Daws, Sierra Simone, Laurelin Paige, CD Reiss, Jade West, danke für eure Freundschaft.

Lauren Lascola-Lesczynski, danke für deine Freundschaft und deine Unterstützung und dafür, dass du mich so heftig zum Lachen gebracht hast, dass ich mir in die Hose gepinkelt habe. Ich schätze dich und deine Freundschaft so sehr!

Candi Kane, Sarah Piechuta, danke für all eure Hilfe und Unterstützung bei der Veröffentlichung. Ich kann euch nicht genug dafür danken, dass ihr mir geholfen habt, das Arbeitspensum zu verringern.

Letitia Hasser, Kari March, danke für das Originalcover und die Graphiken!

Jean Siska, Melissa Gaston, Beverly Gardner Tubb, Mila Tracey, Melissa Panio-Peterson, danke, dass ihr das Manuskript gelesen habt, als es noch unfertig und chaotisch war, und trotzdem mehr wolltet. Ihr habt keine Vorstellung davon, wie viel mir das bedeutet.

Liebe Leser, danke, dass ihr geduldig gewartet habt und mir treu geblieben seid. Danke, danke, danke!

UNDERGROUND KINS: SVEN
von Aurora Rose Reynolds

ISBN-Paperback: 978-3-903278-07-3
ISBN-EPUB: 978-3-903278-08-0

Sven weiß, was er will. Eine Frau zählt nicht dazu, denn jemanden an sich heranzulassen, bedeutet Schwäche, und diese kann er sich nicht leisten. Erst als er dem Wirbelwind Maggie begegnet, beginnt seine Haltung zu bröckeln ...

Maggie sehnt sich nach einem Happy End, doch bisher ist ihr Mr Right noch nicht begegnet. Als sie eines Morgens nackt neben einem anbetungswürdigen Kerl aufwacht – ohne jede Erinnerung an die Nacht zuvor –, weiß sie, dass sie in Schwierigkeiten steckt. Sven ist der Typ Mann, vor dem Mütter ihre Töchter warnen, und dennoch verliert sie viel zu schnell ihr Herz an ihn. Während die beiden darum kämpfen, mit ihren Gefühlen klarzukommen, gerät Maggie ins Visier von Drogenhändlern, die bereits ihre Schwester auf dem Gewissen haben ...

FIGHTING PASSION
von Melanie Reichert

ISBN-Paperback: 978-3-903278-05-9
ISBN-EPUB: 978-3-903278-06-6

Man kann sich an das Gesetz halten. Oder es einfach selbst in die Hand nehmen ...

Illegale Cage-Fights, aufputschende Mittel und jede Menge Wut im Bauch – Braden lässt es nachts ordentlich krachen, während er tagsüber als der verantwortungsbewusste Sohn der McKennas den Geschäften nachgeht. Einzige Achillesferse stellt die attraktive Celine dar, die für die Familie das Golden Pot leitet und ihm schon seit einer Weile unter die Haut geht. Dass sie absolut tabu für ihn ist, macht die Sache nicht gerade einfacher. Als sie unfreiwillig in den Mittelpunkt der Familienfehde gezerrt wird, muss Braden an zwei Fronten gleichzeitig kämpfen ...